O TRONCO DO IPÊ

COLEÇÃO A OBRA-PRIMA DE CADA AUTOR

O TRONCO DO IPÊ

José de Alencar

2ª edição

A ortografia deste livro segue o
Acordo Ortográfico da Língua Portuguesa (1990),
que passou a vigorar em 2009.

© *Copyright* desta edição: Editora Martin Claret Ltda., 2013.

Direção	Martin Claret
Produção editorial	Carolina Marani Lima
	Mayara Zucheli
Diagramação	Giovana Gatti Leonardo
Direção de arte	José Duarte T. de Castro
Capa	Weberson Santiago
Texto de capa e prefácio	Daniela M. Kahn
Revisão	Rinaldo Milesi
Impressão e acabamento	Renovagraf

Dados Internacionais de Catalogação na Publicação (CIP)
(Câmara Brasileira do Livro, SP, Brasil)

Alencar, José de, 1829-1877.
O tronco do ipê / José de Alencar. — 2. ed. — São Paulo: Martin Claret, 2013. — (Coleção a obra-prima de cada autor; 216)

"Texto integral"
ISBN 978-85-7232-991-0

1. Romance brasileiro I. Título. II. Série.

13-12909   CDD-869. 93

Índices para catálogo sistemático:

1. Romances: Literatura brasileira   869. 93

EDITORA MARTIN CLARET LTDA.
Rua Alegrete, 62 – Bairro Sumaré
01254-010 – São Paulo, SP
Tel.: (11) 3672-8144
www.martinclaret.com.br
2ª reimpressão – 2018

Sumário

Prefácio 7

O TRONCO DO IPÊ

PRIMEIRA PARTE

I.	O feiticeiro	15
II.	O passeio	20
III.	Espinho de rosa	25
IV.	Travessuras	32
V.	Tia Chica	38
VI.	Histórias da carochinha	44
VII.	Pai Benedito	51
VIII.	A mãe-d'água	56
IX.	Castigo	62
X.	Dois amigos	68
XI.	Desastre	74
XII.	O conselheiro	79
XIII.	Coração de mãe	87
XIV.	Mário	94
XV.	O boqueirão	102
XVI.	O beijo da vida	109
XVII.	O juramento	116
XVIII.	O noivado	123
XIX.	Primeira saudade	130

Segunda parte

I.	A doceira	135
II.	Alvíssaras	141
III.	Surpresa	149
IV.	O Natal	155
V.	Missa do galo	163
VI.	Presépio	169
VII.	Recordações	174
VIII.	A merenda	180
IX.	Crianças	187
X.	O batuque	193
XI.	A rosa	199
XII.	Ressurreição	204
XIII.	O pato	210
XIV.	Sombras	217
XV.	A caixinha	223
XVI.	O impossível	229
XVII.	Para sempre	237
XVIII.	O mistério	243
XIX.	O balanço	249
XX.	Santa Mentira	256

Apêndice

Glossário 267
Contextualização da obra 271

Prefácio

O TRONCO DO IPÊ: O OCASO DO ESCRAVISMO RURAL FLUMINENSE NO FINAL DO SEGUNDO IMPÉRIO

Daniela Mercedes Kahn[1]

> *Entre os solitários da várzea, destacava um frondoso ipê. Monarca da floresta, alçando com soberba a régia coroa de esmeralda, parecia preceder a selva, que o rodeava como sua corte submissa e respeitosa. Não era então o tronco decepado que vi muito depois: estava em todo vigor, embora se notasse já, na cruz onde se abriam as ramas, uma caverna feita pela carcoma.*
>
> (José de Alencar, *O tronco do ipê*).

Símbolo de brasilidade, a árvore-título emerge do romance *O tronco do ipê* (1871), de José de Alencar, como uma referência saudosista às transformações da sociedade patriarcal rural fluminense durante as décadas de cinquenta e sessenta do Segundo Império.

A extinção, por etapas, da servidão negra no Brasil sinalizava o final de um modo particular de produção que, introduzido ainda nos tempos coloniais, perdurara durante

---

[1] Doutora em Teoria Literária e Literatura Comparada pela FFLCH-USP. Autora de *A via crucis do outro*: identidade e alteridade em Clarice Lispector. Atua com o projeto de pós-doutorado sobre a representação das mudanças sociais no teatro alemão da época de Goethe.

todo o Império. Fundamentado no trabalho escravo, ele se caracterizava em seu aspecto social pela ambígua coexistência de patrões, escravos e agregados, primeiramente nas grandes propriedades rurais do país, depois nas cidades. O antropólogo Gilberto Freyre, posteriormente, destacaria as peculiaridades desse convívio na primeira parte do seu conhecido estudo sobre a família patriarcal brasileira, *Casa grande e senzala* (1933), e, na sua sequência urbana, *Sobrados e mucambos* (1936).

O tronco do ipê (1871), de José de Alencar, integra a vasta literatura do escritor cearense, composta de crônicas, peças teatrais e, sobretudo, prosa romanesca. Fruto de amplas leituras e pesquisas, seus romances exploram contrastes geográficos do país, destacando as especificidades regionais. Com igual empenho, essa prosa alencarina mergulha nas raízes da nossa formação e da nossa história. Resulta daí um mapa literário do Brasil Império, com quatro matrizes decisivas para o futuro desenvolvimento do romance brasileiro: a vertente indianista de *O guarani* (1857), *Iracema* (1865) e *Ubirajara* (1874); a urbana, pródiga em perfis femininos, com *Luncíola* (1862), *Diva* (1864), *A pata da gazela* (1870) e *Senhora* (1875); a histórica, representada por *As minas de prata* (1865–1866) e *Guerra dos mascates* (1871 e 1873); a regional, com *O gaúcho* (1870), *Til* (1871) e *O sertanejo* (1875).[2]

Ao evocar a fase final da produção escravista na fazenda cafeeira Nossa Senhora do Boqueirão, situada na zona da mata fluminense, *O tronco do ipê* agrega-se à produção regionalista.

Por meio de mergulhos sucessivos no passado, o enredo recupera a história de amor de Mário e Alice, descendentes

---

[2] Como se sabe, essas classificações costumam seguir critérios didáticos. Alguns dos romances podem apresentar mais de uma dessas tendências. Assim sendo, *O guarani* é um romance indianista de fundo histórico e *O gaúcho*, conhecido como romance regional, tem por pano de fundo a Revolução Farroupilha (Rio Grande do Sul, 1835–1845).

ambos das duas últimas famílias de proprietários da fazenda. Mário é o neto depauperado do antigo fazendeiro, o próspero Comendador Figueira, sucedido, em circunstâncias mal explicadas, por seu amigo, Joaquim de Freitas, o Barão da Espera e pai de Alice. Mário suspeita que Joaquim tenha adquirido a propriedade por meios ilícitos, e que talvez seja o responsável pela misteriosa morte de seu pai.

Em virtude da sua situação de dependência, o protagonista abafa a sua revolta descontando-a nos escravos e, sobretudo, na menina Alice. Ao voltar de Paris, como engenheiro formado, o rapaz se apaixona pela moça, que agora comanda a fazenda. Reaviva-se o antigo conflito, dando origem à relação amorosa atormentada e tão frequente nas páginas de Alencar.

Com um conflito central envolvendo protetor e agregado, o leitor atento talvez se pergunte: qual é o papel dos negros nessa história, que se encena no espaço delimitado pela Casa Grande e a senzala?

Sucede que, nesses tempos finais do Segundo Reinado, Alencar estava envolvido com a questão da escravidão, não só como escritor, mas, também, como um político conhecido por suas posições conservadoras. Nesse sentido vale lembrar que, no mesmo ano em que publicou o romance, o autor votou contra a Lei do Ventre Livre.

O confronto entre o Alencar deputado e o Alencar autor de *O tronco do ipê* permite matizar melhor esta questão. Com efeito, o ficcionista se mostra mais liberal que o político, ao fazer o seu protagonista, recém-chegado da Europa, rebater a opinião de que o escravo brasileiro possui mais regalias do que o proletário londrino: "eu compreendo que nos primeiros tempos da colonização o tráfico fosse uma necessidade indeclinável. A sociedade humana não é uma república de Platão, mas um ente movido pelos instintos e paixões dos homens de que se compõe. Eram precisos braços para explorar a riqueza da colônia; o europeu não resistia; o índio não se sujeitara; compraram o negro; mais tarde o tráfico tornou-se um luxo, e produziu um mal incalculável porque radicou no país a instituição da escravatura"(*O tronco do ipê*, p. 197).

A representação do negro na obra está relacionada, por sua vez, com o lugar social que ele ocupa na fazenda. Assim, os escravos aparecem retratados com vivacidade, porém de uma forma convencional, de acordo com a tradição ficcional ocidental[3] que delega à criadagem o espaço do grotesco. Já os negros alforriados, Tia Chica e Pai Benedito, têm um papel mais significativo no enredo.

Como contadora de histórias, Tia Chica é detentora da tradição oral regional que se tece a partir das lembranças e dos lapsos de memória. Nesse sentido, ela é uma precursora modesta da Tia Nastácia do *Sítio do Pica-pau Amarelo*, idealizada por Monteiro Lobato, mas também da desmemoriada Maria Rita do romance de Lima Barreto, *Triste fim de Policarpo Quaresma* (1911).

Se Tia Chica representa a tradição coletiva do lugar, seu marido, Pai Benedito, é, por seu turno, o depositário dos segredos da fazenda, ou seja, de uma memória individual que se esvai aos poucos, acompanhando a decadência da propriedade.

Pai Benedito é, sem dúvida, a personagem mais interessante de todo o romance. Sua caracterização incorpora uma variedade de pontos de vista relacionada com a controvertida representação do negro na ficção brasileira. Dessa forma, ele é tido como feiticeiro pelos habitantes do lugar e animalizado pelo narrador, que o compara a um bugio, um jacaré, etc. Para o arredio Mário, cuja condição de egresso da Casa Grande o aproxima do negro liberto, Benedito figura como avô substituto.

É a sua relação intensa com Mário que garante a dimensão da sua nova liberdade de negro forro. Uma vez resgatado da condição de propriedade, ele se reserva o direito de escolher suas lealdades. Isso explica a sua diferença de atitude com

---

[3] Ao que tudo indica, essa tradição ficcional está relacionada com a cláusula dos estados, segundo a qual, no teatro, a tragédia contemplava as camadas sociais altas, ao passo que às classes baixas estava reservado o âmbito da comédia.

relação a Mário e Alice. Por seu protegido, ele está disposto a correr qualquer risco e a fazer qualquer sacrifício; mas Alice, é, para ele, apenas a filha do atual proprietário da fazenda. Personagens como Pai Benedito e a cativante Joaninha de *As minas de prata* são indícios esparsos de que o escritor Alencar tomava a dianteira ao político Alencar no enfrentamento da questão da escravidão.

Por fim, cumpre assinalar que a narrativa apaziguadora de Alencar admitiria comparação com um romance posteriormente publicado, *A família Medeiros* (1891), de Júlia Lopes de Almeida, cujo cenário é a região cafeeira paulista. Nele, explodem abertamente os conflitos que acontecem às vésperas da Abolição: a fuga desesperada dos escravos pela Serra do Cubatão, o linchamento de um juiz supostamente abolicionista, o atentado ao protagonista e a transição da produção escrava para a contratação do lavrador emigrante.

O TRONCO DO IPÊ

PRIMEIRA PARTE

I. O FEITICEIRO

Era linda a situação da fazenda de *Nossa Senhora do Boqueirão*. As águas majestosas do Paraíba regavam aquelas terras fertilíssimas, cobertas de abundantes lavouras e extensas matas virgens.

A casa de habitação chamada pelos pretos *casa-grande*, vasto e custoso edifício, estava assentada no cimo de formosa colina, donde se descortinava um soberbo horizonte.

Assomava ao longe, emergindo do azul do céu, o dorso alcantilado da *Serra do Mar*, que ainda o cavalo a vapor não escarvara com a férrea úngula.

Das abas da montanha desciam, como sanefas e bambolins de verde brocado, as florestas que ensombravam o leito do rio.

Às vezes tardo e indolente, outras rápido e estrepitoso com a crescente das águas que o intumesciam, assemelhava-se o Paraíba na calma, como na agitação, a um píton[1] antediluviano coleando através da antiga selva brasileira.

Nas fraldas da colina à esquerda estavam as fábricas e casas de lavoura, a habitação do administrador da fazenda e as senzalas dos escravos. Todos esses edifícios formavam um vasto paralelogramo, com um pátio no centro; para esse pátio, fechado por um grande portão de ferro, abriam os cubículos das senzalas.

Mais longe, derramados pelo vale, via-se o monjolo, a bolandeira, o moinho, a serraria, tocados pela água de

---

[1] Nasceu do lodo da terra após um grande dilúvio e na mitologia grega, Píton (*Pytho*) era a serpente monstruosa que foi morta por Apolo.

um ribeiro que serpejava rumorejando entre as margens pedregosas.

À direita da casa, onde se erguia a alva capelinha da fazenda, sob a invocação de Nossa Senhora, a colina declinando com suave depressão ia morrer às margens do Paraíba. Desse lado encontrava-se o jardim, o pomar, a horta e vários sítios de recreio arranjados com muito gosto.

Se a natureza brasileira, toucada pela arte europeia, perdia ali a flor nativa e a graça indígena, em compensação tornava-se mais faceira.

Tudo isso desapareceu; a fazenda de *Nossa Senhora do Boqueirão* já não existe. Os edifícios arruinaram-se, as plantações em grande parte ao abandono morreram sufocadas pelo mato; e as terras, afinal retalhadas, foram reunidas a outras propriedades.

A gente do lugar, tanto os fazendeiros e ricaços como os simples roceiros e agregados, se preocupara muito durante algum tempo com o desamparo em que o dono deixara uma fazenda tão fértil e aprazível.

Alguns atribuíam o fato singular às seduções da corte; e protestavam interiormente não casar suas filhas com homem habituado às delícias da Babilônia fluminense.

Outros que melhor conheciam o dono da fazenda abandonada desconfiavam de alguma questão de família e falavam de certas complicações a respeito da herança do antigo proprietário.

A gente pobre inclinava-se mais à explicação de umas três ou quatro beatas do lugar. Segundo a lição das veneráveis matronas, a causa do desmantelo e ruína da rica propriedade fora o feitiço.

A fazenda do *Boqueirão* era mal-assombrada; e em prova do que afirmavam, além de umas histórias de almas de outro mundo, cem vezes resmoneadas entre os costumados blocos, mostravam de longe a cabana do pai Benedito.

Esse argumento era peremptório. Assim, nenhum dos moradores passava naquele sítio, que não estugasse o passo ou esporeasse a cavalgadura, lançando um olhar de esguelha à velha cabana de sapé, e sentindo os cabelos se erriçarem[2] com um súbito calafrio.

Os espíritos fortes não faziam caso dessas abusões, mas arranjavam-se de modo que nunca tinham necessidade de passar naqueles sítios depois do lusco-fusco; salvo quando levavam boa e alegre companhia.

É natural que já não exista a cabana do pai Benedito, último vestígio da importante fazenda. Há seis anos ainda eu a vi, encostada em um alcantil da rocha que avança como um promontório pela margem do Paraíba.

Saía dela um preto velho. De longe, esse vulto dobrado ao meio parecia-me um grande bugio negro, cujos longos braços eram de perfil representados pelo nodoso bordão em que se arrimava. As cãs lhe cobriam a cabeça como uma ligeira pasta de algodão.

Era este, segundo as beatas, o bruxo preto, que fizera pacto com o *Tinhoso;* e todas as noites convidava as almas da vizinhança para dançarem embaixo do ipê um *samba*[3] infernal que durava até o primeiro clarão da madrugada.

Sabiam as matronas até o nome das almas do outro mundo que frequentavam a cabana do pai Benedito, e tinham a honra de ser convidadas para o batuque endemoniado à sombra do ipê.

Havia quem as tivesse visto e reconhecido, quando se dirigiam, com traje de fantasma em grande gala, para a morada do bruxo, *subdelegado* de Satanás. Bem se vê que a autoridade policial da freguesia não estava nas boas graças das matronas.

Ignorante das relações íntimas que entretinham o habitante da cabana com o príncipe das trevas, tomei-o por um preto velho, curvado ao peso dos anos e consumido pelo trabalho da lavoura; um desses veteranos da enxada, que adquiriram pela existência laboriosa o direito a uma velhice repousada, e costumam inspirar até a seus próprios senhores um sentimento de pia deferência.

---

[2] Ou eriçarem.
[3] Dança de origem africana, compassada.

O pai Benedito descera a rocha pelo trilho, que seus passos durante trinta anos haviam cavado, e chegou ao tronco decepado de um ipê gigante que outrora se erguera frondoso na margem do Paraíba. Pareceu-me que abraçava e beijava o esqueleto da árvore; depois se sentou com as costas apoiadas no tronco; aí ficou aquecendo-se ao sol do meio-dia como um velho jacaré.

Aproximei-me para pedir-lhe água mais fresca do que a do rio. Mostrou-me um fio cristalino que manava da rocha viva e deu-me excelentes limas e laranjas.

Curioso de ver de perto o tronco do ipê, que o preto velho tratara com tanta veneração, descobri junto às raízes pequenas cruzes toscas, enegrecidas pelo tempo ou pelo fogo. Do lado do nascente, numa funda caverna do tronco, havia uma imagem de Nossa Senhora em barro, um registro[4] de São Benedito, figas de pau, feitiço de várias espécies, ramos secos de arruda e mentruz, ossos humanos, cascavéis e dentes de cobra.

— Que quer dizer isto, pai? — perguntei-lhe eu apontando para as cruzes.

O velho só abriu os olhos, toscanejando, e murmurou com a voz cava:

— Boqueirão!...

Como bem se presume, não entendi.

— Você vive só, neste lugar?

Levantando as mãos, invocou o céu em testemunho de seu isolamento; e outra vez resmoneou como um eco roufenho:

— Boqueirão!...

Dessa vez julguei compreender. O velho estava caduco.

Acomodei-me à sombra sobre a relva para esperar que o sol descambasse. O preto, de seu lado, como um instrumento perro a que houvessem dado corda, começou a cantilena soturna e monótona, que é o eterno solilóquio do africano. Essas almas rudes não se compreendem a si mesmas sem falar para ouvirem o que pensam.

A brisa trazia-me por lufadas trechos da cantilena, a que eu procurei, mas em vão, ligar um sentido.

---

[4] Imagem do santo.

O sino de uma fazenda soou ao longe repicando meio-dia. O preto velho ergueu-se a custo e com o passo trôpego e lento seguiu por um espinhaço do próximo rochedo que vinha, serpejando como uma grossa raiz, morrer a alguns passos do tronco do ipê. Acompanhei com os olhos o seu andar vacilante sobre o dorso áspero da pedra, até que se sumiu numa garganta do fraguedo.

Já tinha esquecido o preto e pensava nos cuidados que deixara no Rio de Janeiro, quando me feriu o ouvido uma voz cava e profunda que proferia estas palavras:

— Perdoa, perdoa!...

O mais estranho era que as palavras saíam das entranhas da terra, e rompiam mesmo do chão que eu pisava. Se não fosse meio-dia, a hora dos esplendores e das maravilhas da criação, talvez meu espírito se deixasse levar das superstições que infestavam o lugar. Mas feitiçaria com o sol a pino, e a natureza a sorrir, pareceu-me um contrassenso.

Algumas velhas raízes do ipê, ressurgindo à flor da terra, como sucede com as árvores anosas, tinham sido carcomidas pelo caruncho e formavam brocas profundas que se entranhavam pelo solo. Quando eu fazia essa observação, conjeturando que as palavras talvez houvessem partido desse tubo natural, ouvi outra vez a voz subterrânea que reboava:

— Perdoa, perdoa, senhor!

Além de confirmar a primeira observação, conheci que a voz era do preto e transmitia-se por um fenômeno natural proveniente da construção geológica do sítio. Seguindo a direção que tomara o pai Benedito, fui achá-lo metido em uma espécie de furna que havia no rochedo, inclinado ou quase caído de bruços sobre uma pedra úmida, coberta de limo e parasitas.

Ainda os lábios grossos e trêmulos do ancião balbuciavam as mesmas palavras que eu ouvira; e as repetiram por muito tempo até que ali ficou extático e imóvel.

Que misterioso crime se cometera naquele sítio, para o qual tantos anos passados ainda o negro velho implorava o perdão à memória de seu falecido senhor?

Mal sabia eu então que assistia ao epílogo melancólico de um drama, que mais tarde teria de desvendar.

II. O passeio

Na manhã de 15 de janeiro de 1850 saía da *casa-grande,* na fazenda de *Nossa Senhora do Boqueirão,* um grupo de três crianças, acompanhadas por duas mucamas e um pajem agaloado.

Eram duas meninas de onze a doze anos, e um menino de quinze.

— Vem, Adélia — disse uma das meninas convidando a outra a acompanhá-la na corrida.

— Não gosto de correr!

— Nhanhã Alice, olhe o que sinhá recomendou! — disse por desencargo de consciência uma das mucamas, que se deixou ficar bem tranquila.

— Ela não faz caso!... — murmurou com indiferença o menino observando a corrida de Alice.

— Você bem viu, nhonhô Mário, quando sinhá recomendou que não corresse. Não foi? Depois... Ai! Eufrosina é que teve a culpa.

— Iaiá Adélia é que não gosta destas coisas — acudiu outra mucama.

Lá de uma polca ou de um galope, no baile, isso sim; não é, iaiá?

Adélia suspirou:

— Ah! O meu querido Rio de Janeiro!

— Ali é que se pode viver! — tornou a mucama.

O pajem que vinha se requebrando com desejo de encartar sua palavrinha, disse:

— A última vez que estive lá com meu senhor barão, nos divertimos muito.

— Sai-te daqui, Martinho! Quem conta com moleque — disse a Eufrosina; e depois de infligir essa correção ao pajem, voltou-se para a colega, mucama de Adélia. — Mas Felícia, isso de baile sempre, sempre, também cansa.

— A mim, não cansa — respondeu Adélia com uma voz cheia de melodias.

— Pois a mim aborrece-me! — asseverou Mário com ar importante.

— É porque ainda não viu!

— O barão tem dado muitos, ainda ultimamente nos anos de...

O menino parou como se o lábio lhe recusasse a palavra, e com um meneio da fronte designou a direção em que sumira-se a outra menina.

— Nos anos de nhanhã Alice! — acudiu Eufrosina completando o pensamento.

— Mas... — acudiu Felícia hesitando; e trocou um olhar com Adélia.

Mário surpreendeu esse olhar:

— Entendo...

— Meu padrinho é muito rico — atalhou Adélia; mas o baile do Cassino!...

— É verdade; o baile do Cassino! — repetiu a mucama como um eco.

— Entendo — continuou Mário —, há mais luxo, mais riqueza; e, portanto, mais impostura e mentira.

A mucama deu um muxoxo, que obrigou o menino a medi-la de alto a baixo.

Adélia chegou-se a Mário e, pousando-lhe a mão no braço, disse com um sorriso encantador:

— Deixe estar que ainda havemos de dançar uma contradança no Cassino! Quer ser meu par?

É escusado advertir que nem Adélia nem Felícia tinham assistido ao Cassino; mas como a mãe da menina frequentava essa sociedade, e elas a viam muitas vezes preparada para o baile, falavam como quem tivesse perfeito conhecimento da coisa.

Nesse momento Alice aproximou-se de volta da corrida, e ouvira as últimas palavras da amiguinha:

— Mário não dança.

O menino lançou-lhe um olhar frio:

— Com certas pessoas!

— Comigo, não é?
— Principalmente.
— Muito obrigada — respondeu Alice com um sorriso.
— Não tem de quê; não me deve nada.
— Está bom; não vão brigar — acudiu Adélia com meiguice.
— Não tenha susto, Adélia! Eu não me zango com ele.
— Não vale a pena!

Não se pode exprimir a amarga ironia com que Mário pronunciou essas últimas palavras. Sua mão crispada por um movimento de cólera caiu sobre o tronco de um arbusto e espedaçou-o.

Alice afastou-se com timidez, enlaçando o braço pela cintura de Adélia.

— O homem está zangado mesmo, deveras! — observou o pajem.
— Deixa-o! — disse a Eufrosina.
— Estes meninos da roça são mesmo assim. Está que na corte a gente não vê destas coisas. Meninos tão bem ensinadinhos, que é um gosto!

Essa profunda observação a respeito da educação dos meninos fluminenses partiu como já se presume da Felícia, crioula carioca, das mais pernósticas e sacudidas, como dizia o Martinho, pajem do barão.

Mário não ouviu esses comentos a respeito da sua zanga repentina e inexplicável. Desviando-se da aleia do jardim por onde seguiam os outros, isolou-se do grupo; e por algum tempo não fez outra coisa, senão fustigar as folhas e flores, com um pedaço do arbusto que lhe ficara nas mãos. Parecia deleitar-se com essa destruição; à medida que as rosas mais lindas juncavam o chão desfolhadas, a fisionomia do travesso rapaz adquiria a fria placidez, que era sua expressão ordinária.

Entretanto as duas meninas atravessavam o jardim. Alice, a mais esbelta das duas, tinham certa vivacidade e petulância que revelavam a flor agreste, cheia de seiva, e habituada a se embalar ao sopro da brisa ou a beber a luz esplêndida do sol. Seus cabelos, de um louro cendrado, encrespando em opulentos anéis, voavam-lhe pelas espáduas, e às vezes com a mobilidade da gentil cabeça escondiam-lhe o rosto como um véu. Nessas ocasiões, com um simples e gracioso meneio da fronte, ela atirava sobre os ombros a nuvem fragrante que lhe sombreava o rosado das faces.

Quem lhe via os grandes olhos velutados de azul, sempre límpidos e serenos, e os lábios mimosos sempre em flor, comparava naturalmente essa alma pura a um lago sereno engastado em berço de boninas e cuja onda límpida é apenas frisada pela asa diáfana do silfo, pela pétala da flor ou pelo suspiro da aragem.

Seu passo era ágil, rápido e sutil como o passarinho, de que tinha a volubilidade e a gentileza. Ela desferia de si ao mesmo tempo três movimentos: cantava, corria e dançava.

Adélia, de talhe menos delgado, parecia, contudo, mais elegante; suas formas harmoniosas tinham a graça da rosa nascente. Havia em sua beleza um certo ar de languidez, que se nota nas flores dos jardins, assim como nas moças criadas sob a atmosfera enervadora da cidade.

Ao contrário da amiguinha, ela trazia os cabelos negros presos em uma rede de fios de ouro e toucados com certo esmero. Se algum anel se escapava para brincar-lhe na face, a mãozinha mimosa calçada por fresca luva cor de pinhão movia-se com um gesto mavioso de infinita graça, e restituía o cativo rebelde à sua doce prisão.

Os lábios não sorriam amiúde; ao contrário, pareciam preferir a seriedade, que punha em relevo a extrema perfeição da boca e davam-lhe certos ares de faceira gravidade, encantador naquelas feições de doze anos. Quando, porém, o sorriso lhe enflorava os lábios, era como se uma auréola de graça e esplendor lhe cingisse a fronte.

A mesma diferença se notava nos trajes das duas meninas, embora fossem feitos na corte, da melhor fazenda e pela mesma modista. O vestido de popelina azul da primeira era como o hímen que fecha o botão e não o deixa abrir-se em flor. O vestido da outra, de sarja verde com enfeites de veludo castanho, era, ao contrário, o cálix delicado da flor que se expandia em toda a louçania.

Adélia trazia um mimoso chapelinho de sol da mesma cor do vestido, e um leque de aspas de marfim: seu pezinho, calçado com uma botina de duraque, pisava a relva ou as folhas com tanta delicadeza como se roçara pelo mais fino tapete.

Alice, essa não tinha nem umbela nem leque: seu rosto afrontava os raios do sol, como o seu coturno de cordovão calcava as asperezas do caminho. Para abrigar-se do sol ela trazia apenas um chapéu de palha de abas largas, mas em vez de pô-lo à cabeça, tinha-o suspenso ao braço esquerdo pelas fitas, transformando-o assim em uma espécie de açafate, destinado a receber flores, frutos, cocos, besouros, pedrinhas e toda a mais abundante colheita do passeio.

Quem visse as duas meninas, acharia sem dúvida mais bonita Adélia, porém gostaria muito mais de Alice.

Mário, esse não era bonito, sobretudo para sua idade. Tinha uns olhos pardos muito grandes e profundos; nariz aquilino e boca sempre ligeiramente frisada por um impertinente desdém. O talhe era bem conformado; e seria elegante se não fossem o andar rijo e os movimentos bruscos.

Quando se observava aquele menino e via-se o meneio altivo com que ele atirava a cabeça sobre a espádua, o gesto frio e compassado, a ruga precoce que lhe sulcava o sobrolho e a expressão desdenhosa do lábio crespo, não se podia o observador eximir a um sentimento de repulsa. Parecia que essa criança de quinze anos já se julgava com direito de desprezar o mundo, que nem conhecia, e os homens de que ele era apenas um projeto.

Entretanto, com a continuação do exame aquele sentimento de repulsa diminuía. Havia nessa fisionomia um quer que seja que atraía, malgrado adivinhava-se na fronte larga uma inteligência vigorosa; e vinha como um vago pressentimento de que a expressão estranha de seu rosto não era outra coisa senão o confrangimento dessa alma superior.

O traje do menino, embora novo e asseado, indicava logo de primeira vista, pelo corte como pela fazenda, que havia entre ele e as duas companheiras de passeio muita diferença de posição e fortuna.

III. Espinho de rosa

Alice, sob pretexto de mostrar certa rosa muito bonita a Adélia, fizera uma volta com disfarce para aproximar-se de Mário, que se isolara do grupo.

A menina conhecia o companheiro e sabia que se não se reunissem a ele, deixando passar despercebido o incidente, Mário com certeza abandonaria o passeio projetado e sumir-se-ia pelo resto do dia.

— Olha, Adélia! Não é tão bonita?

— Muito! Parece uma flor de cetim!

A flor que as duas meninas admiravam com tanto entusiasmo era uma variedade da rosa-musgo, que, ou por capricho da natureza ou por um processo de jardinagem, reunia o aveludado das folhas da camélia ao gracioso das pétalas crespas e fragrantes da outra espécie.

— Onde ficará melhor, no cabelo ou no seio? — perguntou Adélia.

— No seio, iaiá, é mais da moda! — acudiu a Felícia, como quem na matéria falava de cadeira.

— Quero uma!

Tendo manifestado o seu desejo, Adélia voltou-se para Mário, com certo modo senhoril. O menino compreendeu; quebrou o talo de uma das rosas mais bonitas e lha deu; não como ato de galanteria, mas simplesmente como uma fria condescendência.

— Ai! Tem tanto espinho! — gritou Alice retirando a mão que tentara colher outra rosa.

Mário ficou impassível.

— Tire uma para Alice — disse Adélia.

— Denguices! — murmurou o menino.

— Denguices!... Veja!

E Alice mostrou queixosa a ponta mimosa do dedo, onde borbulhava uma gota vermelha.

— Aí está o que nhanhã queria, era isso mesmo.
— Não é nada, Eufrosina. Um bocadinho d'água — disse o pajem correndo para o repuxo.

Mário tinha tirado uma segunda rosa, mas não se resolvia a dá-la a Alice; foi preciso que esta, entre um sorriso e um receio, lha tirasse da mão tímida. O menino ficara imóvel e pálido, com os olhos fitos na gota vermelha que borbulhava no dedo de sua companheira. De repente, apoderando-se da mãozinha mimosa com um gesto arrebatado, sugou o sangue até estancá-lo, como fazíamos nós em criança quando nos feríamos em alguma travessura.

Alice olhava-o sorrindo e já esquecida da dor. Encontrando o olhar da menina, Mário com o mesmo arrebatamento largou-lhe a mão; e envergonhado, quase arrependido do que fizera, continuou a fustigar os arbustos, aplicando também por diversão uma cipoada nas canelas do Martinho.

A menina, trançando a rosa nos cabelos, disparou em nova corrida.

— Nhanhã Alice, onde vai? Olhe o que já sucedeu!
— É escusado — disse Mário. — Não se emenda. Quanto mais você gritar mais ela corre.
— Gosto de correr! Que tem isso agora? — exclamou Alice voltando-se.

As crianças deixaram o jardim, atravessaram a horta e entraram no vasto e sombrio pomar.

Seriam dez horas da manhã; fazia um belo dia de sol, mas bafejado por fresca viração. As águas do rio tinham a cor e o brilho da esmeralda; o céu estava acolchoado desse azul diáfano e macio, onde o olhar repousa deliciosamente, como em coxins de seda.

Um enxame de passarinhos de diversas cores esvoaçava chilreando entre as laranjeiras; e, no meio desse concerto harmonioso, destacava, como a rutilação do diamante entre as cintilações do cristal, a nota opulenta e sonora do sabiá; longe, formando o sombreado da esplêndida melodia, ressoava a endecha[5] plangente da juriti.

---

[5] Composição ou canção poética triste.

As crianças, e mais ainda os escravos, conservaram-se completamente indiferentes à beleza desse quadro, que a natureza tropical coloria ao mesmo tempo de luz e harmonia.

Naquela idade, e naquela condição, de ordinário o sentido preponderante é o do paladar; por isso, de todas as magnificências da vegetação vigorosa, o que eles viram e admiraram foi o dourado das belas laranjas seletas; o roxo dos figos e abacates; o vermelho dos bagos da romã; o amarelo das goiabas e araçás; o preto das uvas e jabuticabas temporãs; e o louro acerejado das mangas que rescendiam.

Alice quis por força trepar em uma goiabeira para colher um cacho de uvas da alta parreira. Houve porém, dessa vez, uma oposição geral à travessura.

— Nhanhã, isto são modos? Tomara que sinhá saiba — exclamou a Eufrosina.

— Onde já se viu uma menina trepar nas árvores? No Rio de Janeiro só quem faz isso é menina à-toa! — observou a Felícia.

O pajem também saiu-se:

— Eu tiro, nhanhã; diga o que quer, que eu tiro. Uma moça faceira tem seu pajem para servir a ela.

— Não trepe, Alice; não é bonito; estraga as mãos e pode romper o seu vestido — disse Adélia.

Mário limitou-se à sua habitual ironia:

— Ora... Deixe trepar, não faz mal! É filha de barão... não cai... tem muito dinheiro!...

Alice foi obrigada a renunciar a seu projeto e resignou-se a comer as uvas tiradas pelo pajem, o que as tornou muito menos gostosas.

Há nada para uma criança que se compare ao prazer de saborear uma fruta adubada com o sainete da travessura?

A travessura é a pimenta-do-reino que os meninos deitam em seu melão, esse pepino doce, essa indigestão natural que a terra, mãe carinhosa, tem o cuidado de preparar para os estômagos desejosos de emoções fortes.

Eu comparo o estômago que digere um melão ao Hércules da mitologia esmagando a hidra de Lerna; ao célebre caçador goiano que estrangulou um tigre com as mãos; e a meu patrício capitão-mor Filgueiras, esse herói das lendas cearenses, que abatia um touro com um murro; trazia um canhão por bacamarte, e finalmente suspendia o seu possante cavalo, agarrando-se a um galho de gameleira com os pés traçados por baixo da barriga do animal.

Era justamente um melão que Alice lobrigara longe, no meio da folhagem. Lançar fora as uvas, correr para a fruta e trazê-la, foi movimento tão rápido, que os outros só perceberam quando a viram de volta abraçada com o melão.

— Nhanhã, para que este melão?

— Para comer, Eufrosina! Que pergunta!

— Eu vou chamar sinhá, porque só ela pode com nhanhã.

Entretanto, Alice procurava abrir o melão, batendo contra a ponta de um ramo quebrado.

— Uma menina, Felícia, que não pode tocar em fruta, que não adoeça; vai logo comer melão!

Adélia, apesar de sua delicadeza de menina cortesã, não pôde esquivar-se à tentação das belas frutas. Quando o pajem Martinho lhe trazia alguma goiaba ou figo, ela, segurando-a na pontinha dos dedos enluvados, voltava-se para a mucama:

— Fará mal, Felícia?

— Deixe ver, iaiá.

A Felícia tomava então a fruta, que cheirava e abria ao meio; comendo uma banda dava a outra a Adélia:

— Pode comer, iaiá! Está muito gostosa.

Naturalmente a Felícia alguma vez, escutando à porta da sala, ouvira dizer que o médico dos soberanos tinha por encargo do ofício provar as régias iguarias antes de serem servidas a seu amo. Na sua qualidade de mucama, incumbida de velar sobre a formosura e o bem-estar da menina, ela considerava-se obrigada a partilhar com a iaiá todas as guloseimas.

A respeito dos presentes de festa, o encargo da mucama era ainda mais pesado: ela tinha como dever comer o mais depressa possível os confeitos e amêndoas, para esvaziar as caixinhas, que Adélia destinava às roupas das bonecas.

— Quer um pedacinho, Adélia? — perguntou Alice devorando o melão.

— Não — respondeu a amiguinha com um gesto de espanto.

De repente ouviu-se uma voz gritar do alto:

— Quem quer jambo? Lá vai!

Surpresos, só então perceberam todos que Mário se havia sumido.

Tendo discorrido um momento pelo pomar, mirando as frutas e visitando com o olhar os ninhos seus conhecidos, o menino sacudiu o corpo com um movimento semelhante ao do cisne ou outro pássaro aquático, que depois de mergulhar arrufa as penas para expelir as gotas d'água.

Então, com um gesto rápido, atirou sobre a relva o chapéu de feltro escuro e o jaleco de brim; deu um salto para agarrar um ramo; e grimpou pelos galhos das árvores com a ligeireza do macaco.

Depois de muitas evoluções arriscadas pelos mais altos ramos, o menino passara da copa de uma jaqueira para o cimo de um jambeiro, caminhando sobre um galho quase horizontal, sem procurar o menor apoio com as mãos, que ele estendera para manter o equilíbrio.

Advertidas pelo grito, as meninas descobriram o companheiro suspenso nas grimpas do jambeiro, quarenta palmos acima do chão.

— Hum!... Aquele, quando começa, tem que se lhe diga! — resmungou o pajem.

Adélia sentiu uma vertigem de ver o menino em tão grande altura. Alice, ao contrário, bateu palmas àquela travessura, que ela não poderia fazer, mas aplaudia nos outros. Soltando gritozinhos de prazer, começou a pular sobre a relva, apanhando os jambos que Mário atirava.

— Gente! Este mocinho é doido! — murmurou a Felícia.

— Desça, eu lhe peço! — disse Adélia, cobrindo os olhos com a mão.

— Quem é que pode com aquele menino?...

— Nem a mãe dele!

— Nem o pai, se fosse vivo! Olhe, Felícia, ninguém imagina, não... Você já viu assim um cabritinho, que está amarrado todo o dia e que se solta de tarde... Lá vai, prum, prum, prum, saltando, que ninguém mais lhe põe a mão em cima... Pois olhe, é mesmo como o bichinho... Oi!...

Essa vigorosa interjeição, com que a Eufrosina acabou dramaticamente a sua comparação poética do cabrito, foi arrancada por uma jaca madura, que, esborrachando-se na cabeça, cobrira-lhe toda a cara, pescoço e ombros de bagos amarelos.

— É para te adoçar a língua! — disse a voz sarcástica de Mário.

— Ih! Que marmelada! — gritou o pajem.

O menino ouvira as palavras da mucama, e ali mesmo, ao alcance da mão, achara a sua vingança.

A figura de Eufrosina, coberta de bagos de jaca, era a mais grotesca possível. Assim Alice não se conteve; as volatas de sua risada argentina repercutiram pelo pomar e se casaram ao canto dos passarinhos.

— Ora vejam só! — dizia a mucama — se isso não é mesmo para a gente fazer uma... Depois, ai! que Eufrosina é má. Deixe estar, Sr. Mário, que chegando em casa sinhá D. Francisca há de saber. Oh! se há de!

Quando a parda falava, os bagos de jaca escorregando lhe entravam pelos olhos e pela boca, sem contar as moscas, atraídas pelo mel da fruta; daí uma série de caretas, cada qual mais esquisita.

— É pomada para alisar o pixaim! — gritou Mário.

O riso é contagioso. Ninguém pôde resistir. O Martinho apertava as ilhargas e trinava como um frango:

— Qui-qui-qui! Pomada de jaca!... Qui-qui!.. Para alisar o pixaim.

Adélia e a colega de Eufrosina, a mucama cortesã, riam-se conforme a moda, com esses ritornelos[6] que tornam a gargalhada da gente do tom uma espécie de peça musical, uma cavatina[7] ou valsa. Elas tinham imitado essa prenda[8] de D. Luisa, a mãe de Adélia.

Diante da fuzilaria de risadas, a Eufrosina bateu em retirada.

---

[6] Termo que exprime ação de retornar.
[7] Tipo de música curta.
[8] Habilidade; dote.

— Desaforo! Vou fazer queixa à sinhá! Eu sou sua mucama dela, sua mucama de estimação; não é para ser tratada assim. Se não presto mais, então me vendam!... Depois é que hão de ver! Ai, a Eufrosina, aquilo sim, era uma boa rapariga! Coitada! Onde andará ela?... Ora bem descansada de minha vida! Senhor bom é o que não falta!

Assim resmungando lá se foi a parda, tangida pelas risadas das meninas e pelos assobios estridentes de Mário, com quem o pajem Martinho fazia duo, embora sentisse já de antemão lhe arderem as orelhas, com os arrepelões que a mãe não lhe deixaria de aplicar, a pedido da mucama.

Logo que se desvaneceu a lembrança do cômico incidente, a Felícia perguntou:

— Então a gente vai indo, ou espera aqui pela Eufrosina?

— Vamos! — exclamou Alice.

— Esperar, qual o quê! — acudiu o pajem. — Acompanhe você sua iaiá; eu cá tomo conta de nhanhã D. Alice.

— Mas — observou Adélia — onde é mesmo este passeio? Ainda fica muito longe?

— Não! Muito perto; é ali, no fim do pomar.

— É que o sol já está ficando muito quente! — objetou a Felícia.

— Tem sombra muita até lá! — respondeu Martinho.

— Mário, você não vem? — gritou Alice para o menino.

— Caminham com meus pés?

— Ora, assim não tem graça!...

— Ah!...

Adélia soltou essa exclamação vendo o menino atirar o corpo, suspender-se ao galho pelas mãos, e balançar-se como um fruto ao sopro do vento.

— Jesus! Que estripulias!

— Eu lhe peço, Mário, não faça isto! Desça! — disse Adélia suplicante.

O menino começou a cantarolar.

IV. Travessuras

O caráter de Mário tinha aquela singularidade que frisara perfeitamente a comparação rústica da Eufrosina.

Esse menino frio, de poucas palavras, movimentos graduados, que parecia querer tomar uns ares ridículos de homem sério; essa natureza de ordinário inerte ou pelo menos tolhida tinha intermitências incompreensíveis, durante as quais se operavam as expansões enérgicas e vigorosas de seu organismo.

Era o gamo, condenado por muito tempo à imobilidade, que uma vez solto arroja-se por despenhadeiros e precipícios. Nada o detinha então; arrostava o perigo e vencia o obstáculo com agilidade e impavidez admiráveis. Havia nesse corpo uma superabundância de seiva, que precisava desperdiçar, para não ficar sufocado. Depois voltava à sua habitual calma e sisudez.

Embora essas alternativas fossem o efeito de uma idiossincrasia moral, filha da natureza e também da educação, contudo Mário já governava seu caráter; o que prometia para mais tarde o homem de boa têmpera, capaz de grandes cometimentos.

Assim o menino podia conter por muito tempo, como já havia sucedido, as expansões de seu organismo, perseverando, à força de vontade, na sua habitual frieza e desdém, apesar das tentações que o provocavam, e do viço infantil que impelia.

Mas sucedia naturalmente que, depois de uma dessas abstinências, não havia uma expansão, e sim uma explosão. Era como se o menino tivesse encerrado no corpo um fluido elétrico, que procurasse desprender-se por sucessivas descargas.

Depois de uma ginástica desesperada sobre os mais finos galhos das árvores, Mário, para rematar esse primeiro ato da sua representação acrobática, lançou-se da grimpa do jambeiro e desceu às cambalhotas, suspendendo-se ora nas mãos, ora nos pés.

Afinal puseram-se as meninas de novo a caminho.

Adélia, conservando ainda uma ligeira palidez do susto que lhe causara a descida de Mário, voltou-se para o menino, com uma expressão de gentil severidade, que dava a seu belo rosto de criança muito encanto:

— Quando Alice corria no jardim, você não achou bom.

— Oh! ele sempre acha ruim o que eu faço! — acudiu Alice com o seu doce e franco sorriso.

— Vamos, diga!

— Não me lembro — respondeu Mário com indiferença.

— Ora, não se lembra; e há bocadinho, quando ela quis trepar na goiabeira?... Você também ralhou com ela; e depois fez muito pior. Daquela altura pendurou-se em risco de morrer.

— Nada se perdia! — disse Mário com desdém.

— Mas então você não pode falar de Alice.

— Ela é rica, tem seu pai e sua mãe, que haviam de chorar muito se qualquer coisa lhe acontecesse; há de ter uma vida feliz. Mas eu!... Um pobrezinho, que já não tem pai e vive à custa dos outros, que faz neste mundo?

— Mário! — disse Alice com exprobração.

— E sua mãe? — interrogou Adélia.

— Minha mãe, coitada, pouco tem de viver: bem ouvi o médico dizer. Por ela já tinha ido reunir-se a meu pai no céu; é por mim só que se resigna a estar ainda separada dele. Quando eu me lembro disso... O melhor é não falar nessas coisas.

— Vamos conversar sobre o casamento de D. Elisa com o Sr. Oscar, e do baile que há de haver, sim? — disse Felícia.

— Quando será o casamento? — perguntou Adélia sorrindo.

— Amanhã, sem falta.

— Eu também sou convidada? — perguntou a Felícia.

— Está entendido.

— Há de ser uma festa! — exclamou Alice, batendo palmas.

— A noiva é bonita, já se sabe — disse a mucama.

— Muito, e tão mimosa!... Como Adélia!
— Como você, Alice, ela tem os olhos azuis!
— Não se fala da cor dos olhos, mas da graça e das maneiras. D. Elisa é uma moça da corte, que anda no rigor da moda; parece que chegou de Paris. Tão faceira!
— E você não é, Alice?...
— Não tenho de quê, Adélia.
— Ande lá, e esse rostinho de anjo? — disse a amiguinha cingindo-lhe a cabeça loura com o lindo braço e beijando-a na face.

Alice corou e retribuiu a carícia.

— Mas gentes, o noivo? Ainda não se disse uma palavra do noivo; que ingratidão!
— Bonito moço! E tem talento, como Mário! — respondeu Alice.
— Gostaria mais que ele se chamasse Fernando.
— Oh! Adélia, Oscar é um lindo nome.
— Fernando é mais lindo: *Ó mio Fernando!*, como mamãe canta.

Nessa conversação Mário não tomou a mínima parte. Tendo chegado ao fim do pomar e descoberto um ninho de anu, escondido na folhagem de um jequiá, operou segunda ascensão em busca dos lindos ovos azuis.

Ao descer sucedeu-lhe um fracasso; prendeu-se uma ponta de galho seco à manga do jaleco e abriu-a ao meio, pondo-o à moda do tempo de D. João II.

— Aí está em que dão as travessuras! — disse Adélia.
— Não faz mal — redarguiu o menino, enrolando a manga rasgada.
— Se faz! — observou a Felícia. — O senhor ainda agora disse que era pobre: quem é pobre não estraga a roupa assim. Depois mamãe é que tem o trabalho.
— Não é ela que paga; é o Sr. barão.
— Por isso mesmo; deve poupar para que ele não faça muita despesa.

Mário sorriu de um modo singular:

— Oh! ele gosta que eu estrague, para mostrar a sua generosidade!

— É porque papai estima você como a um filho!... — disse Alice fitando nele os grandes olhos azuis, com uma expressão de terno ressentimento.
— Eu cá sei!
— Ah! que lindos! — disse Adélia admirando os ovos de anus.
— Não é verdade, Adélia?
— O quê?
— Papai não estima o Mário como a um filho?
— Meu padrinho sempre diz.
— Está bom, está bom, soltem-me — disse Mário sôfrego.

Essa intimação era feita a Alice, que desenrolara a manga rasgada e procurava arranjá-la com alfinetes.

Nessa ocasião chegou ainda açodada, e a todo o pano, a parda Eufrosina. Quando o Martinho viu-lhe a gaforina despontar ao longe, lançou em torno de si um olhar para estudar o terreno e tomar posição que facilitasse a retirada honrosa; porque o pajem sabia por experiência que em tais circunstâncias a parda servia de batedor ao tio Leandro ou à comadre Vicência, ilustres progenitores do pimpolho.

Dessa vez, porém, se iludira. A Eufrosina vinha só; chegando junto ao grupo, tomou uma atitude importante, própria do caso, e disse:

— Sinhá mandou dizer que volte tudo para casa e já. Acabou-se o passeio.

Diante da ordem tão peremptória, ficaram todos passados, até Adélia e a sua mucama, que embora não mostrassem antes grande entusiasmo pelo passeio, eram agora excitadas pela contrariedade. Só Mário protestou uma desobediência positiva:

— Eu hei de voltar quando quiser!
— Sinhá D. Francisca está chamando vosmecê.
— Não ouço — disse Mário escarnecendo.
— Ela mandou chamar por mim!
— Não me contes histórias!
— Mas, Eufrosina: mamãe me deu licença para ir ver vovó preta, que está doente.
— Não sei disso, nhanhã; eu obedeço ao que me mandam.

— Como foi que mamãe disse?

A parda titubeou:

— Peta!... — gritou Mário. — Ela não passou do jardim, e vem com essas invenções para ver se alguém fica com medo!

— É verdade!... Esta Eufrosina escorrega como quê!... — observou o pajem.

— Vem, vem te meter, safadinho!

O Martinho recuou diante das cinco unhas, que ele tinha a honra de conhecer.

— Ih!... Está danada! Foi apanhada com a boca na botija!

— Quando chegares a casa hás de ver.

— Mentira só!...

— Mas então em que ficamos? — perguntou Adélia.

Alice hesitou:

— Se mamãe mandou!...

— Não mandou nada, nhanhã — acudiu o pajem.

— Fica por minha conta — disse Mário. — Vamos; em frente, dobrado, marcha. Rufa tambor.

O Martinho não se fez esperar; fazendo tambor de um embrulho que trazia debaixo do braço, e vaquetas dos dedos, rompeu a marcha:

— Ru! tru! Rato na casaca, camundongo no chapéu! Ru! tru! Rato na casaca, camundongo no chapéu.

Mário seguiu comandando a fileira que se compunha das duas meninas e da Felícia. Ao mesmo tempo fazia ele as vezes de pífaro, que imitava perfeitamente com o assobio.

Quanto à Eufrosina, ficou atrás como bagagem pesada. A mucama de estimação da baronesa estava em dia de caiporismo. Depois do grotesco acidente da pomada de jaca, tudo lhe corria mal.

Tendo partido como uma fúria para queixar-se à senhora das artes do nhonhô Mário e desaforos do pajem; resolvida a obter reparação completa ou a pedir venda; a Eufrosina, pela preocupação em que estava, não viu uma pedra no caminho, e deu uma formidável topada.

Não há nada para chamar a terra um espírito que paira nas mais altas regiões, como seja uma topada. A Eufrosina sentou-se sem querer, e apertando o dedo com a mão direita absorveu-se nessa dor de unha machucada, que representa na escala da dor o papel do *dó* sustenido do famoso Tamberlick, na solfa musical.

Quando pôde andar, a parda com o pé afogueado, mas por isso mesmo com a cabeça mais calma, refletiu que no fim de contas o mais prudente era esquecer a aventura. Primeiramente ela comparara o menino a um cabritinho; e o barão, sabedor do caso, não havia de gostar dessa licença poética. Depois o negócio da jaca era tão ridículo que, em vez de ralharem com o menino e castigarem o pajem, eram capazes de rir à custa dela.

Por essas razões, assentou de retroceder, inventando, porém, a mentira que sabemos, como um pretexto para voltar e tomar ao mesmo tempo uma desforra. Depois de lavar no tanque próximo a cabeça e o pé, tomou na direção em que viera.

Sua intenção era, quando as meninas contrariadas pela ordem já viessem de volta, ela, triunfante e generosa, conceder o perdão e consentir que continuassem o passeio.

Mas a esperteza de Mário desconsertou-lhe o plano, colocando-a de novo em posição ridícula.

Já se vê, pois, que a Eufrosina tinha razão de estar maçada.

V. Tia Chica

O sítio em que estavam agora as crianças era de uma beleza agreste, porém majestosa.

Abria-se ali uma pequena várzea que de um lado o rio cingia como um braço, e do outro a floresta sombreava, como verde pálio cobrindo a linda espádua de uma ninfa. Algumas árvores, que se tinham separado da mata, errantes e solitárias, erguiam-se aqui e ali pela várzea.

O sol, derramando torrentes de luz sobre o descampado, dava ao esmalte da relva ondulações de ouro e fazia reverberar as águas do Paraíba, como borbotões de fogo.

Entre os solitários da várzea, destacava um frondoso ipê. Monarca da floresta, alçando com soberba a régia coroa de esmeralda, parecia preceder a selva, que o rodeava como sua corte submissa e respeitosa. Não era então o tronco decepado que vi muito depois; estava em todo vigor, embora se notasse já, na cruz onde se abriam as ramas, uma caverna feita pela carcoma.

No fim da planície corria uma cadeia de penhascos, que descia verticalmente das altas colinas e submergia-se no leito do rio. O mais saliente desses penhascos sustentava na encosta uma cabana de sapé. De longe e visto de perfil, o rochedo parecia um tropeiro, derreado sobre o pescoço da mula e carregando às costas sua maca de viagem.

Nas abas dessas colinas de granito, do lado oposto à margem do rio, notava-se a vegetação especial que revela a existência das águas dormentes e profundas. Talvez, para os outros, os nenúfares e as plantas que vivem à borda dos lagos não tenham, como para mim, uma expressão melancólica e absorta. O mesmo sucede com os pássaros aquáticos; todos eles são taciturnos e graves.

Essa vaga tristeza é congênita das profundidades. Encontra-se nos abismos da terra, assim como nos abismos da alma.

Um espírito concentrado e recôndito tem pensamentos e sorrisos que boiam à superfície como essas ninfeias, cobrindo de flores magníficas um pego de aflição e martírio.

Tudo indicava que ali nas fraldas do rochedo havia uma lagoa; mas não se podia chegar às margens nem ver as águas porque um muro de pedra seca, já coberto de musgo e orquídeas, impedia a passagem do lado por onde as fragas do rochedo permitiriam o acesso. Muito zelo tinha daquele sítio seu proprietário; pois além do valo, havia um duplo renque de espinheiros, enleados de cipós, cujo fim era proteger o muro contra qualquer projeto de escalada, e até escondê-lo à vista.

O improvisado pelotão de Mário entrou galhardamente pela várzea, com rufo de caixa, mas reduzido apenas ao comandante e ao tambor. Adélia arrependera-se logo da condescendência, imprópria de uma mocinha do tom: a mucama não quis ficar atrás. Quanto a Alice, a sua natureza de colibri não a deixava sujeitar-se a esses brinquedos estudados. A travessura da linda menina era uma inspiração, um adejo gracioso.

— Alto frente! Apresentar armas! — gritou Mário.

O Martinho, fino na manobra, transformou-se imediatamente de tambor em soldado de fileira. Levantou verticalmente o braço esquerdo como se fosse cano da espingarda, e estendeu a mão direita na altura da suposta coronha.

— Tarara-ram! Tarara-ram! Tarara-ram, tram!...

E ei-los a tocar o Hino Nacional com acompanhamento de zabumba e trombone.

O importante personagem, honrado com essa continência militar, era um preto, que assomara à porta da cabana de palha, trazido naturalmente pelo rufo da caixa e pelo gazeio dos meninos.

Quando ele viu quem se aproximava, voltou-se e disse para dentro:

— Olha, mãe; é nhanhã que vem visitar a você!

— Bendito sejas, meu menino Jesus! — respondeu uma voz doce e arrastada.

Entretanto prosseguia a continência:

— Viva papai Benedito! — gritou Mário.

— Viva!... — berrou o Martinho dando no ar uma cambalhota.
— Viva o rei do Congo!
— Viva! — responderam todos.
— Obrigado, meu branco, obrigado.

Isso dizia o preto, descendo a ladeira, e parando a cada passo para curvar-se, abrindo os braços e beijando as duas mãos em sinal de agradecimento.

— Este meu nhonhô quer zombar de seu negro velho!... Zomba, zomba, não faz mal! Eu gosto de ver você contente, contente, rindo com a camaradinha!

E o bom preto expandia-se de júbilo, mostrando duas linhas de dentes alvos como jaspe. Ser motivo de alegria para esse menino que ele adorava, não podia ter maior satisfação a alma rude, mas dedicada do africano.

A meio da ladeira, encontrou-se pai Benedito com Mário, que lhe saltou ao pescoço.

— Assim, meu nhonhô, abraça seu negro. Mais!... — dizia Benedito suspendendo nos braços o menino.

— Eu trouxe uma coisa para você, Benedito! — murmurou-lhe Mário ao ouvido.

— Dá cá, nhonhô — exclamou o preto ajoelhando para receber o presente.

— Logo! — disse rápido o menino lançando um olhar desconfiado para as companheiras que se aproximavam.

Benedito compreendeu:

— E sinhá D. Francisca, está melhor, meu nhonhô? — perguntou o preto com interesse.

— Ela diz que está; mas...

O olhar triste do menino acabou a frase.

Alice chegava com Adélia e as mucamas:

— Adeus, papai Benedito; como vai vovó?

— Chocando, chocando, nhanhã! Enquanto não tirar aquela cafifa do corpo, não fica boa!

A cafifa da tia era um reumatismo crônico, mas de acessos periódicos, que a punham de cama e tolhida por muitos dias.

— Eu vim visitar a ela. Mamãe mandou.

— Deus lhe pague, nhanhã. Vai; ela há de ficar muito contente.

A linguagem dos pretos, como das crianças, oferece uma anomalia muito frequente. É a variação constante da pessoa em que fala o verbo; passam com extrema facilidade do *ele* ao *tu*. Se corrigíssemos essa irregularidade, apagaríamos um dos tons mais vivos e originais dessa frase singela.

Quando as meninas entraram na cabana, Mário, que as acompanhara com o olhar, tirou do seio um pequeno embrulho enrolado em um lenço. Dentro havia uma moedinha de prata de cunho antigo que valia uma pataca, e um pequeno registro de São Benedito.

O preto recebeu o mimo de joelhos e como se fosse uma relíquia sagrada. Não é possível pintar a efusão de seu contentamento nem contar os beijos que deu nas mãos de Mário e nos presentes, ou as ternuras que na sua meia língua disse ao santo e à moeda.

Cumpre advertir que pai Benedito não era desses pretos que suspiram pelo vintém de fumo; ele gozava de certa abastança, devida a seu gênio laborioso e às franquezas que lhe deixava o senhor. Seu reconhecimento não tinha, pois, mescla de interesse; era puro gozo de saber-se lembrado e querido pelo menino.

De seu lado, Mário gozava também daquele prazer que ele causara, e que por uma espécie de refração comunicava com sua alma. A expressão terna que se derramava agora na sua fisionomia era muito rara. Para trazer ao preto aquele insignificante presente, ele fizera o sacrifício de muitas dessas ambições infantis, que sonham com uma caixa de soldadinhos de chumbo ou com uma carta de bichas; ambições tão ardentes, porém menos funestas, do que a dos meninos de cabelos brancos pelos soldadinhos de chumbo que se chamam correios de ministros, e pelas bichas que se chamam salvas de artilharia.

Pai Benedito era um preto alto e robusto. Ordinariamente grave e tristonho, a idade que já andava pelos sessenta, o natural temperamento, e especialmente sua qualidade de feiticeiro, o dispunham ao recolhimento e constante preocupação.

Mas havia uma força bastante poderosa para arrancar ao seu natural essa alma robusta; era a afeição de Mário. Nada mais interessante do que ver o negro atlético dobrar-se ao aceno de um menino, lembrando um desses cães da Terra Nova, que se deixam pacientemente fustigar por uma criança, mas estrangulariam o homem que os irritasse.

Entretanto na cabana Mário achou Alice e Adélia sentadas à cabeceira de tia Chica.

— Benza-a Deus! Cada vez mais bonita! — dizia a preta Eufrosina — você tenha muito cuidado com minha nhanhã.

— Bonita, vovó, e esta carinha! Não dá vontade de beijar? — disse Alice passando a mão por baixo do rosto de Adélia e atraindo-o a si para imprimir-lhe os lábios.

— Me deixe, Alice!

— É mesmo um amor de bonita! Mas minha nhanhã!...

— Ambas são muito bonitas, não é, tia Chica? — disse Eufrosina.

— São duas flores; o lírio e a rosa — acudiu a espevitada da Felícia.

— É verdade; bonitas que não tem mais para onde! Mas esta mocinha é a afilhada de meu senhor, não é, nhanhã?

— É Adélia, é!

— Como está crescida!

— Veio passar estes tempos conosco, porque o pai tem andado doente.

— Adeus, vovó; está melhor? — disse Mário adiantando-se.

— Melhorzinha, nhonhô Mário, parece que Nosso Senhor ainda não me quer.

— Há de ficar boa logo; eu já rezei a Nossa Senhora! — exclamou Alice.

— Reza, reza, nhanhã. Deus lhe há de pagar.

Dizendo isso, a tia Chica descobriu o marido em pé na porta da cabana.

— Olha, calunga; você ainda não viu o presente que nhanhã me trouxe. Como eu vou ficar chibante, hein!

Enquanto Benedito examinava gabando o vestido e o xale de lã, bem como um adereço de miçangas azuis, que Alice trouxera para sua vovó preta, Chica pela terceira ou quarta vez julgou-se obrigada a abraçar a menina e beijá-la com efusão:

— Está com inveja, calunga? — disse a preta sorrindo para o marido.

— Também eu tive quem se lembrasse de mim; não foi você só.

— Ah! deixa ver!

— Não se mostra.

Mário agradeceu ao preto com um olhar aquela reserva.

— Não é capaz de ser tão rico nem tão bonito como o meu! — replicou a tia Chica.

— Mais!...

— Não, Benedito, você não tem razão. Eu sou pobre; não posso dar presentes ricos, como a filha de um barão!

— Mário, vovó não quis dizer isso! Estava brincando!

— Mas, nhonhô Mário... eu...

— Está o que sucede, mãe; não era melhor ficar aí com sua língua bem sossegada — observou Benedito acompanhando o menino, que saíra bruscamente.

Chica ficara atordoada. Sua intenção fora apenas meter o marido em brios para mostrar o presente que recebera e satisfazer-lhe assim a curiosidade. O efeito imprevisto de suas palavras a surpreendeu dolorosamente.

VI. Histórias da carochinha

As meninas merendaram na cabana.

Embora presa na cama, Chica não se esqueceu de cumprir o dever da hospitalidade.

Tirou duma prateleira suspensa ao lado da cama umas latas e cestas, cheias de biscoitos, rosquinhas, beijus e frutas; o pajem foi buscar a água fria da rocha; e a Eufrosina pôs a mesa sobre um banco largo.

Tudo nessa habitação revelava o mais apurado asseio; a roupa, apesar do grosseiro tecido, cegava de alvura; a louça, até nos lugares desbeiçados, era tão limpa que parecia recentemente quebrada.

— Merenda, minha nhanhã, um bocadinho. Estas rosquinhas de goma foram feitas mesmo para lhe mandar. Mas eu estou aqui amarrada nesta cama pelo reumatismo e pai Benedito tem sua obrigação!... O que a gente há de fazer?

Durante a merenda, o silêncio das vozes tornou mais sensível um surdo rumor, que desde princípios se ouvia na cabana. Parecia o eco subterrâneo do frêmito das ondas batendo em alguma praia muito remota.

— Que barulho é este? — perguntou Adélia aplicando o ouvido. — Será algum carro que vem da corte?

— Ah! quem dera! — exclamou a Felícia.

Alice abaixou a voz e disse com um tom receoso e triste:

— É o boqueirão.

— O boqueirão?...

— Sim; onde morreu o pai de Mário.

— Cala a boca, nhanhã, não fala nisso. Depois, olha lá! — ponderou a Eufrosina.

— Ah! já sei — exclamou Adélia; é um buraco muito fundo.

— Não — respondeu Alice. — É um palácio encantado que há no fundo da lagoa... onde mora a mãe-d'água.

— Como é que você sabe?
— Vovó é que me contou uma vez.

Alice tornou para junto da preta, a qual se conservara inteiramente estranha à conversa, preocupada ainda com as palavras que haviam agastado a Mário.

— Conta a história da mãe-d'água, vovó!
— Ora, nhanhã, eu nem me lembro mais.
— Para Adélia ouvir! Sim, vovó, sim!
— Já esqueceu! Faz tanto tempo que eu ouvi a minha senhora velha D. Generosa, aquela santa que Deus tem na sua glória entre seus anjos.
— Era vovó de mamãe! — disse Alice para Adélia.
— Faz tanto tempo que eu ouvia ela contar a sinhá, quando era mais pequena que nhanhã. Sinhá não queria dormir, e então sinhá velha sentava-se junto da cama, com a cabecinha tão branca como capucho de algodão, e começava... Deixe ver se me alembro, nhanhã. Ah! Foi um dia...

Os restos da merenda foram completamente abandonados à gulodice do Martinho, o qual, na sua qualidade de pajem de boa sociedade, sabia que nada apura e afina as ouças como um estômago repleto. Os outros, movidos pela curiosidade, cercaram o catre de Chica:

— Foi um dia uma princesa, filha de uma fada muito poderosa, e do rei da Lua, que era o marido da fada.

Sua mãe tinha feito a ela rainha das águas, para governar o mar e todos o rios, todos.

— O Paraíba também, vovó?
— Já se sabe; todos os rios do mundo.
— E era bonita a princesa?
— Não se fala. Era uma Virgem Maria. Os cabelos verdes, tão verdes, chegavam até os pés e ainda arrastavam; nhanhã não tem visto aqueles fios muitos compridos, que às vezes andam boiando em cima d'água? A gente chama limo; são as tranças dela.

— Tão bonito! Cabelos verdes, não é? Eu queria ter! — disse Alice.

— Mas, tia Chica, quando ela nada, não se vê?

— A princesa?... Às vezes, quando a água está dormindo, ela se deita assim de bruços para olhar o céu. Tem saudade das irmãs.
— Que são as estrelas? — acrescentou Alice.
— É, nhanhã!
— Como são os olhos dela? — perguntou Adélia.
— Aposto que são verdes como os cabelos.
— Verão que são bem pretos!
— Os olhos não têm cor; é assim como uma claridade da lua que está cegando a gente.
— Está bom; ninguém atrapalhe mais! — recomendou Alice.
— Pois a mãe-d'água, como era assim tão bonita, foi adorada por muitos príncipes, que todos queriam casar com ela; mas seu coração já pertencia a um rei, lindo como o Sol. Dizem mesmo que era filho dele.

Aqui, sinhá velha contava como houve muitos combates, e como o rei, filho do Sol, saiu sempre vencedor e alcançou a mão da princesa; e depois as festas que se fizeram, que foi uma coisa de abismar. Mas essas histórias de branco, eu não sei, não, minha gente; façam de conta que foi assim uma cavalhada, como houve na vila pelo São João passado.
— Ah! já sei, a mascarada! — observou Martinho.
— Houve muita alegria pelo casamento, luminárias, foguetes. Nunca se tinha visto festa assim; e durou nove dias e nove noites, que ninguém descansou. Ao cabo desse tempo partiu o rei para seu palácio, levando consigo a princesa. E esta dizia ao marido que três meses do ano havia de passar com sua mãe, a fada; e o resto do tempo com ele, seu marido. O rei, que lhe queria muito, ficou triste; mas era tão bom, que consentiu; porque ele pensava que, se ela não fosse boa filha, não seria boa mulher nem boa mãe. E esse tempo que ela estava ausente passava com a mãe embaixo d'água, no seu palácio de diamantes.

Assim viveram muitos anos, tão felizes, que era um contentamento para toda gente; e a rainha deu um filho ao rei, o menino mais bonito que já se viu. O pai o adorava; a mãe morria por ele; e todo o mundo, quando olhava para o menino, ficava mesmo cativo.

A preta fez uma pausa.

— Não me lembro mais!

— Ora, vovó! — disse Alice queixosa.

— Ah! sim! Chegando o tempo em que a princesa ia visitar sua mãe, quis levar o príncipe; mas o rei lhe pediu tanto e rogou que ao menos deixasse metade de seu coração e não lhe levasse todo!... Ela teve pena e deixou o filhinho, sabe Deus com que dor, e depois de recomendar muito e muito ao rei que tivesse cuidado nele.

A fada, mãe da princesa, estava encantada. Quer dizer, nhanhã, que o rei das fadas tinha mudado a ela em uma flor; essa flor grande, muito alva, que nasce em cima d'água.

— Coitada! Por quê?

— Não se sabe. Então a princesa, não achando sua mãe dela, e pensando que lhe tinha sucedido uma desgraça, pôs-se a procurá-la por toda parte, perguntando: "Peixinhos do rio, conchinhas do mar, vistes minha mãe, por quem eu choro mais pranto que as águas em que nadais?". Ninguém respondia; até que afinal o rei das fadas teve pena dela, e vendo-a tão formosa, perdoou a mãe. Com que alegria elas se abraçaram; e logo se puseram ambas a caminho, navegando em uma concha de pérola e ouro, ansiosas de ver a rainha, seu caro esposo e filho; e a fada, seu lindo neto.

Tinha-se passado muito tempo, para a gente da terra, que para as fadas não há tempo. O rei, quando viu que a rainha não voltava, ficou desconsolado e triste de sua vida; mas havia na corte gente malfazeja que começou a espalhar certas coisas: que a rainha se tinha enamorado de um príncipe do mar, muito bem parecido. Como as coisas más sempre se acreditam, o rei desesperado quis vingar-se e casou-se com outra princesa, que estava muito longe da primeira. A madrasta, toda cheia de si, logo mandou o príncipe, filho da princesa das águas, para a cozinha, como se fosse um criado.

Um dia que o príncipe vinha, todo sujo de carvão, carregando lenha do mato, encontrou com a princesa do mar que chegava; ele não sabia quem era, ainda que ficou abismado com sua beleza; mas ela logo o reconheceu e abraçou-o chorando.

Então soube o que se tinha passado; e sem querer mais ver o ingrato que a tinha esquecido, sumiu-se com o filho de seu coração no fundo do mar. Por sua ordem as águas começaram a subir, a subir, e afogaram o palácio, o rei, a nova rainha e todos que tinham dito mal dela.

De tempos em tempos ela vem a terra para afogar a gente, e todo menino que entra no rio, ela agarra para servir de criado ao filho. Também de noite, quando alguma criança chora e aflige sua mãe, ela a carrega para o fundo d'água. Aqui está, nhanhã; é o que me lembra.

— Muito bonita história!

— Mas, vovó, e o boqueirão?

— Isso não é da história. Era sinhá velha, que dizia... Como aqui no boqueirão sempre estava sucedendo desgraças, ela dizia que a mãe-d'água morava na lagoa; e que assim no lugar onde tem mais sombra, às vezes se vê ela olhando e rindo com tanta graça, Senhor Deus, que a gente tem vontade mesmo de se atirar no fundo para abraçá-la.

— Mas era para meter medo à mamãe que ela dizia? — perguntou Alice.

— Era, nhanhã!

— Então esse boqueirão é muito perigoso? — observou a Felícia.

— Tanta gente que tem morrido aí! — disse a Eufrosina.

— Olha!... Basta meter a ponta do pé dentro, e ele faz glu!, assim!

O Martinho representou ao vivo o boqueirão; fazendo a goela o papel de sorvedouro, e simbolizando uma banana a vítima tragada pelo abismo.

— Passa fora! — disse a Felícia.

— E não se pode ver de longe? — perguntou Adélia.

— Qual! Meu senhor não quer que ninguém vá lá. Como sucedeu aquela desgraça ao amigo dele tão do peito, o Sr. Figueira, pai do nhonhô Mário... Coitado, tão bom homem!... Por isso, meu senhor, logo que tomou conta da fazenda, mandou tapar tudo, que nem se pode ver mais a lagoa.

— Então ninguém, ninguém, vai lá? — perguntou Felícia.

— Só pai Benedito, que vai rezar por seu defunto senhor moço dele!

Alice, que ficara um instante pensativa, ergueu-se de chofre:

— Vovó, eu vou ver a minha galinha. Já tem muitos pintos?

— Qual, nhanhã, a trovoada matou tudo. Uma ninhada tão bonita que tirou na quaresma!

Alice penetrou no interior da cabana.

— E como morreu o pai de Mário? — perguntou Adélia.

— Quem sabe, sinhazinha? Foi uma noite... Ele veio ver o pai, que já estava muito doente. Passando por aqui disse a seu pajem dele que esperasse, enquanto vinha falar uma coisa com pai Benedito. Tudo isto era aberto. Parece que errou o caminho e foi dar dentro da lagoa.

— Jesus!...

— Quando o pajem acudiu, já não se via senão o cavalo que estava labutando. Mas do Sr. Figueira nunca mais se soube; no outro dia procurou-se tudo; só se encontrou o chapéu nas folhas de aguapé!

Pai Benedito assomou à porta da cabana.

— Mãe, cala sua boca. Você não se emenda ainda não, hein! Olha! Coruja está piando no mato; assim mesmo com dia claro. Não chama mais desgraça, não!

Com efeito uma coruja assustada soltava o lúgubre estrídulo, que não deixou de impressionar as pessoas reunidas na cabana.

— Que tem falar nisso, pai Benedito? — acudiu a Felícia.

— Não tem nada, rapariga! — murmurou o preto velho, voltando o rosto para esconder uma lágrima que esmagou com as costas da mão.

— Eu não disse que era senhor moço dele?... — murmurou tia Chica a meia voz.

— Ah!...

— Faz onze anos, e é aquilo mesmo! — disse tia Chica apontando para o marido.

— É porque — disse pai Benedito com a voz grave e triste — ainda não se passou uma noite só que eu não visse meu senhor em pé olhando para mim com aquele modo de bondade que ele tinha. Eu ouço ele chamar: "Pai Benedito!

Pai Benedito!". Depois vai seguindo até lá na várzea; mostra o tronco do ipê; e caminha para o boqueirão...

O pai Benedito calou-se, arrependido de ter falado; e concentrou-se em profundo silêncio. Debalde as pessoas presentes o interrogaram; não puderam obter a menor resposta.

VII. Pai Benedito

A palhoça do marido da tia Chica era bem antiga e tinha antes dele pertencido a outro.

Esse primeiro dono foi um negro cambaio, que ali viveu desde tempos remotos, quando a fazenda não passava de uma roça à-toa com um velho casebre e alguma plantação de mandioca e milho.

O aspecto disforme do negro e o isolamento em que vivia naquele sítio agreste em meio de ásperos rochedos incutiu no espírito da gente da vizinhança a crença de que o pai Inácio era feiticeiro. Realmente ele tinha todos os traços que a superstição popular costuma atribuir aos bruxos.

Desde então nenhuma catástrofe se deu por aquela redondeza, nenhum transtorno ocorreu, que não fosse lançado à conta da mandinga do negro. Se um roceiro caía do cavalo e quebrava a perna; se alguma dona de casa se queimava no tacho de melado ou no forno a fazer beiju; se dava a peste nas galinhas ou chocava o grão na espiga do milharal, não tinha que ver: era feitiço; e as vozes se uniam em uma só praga e esconjuro contra o bruxo do inferno que encafifava a todos e a tudo.

Era, porém, especialmente ao boqueirão que, segundo as beatas do lugar, presidia o pai Inácio, colocado pelo inimigo de propósito naquele sítio, para enganar os viajantes e atirá-los no remoinho. Cada alma que o feiticeiro assim entregava em pecado mortal e sem confissão ao inferno eram mais dez anos de vida que o diabo lhe deixava; por isso já andava ele seguradamente pelos cento e vinte, senão mais; pois a parteira que passava por ser pessoa mais velha do lugar o tinha visto em pequena já assim como ele estava de cabeça ruça.

Quem não se achasse em estado de graça, bem confessado e comungado, não devia, pois, arriscar-se nas proximidades do boqueirão; porque com certeza lá ficava embaixo d'água por uma vez. Não havia santo nem oração que o salvasse das manhas do bruxo, fino como um azougue e capaz de enganar ao próprio diabo, seu mestre dele.

Ou porque o feiticeiro não achasse mais alma penada para à custa dela ganhar um suplemento de vida, ou porque se aborrecesse deste mundo, o caso é que um dia desapareceu e ninguém mais soube novas dele.

Já então havia a roça, desde anos, passado para outro dono, que fez dela uma bonita fazenda.

Esse novo proprietário, que era Figueira, o avô de Mário, trouxera vários escravos e entre eles um molecote de nome Benedito, colaço e pajem do filho José. Pelo tempo adiante o mancebo casou-se e retirou-se da fazenda agastado com o pai; Benedito, que já tinha mais de quarenta anos, era cativo; não pôde acompanhar o senhor moço, como lhe pedia o coração.

A casa onde vivera feliz tornou-se para ele insuportável; começou a ausentar-se da senzala para onde o tinham mandado e a faltar ao trabalho. Sucedendo ficar sem dono a cabana do rochedo, pediu ao senhor que o deixasse morar ali, no que não houve dificuldade.

Com a palhoça, Benedito herdou a reputação de feiticeiro do pai Inácio, sobretudo depois que novos desastres se deram no boqueirão. Embora não tivesse o novo habitante a fealdade característica da profissão, a gente do lugar estava tão acostumada a contar com um mandingueiro para explicar as desgraças e reveses, que não podia dispensar esse personagem importante de suas histórias da carocha.

E, pois, como Benedito era um bonito negro, de elevada estatura e fisionomia agradável, as beatas inventaram outro Benedito à sua feição. A dar-se crédito à palrice das tais velhas, aquele preto bem-apessoado, em sendo meia-noite, virava anão com uma cabeça enorme, os pés zambros, uma corcunda nas costas, vesgo de um olho e torto do pescoço.

Era o pacto que tinha feito com *seu mestre*, de não parecer de dia qual era à noite.

Segundo outros, esse Benedito não era senão o mesmo pai Inácio, ou, para melhor dizer, um rebotalho do inferno que tomara figura de negro para tentar a gente cá na terra. Embora objetassem alguns que antes de o preto velho desaparecer já o outro existia na fazenda, onde fora visto ainda molecote, acudiam as comadres que o inimigo sabia fazer as coisas; sumira o pajem antes de tomar-lhe a figura. A prova era que Benedito, sempre tido como bom cativo, dera ultimamente em ruim e até fujão.

Em face de razões tão peremptórias, ficou o Benedito tido e havido por feiticeiro. Todos se temiam dele; mas não faltava também quem recorresse a seu poder sobrenatural para a cura de certas enfermidades, para descobrimento de coisas perdidas, a realização de ocultos desejos.

Por mais que se escusasse, força lhe foi recorrer ao arsenal de bruxarias deixado pelo pai Inácio, e satisfazer aos rogos dos parceiros. Algumas coisas que disse, aconteceu saírem certas, e tanto bastou para aumentar a fé na sua mandinga.

Pai Benedito, porém, era um feiticeiro de bom coração. Em vez de usar de seu poder para soprar intrigas e desavenças, ao contrário servia de conciliador em todas as brigas que se davam entre os pretos da fazenda; aconselhava os parceiros nos casos de aperto por alguma falta; e apadrinhava o fujão perante o antigo senhor, que o tinha em grande estima e muitas vezes o ia visitar na sua cabana. Quanto ao novo, não o tratava com a mesma amizade; mas rara vez lhe recusava o que pedia.

Esse último dono da fazenda trouxera tia Chica, ama que fora da mulher. Benedito agradou-se dela; e casaram-se.

Desde então viviam os dois na palhoça muito satisfeitos um do outro. Tia Chica depressa se conformou às feitiçarias do marido, assim como pai Benedito se acostumou ao reumatismo da mulher. As únicas rezingas que havia entre eles eram a propósito de Mário e Alice.

Ambos se desvaneciam de serem um tanto ascendentes de seus prediletos. Benedito, como fora pajem grande do pai de Mário em criança, considerava-se até certo ponto avô do menino. Da mesma forma tia Chica, que tinha criado a mãe de Alice, olhava para esta como se fosse em parte sua netinha.

Cada um exaltava o seu ídolo com entusiasmo ardente e exclusivo; daí nasciam as zangas e as brigas, porque nenhum queria admitir que houvesse quem se pudesse comparar, quanto mais exceder, ao objeto de suas candongas.

Tinham decorrido alguns instantes depois das palavras proferidas por Benedito a respeito de seu falecido senhor moço. Ninguém se animava a quebrar o silêncio que deixara a voz grave e triste do preto, quando Eufrosina lembrou-se de que era tempo de voltar à *casa-grande* e exclamou percorrendo o aposento com um olhar inquieto:

— Gentes! Quedê nhanhã Alice?

— Está vendo as galinhas — respondeu tranquilamente Chica.

— Há tanto tempo!

— Nhanhã!... Nhanhã Alice! — gritou Eufrosina para o interior.

Alice não respondeu.

— Entra, Eufrosina! — disse Chica vendo que a mucama hesitava.

A cabana tinha além do primeiro repartimento mais três divisões, a última das quais abria para um terreiro fechado entre paredes de rocha viva. De um lado havia uns degraus que iam ter à margem do rio; do lado oposto via-se uma fenda que dava passagem para a lagoa, e parecia antes uma gruta do que uma saída.

No fundo, uma cerca de varas formava um pequeno galinheiro, bem provido; o que depunha a favor dos talentos caseiros de tia Chica.

Em curto momento percorreu a Eufrosina o terreiro e o resto da cabana, chamando pela menina. Voltou assustada ao último ponto.

— Não está no terreiro!

— Há de estar aí dentro mesmo.

— Corri tudo.

— Mas se ela não saiu ainda?

— Querem ver que nhanhã se escondeu para meter susto à gente! — observou o Martinho.

— Nhanhã Alice! Eu não gosto destas graças! — dizia a Eufrosina procurando.

Pai Benedito, sentado a um canto com a fronte apoiada sobre os joelhos, na posição de um ídolo africano, e absorvido em profunda cogitação, conservara-se inteiramente alheio ao que passava na cabana. Mas afinal a agitação produzida pela ausência incompreensível de Alice chamou-lhe a atenção.

— O que é?

— Nhanhã Alice que não aparece.

— Foi lá no terreiro ver a galinha dela, e agora ninguém sabe onde está — disse a Chica trêmula de inquietação, mas fazendo um esforço para erguer-se da cama.

— Lá no terreiro?... — perguntou o preto velho com a voz lenta e surda.

— Sim!

O talhe elevado do negro foi-se desdobrando vagarosamente, até erigir toda estatura. Seus lábios murmuravam palavras entrecortadas, impossíveis de entender. Rezava ou fazia uma imprecação a algum espírito invisível.

Nesse momento derramou-se na cabana um som que podia ser gemido ou talvez exclamação de surpresa a que o eco tivesse repassado de certa modulação plangente.

Chica, já de pé e apoiada a um bordão para ir ela mesma procurar sua querida nhanhã, caiu como fulminada sobre o leito. Os outros ficaram atados pelo terror, incapazes de uma resolução.

Só Benedito arrojou-se com ímpeto ao terreiro da cabana.

VIII. A MÃE-D'ÁGUA

Descendo-se da cabana pela vereda tortuosa que serpejava entre as pedras, dava-se em um pequeno lago, alimentado pelas águas do rio.

As margens cobertas de plantas aquáticas eram cingidas pelos alcantis do rochedo, que derramavam sobre as águas profundas uma sombra espessa. À superfície do lago lastravam as ninfeias abrindo os brilhantes cálices brancos, azuis e escarlates.

O hálito da brisa frisava, achamalotando, o azul das águas, que pareciam ter como as vagas do mar um fluxo e refluxo, porém muito mais brando. Junto ao rochedo onde estava a cabana, em um seio que formava o lago, a água parecia adormecida e completamente imóvel. Aí o sopro da aragem embaciava o espelho sempre liso e brilhante; apenas, a não ser ilusão da vista, percebia-se uma leve ondulação concêntrica.

A extrema velocidade desse movimento esférico era justamente o que produzia a ilusão. Quem não observasse o fenômeno com bastante atenção afirmaria sem dúvida que ali era, não o eixo do turbilhão, mas o remanso das águas, o seu regaço, onde vinham adormecer as ondinhas da margem.

Às vezes a face do lago se arredondava suavemente e abria uma covinha mimosa semelhante à que forma o sorriso no rosto de uma moça bonita. Mísero de quem, descuidoso, prendesse os olhos às carícias que borbulhavam ali.

A onda, que Shakespeare comparou à mulher na constante volubilidade, ainda se parecia com ela na voragem daquele sorriso. Se na borbulha d'água se aninhava a morte como um aljôfar gracioso, que estava namorando os olhos, também assim a alma do homem se embebendo na covinha de uma face gentil é submergida pelo abismo infinito, onde o tragam as decepções cruéis.

De um lado da bacia notava-se uma grande pedra quadrada em forma de laje, com uma borda levantada à guisa de parapeito, e uma saliência encostada ao rochedo, figurando um divã. Era obra da natureza, mas aperfeiçoada outrora pela arte que talvez aproveitasse o lugar para ponto de recreio.

A essa pedra chamavam, na fazenda, a *Lapa*. Ela ficava exatamente na base do mais alto e mais áspero dos rochedos, o qual prolongava sobre o lago uma ponta abrupta semelhante a uma crista. Esse dossel de granito, com as suas franjas verdes de parasitas e orquídeas, tornava ainda mais umbroso o rebojo do lago, que só naquelas horas da sesta recebia diretamente alguns raios do sol.

Aí na *Lapa* ia dar a vereda tortuosa que descia do terreiro da cabana; e continuava enredando-se nas moitas que vestiam as margens da lagoa. Na direção da várzea podiam-se ver ainda os vestígios de algumas pilastras de alvenaria, que denotavam ter ali existido em outro tempo alguma construção ligeira.

Tal era o sítio que uma tradição de família cercava de tão supersticioso terror. Seu aspecto, embora ressumbrasse doce melancolia, era tão sereno e plácido que estava bem longe de justificar a má reputação.

Desde muito tempo Alice, curiosa como toda criança, desejava ardentemente ver esse lugar que lhe parecia prender-se estreitamente à existência de sua família; pois embora de ordinário se evitasse falar do boqueirão, o fato é que estava sua lembrança viva sempre no espírito das pessoas que a rodeavam.

Por diversas vezes, vindo à casa de sua vovó preta, a menina cogitara meios de esquivar-se furtivamente e satisfazer sua curiosidade. Ela induzira de certas palavras ouvidas casualmente, que da cabana havia uma passagem, por onde Benedito descia à lagoa para "banzar sobre a morte de seu senhor moço". Assim dizia a Chica. Anteriormente, brincando no terreiro de sua vovó preta, a menina tinha reparado na abertura da rocha.

Naquele dia pareceu-lhe favorável o ensejo. A tia Chica estava presa à cama e não podia, como costumava, segui-la por toda parte; Benedito saíra com Mário e finalmente a presença de Adélia e de sua mucama Felícia distraíram a atenção das outras pessoas.

Se perdesse essa ocasião, nunca mais alcançaria o que tanto desejava.

Obter a realização desse desejo da condescendência dos que a acompanhavam era coisa em que nem pensava. Conhecia as ordens severas de seu pai; e sabia como eram respeitadas e obedecidas.

A história da *mãe-d'água* ainda mais exaltou a imaginação infantil de Alice. Desapareceram as hesitações; sob pretexto de ver sua galinha, ganhou o terreiro e desceu pela vereda tortuosa até à *Lapa*.

O receio de que a surpreendessem e o respeito supersticioso que lhe infundia aquele sítio faziam palpitar com força o lindo seio, desmaiando e acendendo alternativamente as duas rosas da face.

Aproximando-se sutilmente da *Lapa*, a menina se debruçou no parapeito de pedra para ver a lagoa, porém especialmente a *mãe-d'água*. Seus olhos, depois de vagarem algum tempo pelas margens da bacia, fitaram-se com dobrada atenção no tanque formado pelo rochedo.

A princípio ela só viu o espelho cristalino onde sua imagem se refletia, como o rosto diáfano de alguma náiade. Pouco depois teve um ligeiro sobressalto e, estendendo o colo, murmurou sorrindo:

— Lá está!

Com efeito distinguia-se no fundo do lago, mas vagamente, o busto gracioso de uma moça, com longos cabelos anelados que lhe caíam pelas espáduas. A ondulação das águas não deixava bem distinguir os contornos, e produzia na vista uma oscilação contínua.

Seria a sua própria imagem que mudara de lugar com seu movimento? Além de aparecer o busto de mulher muito distante, tinha a cabeça voltada em sentido oposto.

Alice quedou-se, com os olhos fixos e imóveis, para não perder o menor movimento da fada. Às vezes sentia uma vacilação rápida na fronte; mas era uma impressão fugitiva; passava logo.

Pouco a pouco a figura da *mãe-d'água*, de sombra que era, foi se debuxando a seus olhos. Era moça de formosura arrebatadora; tinha os cabelos verdes, os olhos celestes e um sorriso que enchia a alma de contentamento; um sorriso que dava à menina vontade de comê-lo de beijos.

Alice viu a moça acenar-lhe docemente com a fronte, como se a chamasse. A princípio não quis acreditar; tomou por uma ilusão, mas tantas vezes o movimento se repetiu, tantas vezes a moça lhe acenou graciosamente com a cabeça, que não pôde mais duvidar.

A *mãe-d'água* a chamava; e ela teve desejos de atirar-se em seus braços. Mas a fada estava no fundo do lago; sua mãe podia chorar; as outras pessoas, sabendo, ficariam com medo. Ela não, não tinha medo. A moça lhe sorria com tanta doçura e bondade!...

Em vez de querer-lhe mal, havia de fazer-lhe tantos carinhos, contar-lhe coisas muito bonitas do reino das fadas e dar-lhe talvez algum condão que a protegesse, que obrigasse Mário a lhe querer bem e a não ser mau para ela.

Nesse momento chegou-lhe trazido pela brisa o eco das vozes que a chamavam. Pareceu-lhe que a puxavam docemente e iam arrancá-la ao encanto daquela miragem. Mas resistiu, apoiando fortemente os braços sobre a pedra.

Não ouvira mais nada, nem se apercebia do lugar em que estava. O lago, o rochedo, as plantas, tudo desaparecera, ou, antes, se transformara em um palácio resplandecente de pedrarias. No centro elevava-se um trono que tinha a forma de um nenúfar do lago; mas era de nácar e ouro. Aí sentada em coxins de seda, a moça abria os braços para apertá-la ao seio.

A menina teve um estremecimento de prazer. Hesitou, contudo, por um melindre de pejo; mas o vulto de Mário perpassou nos longes daquela miragem arrebatadora; e a moça do lago outra vez sorriu-lhe, através daquela imagem querida. Então, Alice, atraída pelo encanto, foi se embeber naquele sorriso como uma folha de rosa banhando-se no cálice do lírio que a noite enchera de orvalho.

Ouviu-se um soluço da onda, e um ai sentido. O soluço expirou ali mesmo, sopitado pela voragem que se abrira.

O gemido repercutido pelas fragas foi derramar a aflição na cabana.

Na desgraça que acabava de suceder, nada havia de sobrenatural. A menina fora vítima da atração que exerce o abismo sobre o espírito humano.

Aquele seio profundo, que parecia o remanso do lago, era ao contrário o vórtice de um profundo remoinho das águas, que se engolfando por algum abismo cavado na rocha giravam sobre si mesmas com uma velocidade espantosa.

A abóbada da caverna onde as águas se precipitavam era naturalmente o cimo do penhasco onde estava a cabana, porque só nesse ponto se escutava bem o surdo fragor da catadupa. À margem do lago muitas vezes nada se ouvia, e outras se distinguia apenas um ligeiro sussurro, como o da brisa ramalhando entre as folhas dos pinheiros.

Alice, debruçada sobre o parapeito de pedra, não percebera que fronteira a ela havia na rocha uma face côncava coberta de cristalizações que espelhavam o seu busto gracioso, do qual só a parte superior se refletia diretamente nas águas.

Esse busto, refrangido pela rocha e reproduzido pela tona do lago, apresentou aos olhos de Alice a sombra ainda vaga da *mãe-d'água*. Depois, quando uma réstia de sol esfrolou-se em espuma de luz sobre a fronte límpida da menina, e um raio mais vivo cintilando nas largas folhas úmidas da taioba lançou as reverberações da esmeralda sobre os louros cabelos, o busto se debuxou e coloriu.

Tudo o mais foi efeito da vertigem causada pela fascinação. O torvelinho das águas produz na vista uma trepidação que imediatamente se comunica ao cérebro. O espírito se alucina e sente a irresistível atração que o arrasta fatalmente. É o magnetismo do abismo; o ímã do infinito que atrai a criatura, como o polo da alma humana.

Se Alice não tivesse uma natureza forte e vivace; se a vida no campo, o ar livre, não lhe dessem firmeza ao caráter e seiva ao coração, houvera sem dúvida cedido ao primeiro atordoamento, e recuaria a tempo de evitar a catástrofe.

Chegando ao terreiro, Benedito galgou de um salto a escarpa da rocha que se levantava do lado da lagoa. Abaixando os olhos para o remoinho não viu mais do que uma faixa azul que cintilou a seus olhos como um relâmpago e sumiu-se. Era o vestido de Alice.

— Ah!...

O peito largo do africano respirou profundamente, como se lhe houvessem tirado de cima um rochedo.

A onda, que abrira a fauce enorme para tragar sua vítima, fechou-a de novo, e alisou-se plácida e fria como a lápide de um túmulo.

IX. Castigo

Mário, deixando bruscamente a cabana, descera à várzea, e caminhando à toa chegara ao tronco do ipê.

Parado aí, começou a olhar para as cruzes pretas, que já então existiam. Não se sabia ao certo quem aí pusera aquelas cruzes, embora as suspeitas recaíssem sobre o pai Benedito.

Dava-se porém a circunstância de serem alguns desses toscos monumentos fúnebres consagrados às cinzas desconhecidas, de data muito remota, quando talvez o preto velho, habitante da cabana, ainda não tinha deixado os areais de sua pátria africana.

Havia a esse respeito uma tradição. Dizia-se que, em sucedendo uma desgraça no boqueirão, logo aparecia mais uma cruz à sombra do ipê, indicando a sepultura do infeliz tragado pela voragem.

Ora, o mistério tornava-se ainda mais profundo com o fato muitas vezes verificado do desaparecimento da vítima arrebatada pelo remoinho. Além de outros casos, citava-se especialmente o do pai de Mário, em que todos os esforços empregados durante muitos dias foram inúteis. Tudo se sumira; o homem e o cavalo; o ventre do abismo devorou tudo; só escapou o chapéu, que o vento ou o acaso atirara sobre as largas folhas das plantas aquáticas.

Como, pois, o misterioso coveiro achava o cadáver das vítimas para dar-lhes sepultura ao pé do tronco?

Houve quem duvidasse que as cruzes indicassem o jazigo real das pessoas afogadas na lagoa. Na opinião destes, o tronco do ipê era apenas como um necrológio rústico e simbólico das sucessivas catástrofes sucedidas no boqueirão. Semelhante dúvida estimulou alguns mais animosos a verificarem o fato, mas a tentativa abortou.

Às primeiras escavações, uma voz terrível gelou-os de pavor. Entretanto, essa voz não pronunciara mais do que uma palavra:

— Espera!

Nessa palavra, porém, havia uma ameaça espantosa, fulminada pelo céu ou vomitada pelo inferno. Após a palavra, a mente horrorizada viu surgir uma legião de fantasmas. Fugiram todos assombrados ante a visão medonha.

Contentaram-se, pois, com os indícios, tirados da circunstância de ser o ipê visitado pelos urubus sempre que uma nova cruz aparecia fincada na sombra da árvore.

Mário conhecia essa tradição, que se avivou em seu espírito e o preocupou durante o tempo que esteve a olhar para os fúnebres emblemas. Aí nessa posição, pensativo, com a fronte vergada, foi Benedito encontrar o estranho menino, cuja inteligência precoce parecia desenvolver-se ao influxo de um sofrimento íntimo:

— Quem sabe se eu também não hei de ter a minha cruz aqui? — disse ele com um sorriso indefinível.

— Nhonhô!...

— Ali, perto daquela!...

O menino apontou para uma cruz, que se distinguiu das outras por uma circunstância quase imperceptível: era uma série de pequenos talhos de faca dados na base, em uma das quinas. Contavam-se onze, sendo o superior muito recente, talvez daquela manhã.

Mário, acreditando na tradição, suspeitava que esse era o jazigo de seu pai. Benedito, por ele interrogado, esquivava-se, afirmando que nada se podia saber a tal respeito; porém o menino, embora se calasse para não afligir o velho, perseverava em suas suspeitas com a firmeza e tenacidade própria de seu caráter.

Ele tinha por diversas vezes surpreendido o olhar triste que o escravo fitava naquela cruz; e notando que, fronteiro a ela, o chão estava mais sólido e batido, atribuía isso aos joelhos de Benedito, rezando amiúde pela alma do antigo senhor moço.

Vendo o gesto do menino que apontava naquela direção, logo depois de palavras tão sinistras, o velho africano sentiu a alma dilacerar-se.

— Não fala assim, meu nhonhô! Você não tem pena de seu negro velho?

O menino parecia concentrado:

— Foi hoje, não foi, Benedito?

— Foi, meu nhonhô; mas não se lembre disso agora, venha brincar com as camaradinhas.

— Não, deixe-me.

O menino permaneceu imóvel diante da cruz, e o preto velho encostado ao tronco do ipê cobria-o com um olhar de compassiva ternura, repassado, contudo, de respeito. Naquele momento dessas duas almas, a viril era a da criança, a infantil era a do velho.

— Às vezes tenho vontade de ir ter com meu pai, para que ele me explique... o que eu não posso entender. Uma coisa que eu penso, mas talvez não seja!... É isso que me faz mau para os outros!

— Aquela mãe! — murmurou o preto. — Podia estar com sua boca bem fechada. Ninguém perguntou a ela se sua nhanhã era rica e meu nhonhô, pobre! Deixe estar que eu ainda hei de vê-lo muito, muito rico!

— Que importa ser pobre! Os pobres são às vezes mais felizes com seu trabalho do que os ricos com seu dinheiro.

— Eu sei que nhonhô não se importa; mas também, quando a gente pensa que esta fazenda do Boqueirão e toda a riqueza de meu defunto senhor, que devia pertencer a nhonhô Mário, de repente passou para os outros, quando a gente menos cuidava!... E tudo porque meu defunto senhor em velho deu para jogar, jogar...

— E foi por isso, Benedito? Foi porque meu avô jogou?

Fazendo essa pergunta, o menino fitou no rosto de Benedito um olhar ardente que fascinou a pupila do negro, obrigando-o a abaixar as pálpebras.

— É o que todo o mundo diz, nhonhô!

— Bem sei. Mas pensas tu que também isso me aflige de não possuir a riqueza que foi de meu avô e devia ser de meu pai? Este mundo é assim mesmo, Benedito; uns ganham, outros perdem. Quem sabe se eu ainda não hei de ser rico, apesar de nascer pobre.

— Há de, nhonhô, há de; eu tenho uma coisa que me diz aqui dentro no coração!

— O que me desespera é viver à custa dos outros. Ninguém sabe o que a gente sofre; então mamãe, coitada! não se queixa, mas chora às escondidas, que eu bem sei.

— Ah! minha sinhá moça! — exclamou o negro velho deixando pender a cabeça ao peito, e descaindo os braços ao longo do corpo, enquanto as lágrimas saltavam-lhe em bagas.

— Mas isso não é nada, Benedito. Quando eu penso que essa riqueza era mesmo de meu pai, e se ele não morresse, minha mãe não havia de viver de esmolas, aqui onde devia ser senhora...

O negro sentiu uma vibração íntima, e seu grande talhe estremeceu como a lâmina de uma espada, segura pela ponta. Recobrando-se, porém, dessa emoção, que escapou ao menino possuído de seus próprios sentimentos, acudiu com a voz calma:

— Nhonhô se engana. Eu estava sempre na *casa-grande* e vi como foi tudo.

— Está bom! — disse Mário, afastando-se contrariado.

— Onde vai?

— Brincar sozinho!

Uma suspeita laborava no espírito desse menino, que alterava o seu gênio, e enrijando a têmpera de seu caráter, ao mesmo tempo repassava de fel sua alma. Ele acabava de manifestar seu íntimo ao preto velho, única pessoa com quem se abria; porque para a própria mãe se mostrava reservado, receando afligi-la e agravar sua moléstia.

Dissuadido pelo negro de uma maneira tão positiva, parece que devia aplacar-se aquela turbação de seu espírito. A pobreza de sua mãe e dele era o resultado de uma causa conhecida, inteiramente alheia à morte de seu pai, o falecido Figueira. Podiam, portanto, sem repugnância aceitar a generosidade de seu protetor.

Mas havia dentro dele uma força irresistível, que repelia a denegação do preto e lhe embutia no coração cada vez mais profunda a suspeita que ele quisera arrancar. Quem não sabe o vigor desses preconceitos, sobretudo nos caracteres reconcentrados? Nesses espíritos, uma dúvida é a gota acre que, uma vez caindo sobre a lâmina de aço polido, primeiro embota-lhe o brilho, depois forma a leve mancha de ferrugem, que lastrando corrói todo o metal.

Mário afastou-se rapidamente. O preto acompanhou-o de longe com os olhos até desaparecer atrás de uma escarpa de rochedo, na margem do rio. Então seguiu para a cabana onde o vimos entrar pouco antes e interromper tia Chica. Cheio como ia das recordações tristes daquele dia e daquele lugar, deixou escapar alguma palavra de que se arrependeu.

Arrancado às suas cismas pelo gemido angustiado que repercutira na cabana, o velho africano, quando se arremessou para o terreiro, ia, pode-se dizer, estringido por uma só ideia horrível que lhe esmagava o cérebro e lhe estrangulava o seio.

As palavras, há pouco proferidas por Mário com os olhos fitos na cruz que indicava o jazigo de seu pai, retiniam no cérebro do africano como o estalo da rocha se batesse no seu rijo crânio.

Aquela lembrança do menino, falando de ter também ali sua cruz, e sobretudo o tom profundo com que exprimira o desejo de reunir-se a seu pai; tudo isso e a tristeza de Mário quando o deixara, passou pelo espírito revolto do africano de relance, mas como uma visão horrível, no fundo da qual ele via, ou, antes, revia.

O quê?

O medonho abismo que outrora aos raios de uma lua de inverno abrira a imensa cratera para devorar em um ápice aquilo que mais amava neste mundo.

Quando, pois, ao primeiro olhar lançado sobre o remoinho ele conheceu que não era Mário a vítima, saiu-lhe sem querer do seio aquele amplo e longo respiro.

Mas logo caiu em si. Seus olhos se ergueram do abismo ao céu, e aí se engolfaram cheios de uma expressão indefinível. Que passava nessa alma para assim transfigurar o rosto grosseiro do escravo? Era dor, era espanto, era unção? Ou tudo isso reunido?

Quem o pode saber?

A grande estatura do negro de pé sobre o rochedo, iluminada em cheio pelo sol e moldurada pela natureza agreste que o rodeava, era digna de um cinzel.

— Castigo do céu!... — balbuciavam surdamente seus lábios.

Tudo isso foi rápido como o pensamento; não durou o espaço de um minuto. Mal a palavra expirava nos lábios de Benedito, que uma voz súbita e vibrante estrugiu nos ares:

— Meu pai!...

Na posição em que se achava, Benedito dava as costas à crista do alto rochedo, que lhe ficava sobranceira de muitos pés. Voltando-se imediatamente ao som da voz, não viu senão surgir um vulto, volver sobre si mesmo, e despenhar-se do alto.

Era Mário. O menino acabava de precipitar-se no vórtice mesmo do remoinho e desaparecera submergido pela onda que seu corpo velozmente impelido pelo arremesso retalhara, apesar da correnteza.

A alta estatura do africano rodou como uma árvore enovelada pelo tufão, e desabou em terra. Seu corpo foi rolando pesadamente pela encosta, até que as moitas de espinhos bravos o retiveram suspenso sobre a voragem.

Além repercutia surdamente o estrépito de um cavalo a galope.

X. Dois amigos

No ano de 1850, a fazenda de *Nossa Senhora do Boqueirão* pertencia ao Barão da Espera.

O modo por que o barão tinha adquirido essa propriedade, e especialmente a rapidez com que enriquecera, surpreenderam as pessoas do lugar, sobretudo os fazendeiros que o conheciam desde a infância.

Joaquim de Freitas era filho de um simples administrador de fazenda; na idade de treze anos ficara órfão e em extrema pobreza. Seu pai o tinha posto em um colégio de Vassouras, onde ia desenvolvendo o talento natural e adquirindo instrução notável para seus anos.

No colégio muito se afeiçoara por ele outro menino, filho do comendador Figueira, o mais rico fazendeiro daquela redondeza, então proprietário do *Boqueirão*.

Esse fazendeiro respeitável, sabedor do desamparo em que ficara o menino, da amizade que lhe tinha o seu José, tornou-se protetor do órfão; e à sua custa o manteve no colégio até à idade de dezoito anos.

José Figueira era mais velho do que Joaquim de Freitas cerca de três anos. Tinham gênios opostos, o que de algum modo concorria para ligá-los ainda mais estreitamente. O primeiro comunicava a seu amigo certa paciência e serenidade de ânimo, que deviam fortalecê-lo contra as decepções e contrariedades; o outro, ambicioso, ardente e ousado, infundia na natureza plácida de seu amigo o calor necessário para reanimá-la.

Com a proteção do comendador e do filho pôde Freitas ajuntar módica soma, que lhe serviu para estabelecer na vila uma pequena casa de negócio, dirigida por um moço português. Quanto a ele, a amizade de José Figueira o retinha na fazenda ou em passeios pela vizinhança e pela corte; ocupação esta mais conforme à sua índole.

Figueira casou-se aos vinte e seis anos. Por isso não resfriou a afeição dos dois camaradas de colégio, ainda que o amor reclamasse uma parte do tempo antes exclusivamente consagrado à amizade.

De seu lado, Freitas pensou também no casamento; mas para ele, moço pobre, o casamento era toda a esperança, todo o futuro; era a riqueza tão ardentemente ambicionada. Assim teve o cuidado de pôr em dieta o coração, fiando sua sorte unicamente de um porte elegante e de um rosto distinto que realçavam olhos muitos expressivos e bastos anéis do fino cabelo preto.

Ele tinha notícia de todas as filhas de opulentos fazendeiros que havia nos municípios do sul; e esperando que uma circunstância feliz preparasse a realização do sonho dourado, de sua parte não perdia ocasião de adorar o ídolo *moça rica*, sob qualquer forma que se revelava a seus olhos.

Loura, castanha ou morena; rosada, alva ou pálida; alta, baixa ou mediana; bonita, feia ou simpática; espirituosa, parva ou apenas ignorante; não se dava ao trabalho de escolher. Rendia culto a qualquer dessas encarnações do dote.

Mas o coração é um importuno que aparece quase sempre onde não o chamam. O Freitas viu em uma festa D. Júlia, filha de uma viúva pobre, e ficou ali mesmo cativo de sua formosura. Debalde lutou para arrancar esse amor funesto, que vinha derrocar todos os seus castelos, justamente quando eles pareciam prestes a se realizarem. Foi vencido e subjugado pela paixão, que o atirou como um escravo aos pés da moça.

Por esse tempo ocorreu um acontecimento que devia exercer sobre o amigo e protetor do moço uma influência bem funesta.

O comendador Figueira, apesar de ser homem de sessenta anos e viúvo havia mais de vinte, por um capricho de velho casou-se com uma sobrinha a que educara. Esse casamento inesperado alterou as relações entre o pai e o filho; além da desigualdade da união dava-se a circunstância de estar José mal com a prima, a quem tinha em conta de enredeira, e acusava de o ter intrigado com o pai.

Mal havia decorrido três meses, que a arrogância de D. Alina, orgulhosa com sua nova posição, forçou o enteado a retirar-se da casa paterna. Esse fato, habilmente explorado pelo gênio intrigante da madrasta, ainda mais indispôs o espírito do comendador Figueira contra o filho, a quem chegou a atribuir projetos sinistros a respeito de sua existência.

Levadas as coisas a esse ponto, cessaram completamente as relações de família. José Figueira, que até então se empregara exclusivamente no serviço da fazenda, aumentando o patrimônio que devia um dia pertencer-lhe como filho único, vítima de sua lealdade, ficou reduzido a ganhar a vida pelo trabalho e aceitar o auxílio de alguns fazendeiros a quem indignara o procedimento do comendador.

Nessas estreitas circunstâncias lembrou-se o moço de que sua mãe devia ter-lhe deixado por legítima uma parte dos bens do casal, na época de seu falecimento. Até então não se preocupara com isso; e nunca durante tantos anos fizera a seu pai a menor alusão a esse respeito. Nem mesmo sabia se haviam feito inventários e partilhas; confiava tudo na honradez proverbial do velho fazendeiro.

A situação, porém, era outra agora. Estava reduzido à penúria, e tinha não só de sustentar-se com decência, como de prover ao futuro incerto de sua mulher e filho: Mário contava então dois anos; e o pai, muitas vezes embalando o berço do menino para o acalentar, enxugava a furto as lágrimas que rolavam pelas faces e iam umedecer as brancas faixas.

Obteve José Figueira de um fazendeiro, amigo íntimo do pai, o favor de falar-lhe sobre a questão do inventário. O comendador declarou positivamente que, na ocasião do falecimento de sua primeira mulher, ele não possuía mais do que dívidas, pagas depois com os lucros das colheitas. Se o filho duvidava disso, lhe pusesse demanda, que havia de provar em juízo o que dizia.

Concluiu pedindo ao amigo que não lhe falasse mais do filho ingrato, ao qual ele já fazia muito em não deserdar. O comendador não falava certamente da deserdação solene por testamento, nos casos da lei, mas desse meio indireto de que usam muitos pais, colocando simuladamente os bens em nome de terceiro.

D. Alina por muitas vezes tinha insistido na necessidade de tomar essa medida; seus esforços haviam redobrado desde que dera à luz um menino, mais velho ano e meio que Mário. O comendador, porém, resistia; a voz do sangue, apesar de tudo, ainda repercutia em seu coração.

Sabia-se geralmente pelas murmurações dos escravos o que a esse respeito ocorria na *casa-grande*, e referiam-se até com todas as particularidades as altercações violentas que havia frequentemente entre marido e mulher. O comendador estava sofrendo a punição da leviandade de seu casamento.

José Figueira continuava a viver pobremente, trabalhando com o próprio braço. Graças a seu gênio laborioso, à sua calma perseverança e ao auxílio de um fazendeiro generoso que lhe emprestou dez contos de réis, tinha esperança de criar ao cabo de alguns anos a abastança para a família e de garantir o futuro.

Freitas andava depois de certo tempo um tanto arredio, naturalmente por causa dos olhos de D. Júlia, que o traziam atribulado entre penas e esperança. Embora ocupado de todo na labutação da roça, contudo Figueira sentia às vezes a ausência do amigo de infância, especialmente à noite na hora do repouso e serão de família, quando é tão grato vazar em seio dedicado a confidência dos próprios trabalhos e beber em palavras sinceras e leais a coragem para a luta.

Essa hora, porém, Freitas a passava em casa de D. Isabel, mãe de Júlia, curtindo mágoas e desesperos a troco de umas fagulhas de esperança com que o acalentavam de tempos em tempos. Algumas noites, quando se recolhia a desoras, protestava não voltar mais; e no dia seguinte era dos primeiros que chegavam.

D. Júlia teria então vinte anos; era realmente uma beleza. As pastas dos finos cabelos e os grandes olhos pareciam talhados em veludo negro e embutidos no jaspe de sua tez branca e macia. Tinha a boca lindíssima e as formas corretas e harmoniosas de uma estátua grega. Se alguma coisa se podia notar nesse tipo de formosura, era a frieza que lhe amortecia as feições.

Filha de uma viúva pobre, tendo de seu apenas a Chica, preta que lhe servia de ama, Júlia, da mesma forma que Freitas, depositara toda sua esperança no casamento; também para ela o sonho dourado da juventude fora o dote; e o coração não passava de um travesso a quem se perdoariam os caprichos, enquanto não pudessem comprometer o futuro; pois do contrário não haveria remédio senão pô-lo de jejum, a pão e água.

O acaso, que às vezes toma ares de zombeteiro, reunia essas duas criaturas possuídas de igual pensamento, eivadas da mesma ambição; e não contente de as pôr em face como espelho uma da outra, fez que se amassem, elas que fugiam do amor, como de um fatal contratempo. Mas nenhuma, cedendo à afeição, renunciou à esperança tão afagada do casamento rico.

Bem se avalia, pois, das torturas por que havia Freitas de passar na casa de D. Isabel, ponto de reunião dos moços da vizinhança, atraídos pela beleza da moça. Júlia graduava sua amabilidade e ternura pela riqueza de cada um desses portadores de dote de todos os moldes e feitios. O namorado, esse na sua condição de superfluidade agradável, vinha em último lugar; apenas lhe tocavam uns sobejos de agrados e carinhos, quando os candidatos mais graduados não se mostravam exigentes ou se retiravam cedo.

Júlia mostrou-se muito superior a Freitas na realização de seu plano; ao passo que este se deixava arrastar muitas vezes pela paixão que tinha à moça, ela, sempre calma e paciente, não vacilava e prosseguia incessantemente para o alvo de sua vida: o casamento rico.

Mas em todo esse trama laboriosamente urdido para colher um dote, a moça não era senão o instrumento de D. Isabel, que a movia como a um autômato. Habituada desde criança a obrar e pensar pelo influxo da mãe, Júlia, chegando aos dezoito anos, longe de emancipar-se dessa tutela, ainda mais se subordinou a ela. Sua natureza fria, incapaz de impulsos ardentes, se alguma vez se aquecia com um raio de paixão, caía logo prostrada e exausta, sob a vontade a que porventura tentava subtrair-se.

D. Isabel nutriu e acalentou o coração da moça, como tinha feito outrora à criancinha de colo; e por isso Júlia amava quando, como e a quem a velha desejava. Era esta quem de véspera traçava o programa dos namoros da filha no dia seguinte; quem dava o plano de certos arrufos e esquivanças próprios para atear a chama de algum apaixonado; quem fornecia à filha diversos modelos de atitudes encantadoras para receber uma declaração de amor.

Se a paixão de Freitas pela filha incomodasse D. Isabel, há muito tempo que Júlia teria deixado de prestar atenção ao mancebo; mas ao contrário entrava nos cálculos da velha entreter essa afeição, que ela considerava ao mesmo tempo um auxiliar útil e uma reserva prudente.

Como auxiliar, o namorico da filha com o Freitas, habilmente dirigido, servia para a propósito excitar o ciúme, um dos mais fortes condimentos do amor. Por outro lado, D. Isabel julgava conveniente não desprezar a probabilidade de casamento com um moço como Freitas, que de um instante para outro podia enriquecer, e assim guardava essa carta para o caso de falharem as outras.

Não era debalde que D. Isabel, ficando viúva na idade de cinquenta anos e com uma filha moça, em vez de permanecer na corte foi viver na roça, em uma casa que lhe viera de herança paterna. As amigas a censuravam muito por esse passo, que em sua opinião comprometia o futuro de D. Júlia. Mas a mãe tinha confiança na sua habilidade e na beleza da filha.

Ela sabia que na corte teria de lutar com a concorrência imensa que já então havia na aquisição dos portadores de bons dotes; e por isso devia procurar um mercado onde não pudesse temer competências.

XI. Desastre

Estava José Figueira a trabalhar de foice na sua roça, quando lhe chegou de casa a notícia de achar-se doente e muito mal o comendador.

Ouvindo essa notícia, o filho tudo esqueceu para lembrar-se unicamente que o enfermo era seu pai. Correu a casa, e montando a cavalo dirigiu-se para a fazenda de *Nossa Senhora do Boqueirão*, que distava cerca de três léguas. Ao aproximar-se, porém, o impulso que trouxera ia-se desvanecendo; e insensivelmente a mão colhendo as rédeas demorava o passo do animal.

— Ele pensará que vim trazido pelo interesse.

Nisso Benedito, que o avistara da cabana, corria para ele com as maiores demonstrações de alegria. O preto conservava pelo senhor moço a mesma ardente afeição; e não se passava semana que ele não fosse duas vezes pelo menos visitá-lo em sua casa, e levar um cesto de frutas, um molho de canas ou qualquer outra coisa para Mário, a quem apenas começavam a despontar as presas.

— Como está meu pai, Benedito?

Apagou-se a alegria do preto, vendo o pesar que ressumbrava no semblante de José Figueira, e recordando o acontecimento que havia esquecido no alvoroço de ver seu querido senhor moço.

— Caiu doente há três dias, mas não há de ser nada de cuidado, nhonhô! — disse o preto com a voz baixa e desviando os olhos.

— Sei que ele está mal!

— Vossemecê vai lá?

— Não! — disse José Figueira. — Vinha com essa intenção, mas tenho medo que ele se zangue por me ver e piore.

Apenas o senhor moço afastou-se, Benedito foi à *casa-grande* tomar a bênção ao comendador e saber como ele ia.

Encostado no braço da cama do enfermo espreitou o momento favorável para contar-lhe o que ocorrera naquela manhã. D. Alina, que desconfiava do preto, veio interrompê-los; mas o enfermo, comovido, teve tempo de murmurar ao ouvido do escravo fiel:

— Dize a ele que venha abraçar-me...

Na mesma noite José Figueira recebeu de Benedito o recado do pai e partiu para a *casa-grande*. Parece que a entrevista teve lugar em segredo e que se seguiram outras à mesma hora adiantada da noite.

Infelizmente, voltando de uma delas, na noite de 15 de janeiro de 1839, José Figueira errou o caminho e precipitou-se no boqueirão. Ao choque produzido pela notícia de semelhante desgraça, o comendador, que estava agonizante, não pôde resistir e expirou, tendo sobrevivido ao filho apenas dois dias em que não deu acordo de si.

Com espanto dos fazendeiros e até dos correspondentes da corte, descobriu-se que, em vez de ser um dos homens mais ricos do lugar, como todos acreditavam, era ao contrário pobre, e muito pobre. Estava crivado de dívidas que absorviam os seus bens.

Atribuiu-se a ruína do comendador ao jogo, paixão que dominara o espírito do velho durante os últimos tempos. "Sem dúvida", diziam as comadres do lugar, "para disfarçar os amargores de boca e as zangas que lhe causavam a enfunada da mulherzinha".

Se a ruína do comendador surpreendeu geralmente, maior admiração houve ao saber-se que um dos principais credores do falecido era Joaquim de Freitas, a quem estava hipotecada a fazenda de *Nossa Senhora do Boqueirão* no valor de cem contos de réis. É verdade que o moço apresentava-se como procurador de vários capitalistas da praça do Rio de Janeiro, associados para o fim de empregarem alguns fundos em empréstimos à lavoura com a devida segurança.

Essa circunstância, bem provada como estava, explicou o fato muito naturalmente; mas a impressão da súbita mudança de fortuna do Freitas perdurou; e se avivava sempre que sua prosperidade nascente tomava um novo incremento.

Apenas se liquidou a sucessão do comendador e Freitas tomou posse da fazenda, teve lugar seu casamento com D. Júlia. A esse respeito contava-se um incidente curioso e que por algum tempo deu tema às conversas da vila.

Dias depois da morte do comendador e do filho estava Freitas em casa de D. Isabel; o moço conservava a mão direita metida no peito do colete, pretextando um talho que dera com o canivete ao aparar uma pena. A concorrência era pequena; estavam ausentes os candidatos festejados; tocava, pois, a noite ao Freitas, o que raras vezes sucedia.

D. Isabel tinha pressentido alguma coisa no porte e no olhar de Freitas; assim, recomendou à filha que fosse meiga e afetuosa. Júlia entregou-se, pois, à sua inclinação; e Freitas em um momento de ternura conversando à janela aproveitou-se de uma ocasião em que não reparavam neles para tomar a mão da moça e beijá-la.

Júlia disparou a rir, chamando assim a atenção das pessoas que estavam na sala. Freitas, surpreso ao último ponto, não compreendia; quando de repente um gesto da moça, sufocada de riso, o tornou lívido como um lençol. Escondeu rapidamente a mão, porém era tarde; já todos tinham visto o que ele tanto insistira em ocultar.

O dedo índice, quebrado violentamente, enroscava-se como parafuso, projetado em sentido inverso, de modo que estendido o braço, a ponta desse dedo, em vez de apontar além, apontaria para seu próprio dono.

Esse aleijão, que mais tarde Freitas atribuiu a uma queda desastrada, fora a causa da hilaridade da moça.

D. Isabel reprovou muito a imprudência da filha e com razão, porque uma semana depois começou a divulgar-se a notícia da súbita riqueza de Freitas. Mas o moço, além de apaixonado, tinha agora a vingar seu amor-próprio ofendido; era preciso que Júlia, a orgulhosa Júlia, fosse sua mulher; mal sabia ele que esse orgulho, como todos os outros sentimentos da moça, não era mais do que reflexo da vontade materna.

D. Alina, a viúva do comendador, que esperava ficar senhora da fazenda e de toda mais riqueza com exclusão de

José Figueira, viu-se reduzida a uns vinte contos de réis que pôde salvar em joias. Ela, que devia andar bem ao fato do estado da casa, foi, segundo afirmaram, das mais surpreendidas; e não cessava de gritar que seu marido tinha sido roubado. Constou que fora à corte consultar advogados sobre uma demanda a propor; mas a coisa deu em nada.

Quanto à viúva de José Figueira, essa ficou em triste condição. A morte do marido destruiu o que seu trabalho havia começado: as terras abandonadas nem deram para pagar os dez contos de réis do empréstimo; foi preciso que o credor, em atenção à desgraça da pobre mulher, lhe perdoasse o resto da dívida.

Freitas mostrou-se nessa emergência digno, pela gratidão e pela generosidade, da fortuna que o elevara. Deu amparo à viúva e ao filho de seu amigo de infância, chamando-os para a fazenda, onde foram habitar a antiga casa do administrador.

A D. Alina tratou-a com todas as considerações; e de vez em quando supria com dinheiros, que ela ia gastar na corte em fitas e rendas, senão serviam para reaver os diamantes já tantas vezes empenhados.

Esses fatos divulgados pelos parasitas de Freitas e habilmente adornados de elogios criaram uma merecida reputação de nobreza d'alma e elevação de caráter; reputação que mais tarde devia realçar um rasgo de filantropia.

Lamentando as catástrofes que anualmente causam as enchentes do Paraíba, o fazendeiro estabeleceu com avultado dispêndio um serviço especial para nessas ocasiões acudir aos infelizes náufragos, arrancá-los à torrente e salvá-los da morte e ruína total.

Não foram, porém, sua reputação e filantropia que lhe valeram o título de barão, e sim a soma redonda de doze contos de réis que deu para o hospício de Pedro II, suntuoso edifício que sob a augusta invocação tem servido de lenitivo à loucura de uns e à vaidade de outros.

A riqueza e importância de Freitas criaram-lhe invejosos e inimigos. Houve quem fomentasse suspeitas a respeito da origem de sua fortuna. Chegaram até a insinuar que José

Figueira fora vítima de uma espera, junto ao boqueirão, onde tinham lançado o corpo para dar ao assassinato a aparência de um simples desastre.

A gente da vila, porém, não dava peso a semelhantes enredos.

XII. O CONSELHEIRO

À hora em que os meninos chegavam à cabana, estavam reunidas na varanda da *casa-grande* várias pessoas.

Ao redor de uma mesa de junco no centro da sala, conversavam três senhoras vestidas com muito apuro e elegância. A mais alta era a baronesa, mãe de Alice, senhora de muita formosura, embora fria e sem expressão. À direita ficava-lhe D. Luísa, mãe de Adélia, uma das estrelas do Cassino naquela época. À esquerda movia-se na poltrona com uma volubilidade nervosa, o talhe delgado de D. Alina, cuja magreza extrema desaparecia sob uma nuvem espessa de fitas, babados e filós.

A baronesa abanava-se com um rico leque de madrepérola; D. Luísa arranjava em ramalhete as violetas espalhadas sobre um lenço de fina cambraia. D. Alina gesticulava.

A alguma distância desse grupo, junto à janela estava sentada uma senhora desfeita e pálida, vestida de preto e com extrema simplicidade. Era D. Francisca, viúva de José Figueira e mãe de Mário; trabalhava em malhas de lã; e constantemente volvia os olhos à janela, alongando-os pela encosta da colina, onde se desdobravam até à margem do rio o jardim, a horta, o pomar e a várzea. Naturalmente seu pensamento acompanhava o filho no passeio.

— Não sei o que me vai acontecer! Tenho um aperto de coração! — murmuravam seus lábios descorados.

Numa das extremidades da varanda passeava distraído um homem de boa presença, alto e robusto. A cabeça, que ele às vezes erguia por um esforço, ia a pouco e pouco insensivelmente descaindo sobre o peito.

Era o barão.

Tinha uma sobrecasaca, de casimira escura, abotoada, no peito da qual metia a mão direita. Esse hábito o contraíra desde muitos anos para disfarçar o aleijão da mão direita. Outrora vaidoso de sua bonita mão, sentia agora desgosto profundo por causa desse defeito; e diversas vezes pensara em sujeitar-se a uma operação para amputar aquele membro inútil e ridículo. Mas, coisa singular, ele, de coragem provada, tinha medo!

— Estou arrependida depois que deixei Adélia ir a esse passeio — dizia D. Luísa lançando um olhar para a janela.
— O sol já está tão quente!
— A senhora também tem tantos cuidados com sua filha, D. Luísa; é demais — acudiu D. Alina.
— Eu não sou assim com Alice, quero-lhe muito bem, mas deixo-a brincar a seu gosto — observou a baronesa.
— Pois olhe, baronesa; pelo meu gosto, Adélia não ia a parte alguma sem mim. Olhos de mãe sempre veem mais!... Felizmente minha filha é muito boa menina; não podia ser melhor; conta-me tudo. Não é capaz de fazer a menor coisa sem minha licença; nem mesmo comer uma bala.
— Isso é o que a senhora pensa!
— Pode acreditar, D. Alina.
— Mas o que você ganha com isso, D. Luísa? Afligir-se à toa por qualquer coisinha de nada. Se Adélia voltasse agora e lhe dissesse: "mamãe, eu comi uma fruta quente". Ai! minha filha vai adoecer! E no fim de contas não passava do susto.
— Mais assustada fico eu, não sabendo o que ela faz.
— Eu penso como a baronesa. O meu Lúcio tem bastante juízo; e, entretanto, eu não estou a cada momento a ralhar com ele e a atormentá-lo.
— Nem eu com Adélia!...

A discussão prometia prolongar-se. O assunto não podia ser mais vasto e importante. O verdadeiro sistema de educação é um problema muito estudado, mas ainda não resolvido de uma maneira satisfatória.

D. Luísa e a baronesa sustentavam cada uma a opinião mais conforme com sua índole; não indagavam se essa opinião era a melhor para formar o coração e espírito da filha; bastava que fosse a mais cômoda e agradável à mãe.

D. Luísa, espírito curioso, natureza vivaz, que precisava de um elemento para sua atividade incessante, tinha necessidade de ocupar com a filha todo o tempo que lhe deixavam os bailes e teatros. Ela obedecia assim no mesmo tempo ao estímulo do amor materno, e a uma condição de seu organismo.

A baronesa, ao contrário, espírito indiferente, natureza inerte, não tinha energia bastante para animar sua própria existência, quanto mais para desperdiçar em desvelos incessantes pela filha, que sem isso crescia bonita e sempre alegre. Ela amava Alice como se ama na idade do egoísmo, sem extremos, com uma igualdade calma e inalterável.

Quanto a D. Alina, não tinha opinião sobre este, como sobre qualquer outro assunto. Aquela mulherzinha mirrada e titilante não passava de um cartão para amostras de rendas e fitas; fora disso só sabia intrigar. Adotou a opinião da baronesa, porque era a da dona da casa onde ela acabava de chegar com tenção de passar algumas semanas. Três dias depois, talvez não fosse capaz daquela fineza.

— Venha decidir a questão, senhor conselheiro! — exclamou D. Alina para uma pessoa que entrava.

Era um homem que orçava pelos cinquenta anos, baixo e calvo, de rosto largo e feições grosseiras, mas não vulgares. A fronte proeminente e espaçosa parecia debuxada no chinó frisado que lhe cobria o crânio despido. De vez em quando um riso mordaz perpassando-lhe nos lábios aprofundava os dois sulcos das bochechas e derramava em seu rosto a expressão desse frio ceticismo, que atira o homem na materialidade para crer e sentir alguma coisa.

Gozava Lopes da reputação de um dos mais brilhantes talentos políticos daquela época, o que lhe valera o título de conselheiro, então menos relaxado do que atualmente. Seus amigos acreditavam que na primeira organização lhe seria confiada uma pasta, e das mais importantes. Quando se falava nisso, o futuro ministro regurgitava de importância, e derramava em torno um ar de proteção. Nesse tempo ainda não tinham os políticos adquirido o sestro das loureiras, que mostram desdém pelo que mais cobiçam.

A amizade íntima que existia entre o conselheiro e o barão datava de muitos anos e nascera de uma circunstância curiosa, que naturalmente foi revelada pelo ministro de que trata a anedota. Há tanto ministro leviano hoje em dia, que não admira já existisse a semente naqueles tempos mais atrasados.

Quando o barão pretendeu o título, pensou que o seu rasgo de filantropia, embora não servisse para alcançar-lhe o despacho, somente devido aos doze contos de réis, dava-lhe, contudo, direito a escolher a denominação do baronato. Por isso escrevera ao correspondente incumbido de efetuar a transação, recomendando-lhe com instância que obtivesse o título de *Barão do Socorro*.

O correspondente cumpriu fielmente a recomendação; mas surdiram dificuldades que obstaram a conclusão do negócio. Foi então que no gabinete do ministro se passou esta cena:

A Excelência preparava a pasta para o despacho da noite. Lopes, que era íntimo do ministro, e mediante 500$000 mensais pagos pelas despesas secretas o defendia na imprensa em artigos bombásticos, fumava recostado familiarmente em uma cadeira de balanço.

— Eis aqui um negócio que me está dando que fazer!... — disse a Excelência voltando-se para mostrar certo papel.

— Alguma complicação? — perguntou Lopes quebrando na ponta do botim a cinza do charuto.

— Um fazendeiro do sul da província, o Joaquim Freitas, que deseja ser barão...

— Hanh!...

— Conhece-o?

— De nome apenas.

— É a primeira influência eleitoral do colégio; além disso, deu doze contos de réis para as obras do Hospício. Mas o homem embirrou! A princípio não queria dar mais do que uma comenda; por fim, como já se tinha recebido o dinheiro, e podia haver um escândalo, consentiu no baronato, porém não aparece nome que sirva. Já corremos todos os santos da folhinha, e todos os rios da província... O Freitas insiste por *Barão do Socorro*, mas eu já me contentava fazê-lo barão de qualquer coisa. Há dois meses que estou nesta lida.

— Tive agora uma ideia, Excelentíssimo. Proponha *Barão da Espera* — disse Lopes com um sorriso prismático.

— Da Espera... Por quê?

— O Freitas mora pelas margens do Paraíba; e como nos rios sempre há uns pontos chamados *esperas*, onde as canoas se abrigam enquanto passa a força d'água...

Ergueu-se discretamente um canto do reposteiro, e o correio participou achar-se na sala o senador X, parlamentar muito distinto, que mudava de partido regularmente duas vezes no ano; ao abrir-se a sessão, declarava-se oposicionista e pouco antes de encerrar-se dava sua adesão ao governo.

O ministro saiu prontamente para não fazer esperar tão importante personagem, que pertencia a uma classe de homens políticos muito apreciada em São Cristóvão. A mão que fabrica os títeres do teatrinho parlamentar tem razão de preferir essas criaturas de cera, que o menor calor derrete, às almas de têmpera que o fogo enrija em vez de embrandecer.

No dia seguinte publicou-se o despacho do *Barão da Espera*.

O ministro, apenas avistou Lopes nos corredores da câmara, correu a ele pressuroso:

— Que boa ideia!... Parece que lhe deu no goto;[9] e não estava em dia de indulgência; ao contrário.

Nos lábios do conselheiro Lopes perpassou o mesmo sorriso prismático da véspera, mas dessa vez o raio da ironia era mais cintilante.

— Excelentíssimo — disse ele sentenciosamente —, os ministros fazem programas, e os reis epigramas.

— Como assim?

Lopes cochichou ao ouvido da Excelência que a princípio enfureceu-se; mas, tomando a coisa em ar de chalaça, desabotoou o sobrolho em uma gargalhada.

Lendo o *consta-nos* do *Jornal do Comércio*, Freitas ficara desesperado; e veio à corte resolvido a renunciar ao título e reclamar seu dinheiro. Afinal pôde obter uma audiência do ministro e expor-lhe sua pretensão de ver corrigido o engano, ou desfeito o trato e restituído o preço.

Entendia Freitas, e com boa razão, que tendo oferecido doze contos de réis à vista pelo título de *Barão do Socorro*,

---

[9] Cair ou dar no goto – expressão que significa achar graça; agradar.

e não por outro qualquer, o governo devia dar-lhe o objeto comprado ou declarar que não podia aceitar a oferta, fazendo de sua parte contraproposta.

Assim costumava o fazendeiro tratar a venda dos cafés ou a compra de escravos; e supondo que a base das transações mercantis, quer se façam na praça do comércio, quer no gabinete do ministro, é a boa-fé, não duvidou um instante da justiça de sua reclamação.

O ministro, porém, provou-lhe que ele estava muito atrasado em política.

— Meu caro Sr. Freitas, como seu amigo, que me prezo de ser, devo usar de toda a franqueza. O senhor labora em um engano, quando supõe que o governo vende títulos, e que pelo fato de dar doze contos de réis, qualquer tem direito a ser barão.

— Mas, Sr. conselheiro, foi o que me disseram!

— Iludiram-no. Dando doze contos de réis o cidadão presta um serviço e fica habilitado a ser remunerado com uma graça. Essa graça pode ser um hábito, uma comenda ou um título, do nome que aprouver ao governo, o qual não recebe condições. O senhor desejava ser *Barão do Socorro*. Sua Majestade entendeu em sua sabedoria que devia fazê-lo *Barão da Espera*. Tome o meu conselho; vá agradecer-lhe e não se ocupe mais com isso. Não é bom reviver certas coisas!...

O ministro concluiu com um sorriso misterioso, apertando a mão do Freitas:

— Entende-me?

— Não, Excelentíssimo, não entendo!

— Oral... Conhece o conselheiro Lopes? Ele falou-me em certos boatos... calúnias bem sei! Mas em todo caso o melhor é deixar esquecer essas coisas.

O novo barão saiu lívido de cólera, sem dúvida, ou de indignação; mas não deu andamento à sua reclamação.

Dias depois um amigo a seu pedido o apresentou ao conselheiro Lopes; e tal simpatia sentiram mutuamente, que se tornaram íntimos, e se uniram espiritualmente pelos laços de um mútuo compadresco.

O conselheiro foi padrinho de uma primeira menina, que o barão perdera, e não tendo outro modo de retribuir a fineza, convidou o amigo para crismar Adélia, sua filha única.

Com o conselheiro entraram na varanda várias pessoas, hóspedes do barão, que tinham ido depois do almoço dar uma volta pela fazenda. Notavam-se, entre outras, a volumosa e repolhuda reverência do padre Carneiro, vigário da freguesia; a exígua estatura do capitão Tibúrcio, subdelegado vitalício no domínio conservador; e finalmente a figura esguia e exótica do Sr. Domingos Pais, inserida em umas calças de lila preta e brochada com um fraque justo cor de rapé.

O conselheiro, que se dirigia a uma cadeira de balanço, voltara-se ouvindo a voz de D. Alina.

— Qual é a questão, minha senhora — respondeu aproximando-se da mesa.

— Meu marido?... Há de ser contra mim, não tem que ver!

— Se não tiver razão, Luisinha.

— Ainda que tenha!

— A questão é esta — disse a baronesa, e expôs a matéria.

O conselheiro, brincando com os berloques do relógio, gesto sóbrio e modesto que preludiava seus discursos na câmara, exprimiu-se nestes termos:

— Não sou o mais competente sem dúvida para decidir em matéria tão delicada. A respeito de educação, tenho para mim que o coração da mãe mesmo ignorante tem mais talento do que a cabeça do homem, embora de elevada inteligência. Entretanto sempre direi minha opinião. Eu entendo que uma menina é uma flor, com uma diferença, que o perfume desta é alma naquela. Ora, se a flor silvestre é mais forte e vivaz, não tem decerto a perfeição e a graça da flor cultivada. Creio, pois, que para se obter uma moça que reúna as virtudes das duas flores, sem os seus defeitos, é necessário dar-lhe ao mesmo tempo liberdade e cultivo, sol e sombra, ar e abrigo. Eis como eu penso: portanto ambas têm razão, a senhora baronesa e minha mulher; com uma ligeira modificação, o sistema de educação de cada uma me parece o melhor.

O conselheiro era realmente um tanto notável; e as esperanças de seus amigos não podiam ser mais bem fundadas.

Um deputado capaz de provar ao governo e à oposição que ambos se acham de perfeito acordo estava talhado para ministro.

O vigário apoiara gravemente com a papada; o subdelegado se erguera nas pontinhas dos pés, arrebatado como um balão pela eloquência do deputado. Quanto ao Sr. Domingos Pais, consultara previamente a fisionomia da baronesa, e ficara impassível; era um homem consciencioso; os seus aplausos, como os seus serviços, pertenciam de direito a quem o sustentava; foi sempre sua regra. Que excelente massa para um deputado governista!

XIII. Coração de mãe

A mãe de Mário, que não cessara de mostrar por sinais bem visíveis sua inquietação, afinal não se podendo mais conter, aproximou-se da mesa onde conversavam as outras senhoras.

— Senhora baronesa — disse ela com timidez —, V. Exª consente que mande alguma pessoa ver onde está meu filho?

— Mário foi passear com as meninas, com Alice e a Adélia — acudiu D. Luísa com bondade. Eu vi-as quando saíram; íamos almoçar.

— Estou tão desassossegada! Parece-me que alguma coisa lhe está acontecendo. Quem sabe, meu Deus! Se a senhora baronesa me desse licença, eu mandaria...

Durante todo esse tempo a baronesa, entretida em folhear um álbum de gravuras, não mostrara dar a menor atenção a D. Francisca, apesar do tom respeitoso com que esta lhe falava.

— Não há aí ninguém desocupado. Todos são precisos para o serviço de casa! — disse afinal a baronesa na ponta dos beiços e voltando o rosto para o outro lado.

— Desculpe V. Exª, eu pensava...

D. Francisca fez uma reverência, que terminou a sua frase, cortada por uma ligeira opressão. Retirando-se da sala, desceu ao jardim, com intenção de procurar seu filho.

Ela sabia que não teria força para ir muito longe, com a cabeça exposta ao sol do meio-dia; mas o coração a arrastava. Do modo desdenhoso por que a baronesa a tratara e da recusa que sofrera, já não se lembrava; estava tão habituada a essas maneiras, que não lhe causavam mais grande impressão.

O suplício de viver da compaixão alheia, comendo o pão saturado com as lágrimas da humilhação, esse martírio padecia-o ela a todas as horas e a todos os instantes. Mas a dor cruciante desse crivo d'alma já não lhe deixava sensibilidade para sofrer com o pungir de cada espinho.

A baronesa acompanhara com um olhar de través a viúva quando esta saía da sala.

— Dá-me vontade de rir!...

E seu lábio desdenhoso soltou uma risadinha de escárnio.

— A tal senhora, não contente de ter casa para si e seu filho, sustento, roupa e escravos, ainda não está contente. Quer pôr e dispor de tudo. Não sou mais senhora em minha casa; não posso dar uma ordem que não a contrarie e disponha a sua vontade.

— Mas, baronesa, ela pediu licença!... — observou D. Luísa.

— Agora; porque estávamos todos aqui na sala. Isso também era demais! Porém outras vezes não se dá a esse trabalho; vai mandando como se estivesse em sua casa.

— Essa gente é assim mesmo — acudiu D. Alina. — Não se pode protegê-los, que não abusem logo.

— Coitada! Ela está com cuidado no filho! — disse D. Luísa aproximando-se da janela.

— Qual! Não creia nisso, D. Luísa. São partes; quer se tornar interessante.

— Cuidado no filho!... — repetiu D. Júlia com o seu risinho desdenhoso. — Sabe você o que é esse menino? É um demoninho em corpo de gente. Ninguém pode imaginar as artes que ele faz. É um desespero! Tem escapado não sei quantas vezes de torcer o pescoço e espedaçar-se de cima de uma árvore ou de um cavalo. Se fosse somente isso! E os estragos que causa? Não posso ter uma flor, uma fruta!...

— É muito travesso — replicou D. Luísa na janela e sorrindo —, eu já percebi!

— Pois quem tem um filho assim, anda com essas coisas? Não é ridículo?

— Muito! — observou D. Alina.

— Parece que traz aquele filho sempre cosido consigo, e como hoje se separou dele um momento, já está cheia de cuidados, e precisa de um pajem para ir procurar o nenê! Um rapazinho que passa dias e dias aí pelo campo, sem pôr o pé em casa mais do que para dormir.

— Olhe — disse D. Luísa apontando —, lá vai D. Francisca em busca do filho. No fim de contas ela tem razão. Esse passeio já está me dando cuidado!

— Deixe-se disso, D. Luísa. Alice não anda passeando também? E eu tenho algum cuidado? Foram bem acompanhadas. A tal senhora... É por pirraça que ela faz isso; como não levou a sua avante, toma esses ares de vítima... Eu bem sei para quê!...

A baronesa procurava sofrer um assomo de ira que agitava a sua natureza apática, mas biliosa e irritável. As rosas das face de ordinário desmaiadas se animaram; a pupila frouxa de seus grandes olhos despediu uma chispa.

D. Alina, porém, ali estava para soprar naquelas brasas e levantar a labareda.

— Cuida que o barão, sabendo que ela foi em busca do filho, ficará com pena e tomará seu partido. Não é? — disse a viúva com a voz melíflua, relanceando entre as pestanas um olhar oblíquo à baronesa.

Esta continuava a folhear, mas automaticamente, as folhas do álbum; ouvindo a última observação fechou com força o livro e atirou-o sobre a mesa arrebatadamente.

— Cuida; mas engana-se! Tudo tem um termo, estou cansada. Hoje mesmo vou falar ao barão. É preciso que essa mulher e seu filho deixem a minha casa; do contrário não respondo por mim.

— Está bem, baronesa, não se aflija; deixe de pensar nisso! — disse D. Luísa chegando-se para a amiga e tomando-lhe a mão.

A alma de D. Alina se expandira vendo o primeiro fermento da cólera da baronesa. Há naturezas assim, que se deleitam com a destruição: espécies de abutres morais, vivendo da dissolução da família e da sociedade. Aquele caráter pertencia a essa classe; tinha o instinto da intriga; regozijava-se com as recriminações e dissidências.

Vendo a mulher do conselheiro serenar o espírito da baronesa, D. Alina incomodou-se mais do que se a privassem de um teatro ou de um baile; e por isso lançou no coração da dona da casa outra gota de fel.

— Quer meu conselho, senhora baronesa? Guarde para depois; hoje não é bom dia.
— Por quê? — perguntou Júlia com altivez.
— Não vê como o barão está carrancudo?
— Que tem isso?
— Pode não lhe fazer a vontade.
— Veremos!... — e a baronesa gorjeou um riso orgulhoso.
— Por que será mesmo que o barão está hoje com uma cara tão amarrada? — insistiu D. Alina.
— Ora, não sabe?... É a história do marido da tal mulher. O que morreu aí na lagoa.
— Ah! Já sei!.. É verdade! Faz anos hoje; 15 de janeiro!
— A senhora deve lembrar-se bem! Era seu enteado!
D. Alina suspirou:
— Se me lembro!... Então era eu senhora aqui!... Seriam onze horas da noite quando vieram correndo dar a notícia. Meu marido ouviu, antes que se pudesse evitar...

As recordações de D. Alina continuariam, se a baronesa evidentemente aborrecida não se erguesse para chegar à janela. Talvez o desejo de ver aonde ia a mãe de Mário a impelisse maquinalmente.

O ruído da cadeira arrastada pela baronesa ao levantar-se e o ruge-ruge do vestido arrancaram o barão de seu profundo recolhimento, se, como parece mais natural, o espírito fatigado de tão longa concentração não veio de si mesmo à superfície, para renovar o fôlego.

Como quer que fosse, o barão percorreu o aposento com os olhos ainda embotados; e passando por diversas vezes a mão na fronte para alisar os cabelos ou desafogar o cérebro, recobrou-se da funda abstração.

Nos homens robustos sucede às grandes contenções do espírito a necessidade de fortes exercícios do corpo. É o equilíbrio do organismo que reclama essa compensação.

Lembrou-se o barão de dar um passeio; mas o exercício corpóreo não bastava para serenar seu espírito, ainda torvo e sombrio. Para esses momentos aziagos, para essas noites lúgubres de sua alma, ele tinha um sorriso, uma estrela, que vertia em seu coração angustiado os orvalhos celestes.

Era Alice.

Se não fosse o lindo anjo louro, quem sabe quantas vezes sua alma atribulada não se houvera lançado nalguma voragem, aberta para devorá-la, numa dessas paixões indômitas que arrastam o homem, como o corcel de Mazeppa, ou talvez nesse báratro insondável onde se afoga a razão na loucura.

Mas quando o abismo se abria diante de sua carreira desvairada, quando chegava à borda e ia precipitar-se, um elo invisível o prendia. Era o anjo que lhe falava ou lhe sorria; era a mão dessa gentil menina que, perpassando-lhe na fronte, dissipava como por encanto as tempestades acumuladas ali dentro; era a lembrança da filha que iluminava como um raio de esperança a treva espessa de sua alma.

— Alice! — disse ele chamando.

E como não visse a menina na varanda, perguntou dirigindo-se ao grupo das senhoras:

— Onde está Alice?

— Foi passear! — respondeu a baronesa recostada à janela.

— Onde?

— Por aí.

— Foi visitar a Chica... Não é assim que se chama a preta? — disse D. Luísa para a baronesa.

— Foi?... — exclamou o barão com sobressalto, e interrogando a baronesa. — Foi à cabana de Benedito?

— Parece — respondeu a baronesa tranquilamente.

— Já proibi que Alice fosse a esse lugar, a não ser em nossa companhia. Quem lhe deu licença?

— Eu, e aqui mesmo em sua presença. Não tenho culpa que estivesse distraído.

— Mas, senhora; não se lembra dos desastres que tem havido naquele lugar?

— Ela foi bem acompanhada. Nem vai se meter lá no boqueirão.

— E no dia de hoje, meus Deus! — murmurou o barão sem escutar a mulher, e dirigindo os olhos para o lado do rio.

— Não há de acontecer nada, barão — disse o conselheiro aproximando-se. Adélia também foi e eu estou tranquilo.

— Há muito tempo que saíram? — perguntou o barão sôfrego.

— Há mais de duas horas. Eu também estou inquieta — disse a mulher do conselheiro. — D. Francisca já foi atrás do filho.

— Mário! — murmurou o barão. — Ele também?

— Até o meu Lúcio, que chegou tarde, lá anda em busca dos outros.

O barão tocou precipitadamente a campainha:

— Sela meu cavalo, já! — disse ao pajem que tinha acudido ao chamado.

— Vai lá, barão?

— Estou impaciente, contrariado; este passeio me fará bem.

— Aflige-se porque quer! Não é a primeira vez que Alice tem ido ver a Chica; e ainda não lhe sucedeu coisa alguma. Hoje é que havia de acontecer todas as desgraças porque... porque há onze anos um homem afogou-se na lagoa!

A baronesa proferiu essas palavras acompanhando com um olhar de indiferença os gestos do barão, o qual, depois de procurar o chapéu, afivelava as esporas.

— Compadre!

— Que ordena, Ex.ª? — acudiu Domingos Pais açodado.

— Prepare o gamão! — disse a baronesa com a maior pachorra.

Em um momento o compadre arranjou o tabuleiro sobre a mesa, e de pé, ao lado, com o copo de marfim em punho, chocalhando os dados, esperou que a baronesa lhe fizesse a honra de dar o costumado capote.

— Às ordens de V. Ex.ª

Momentos depois corria o pai de Alice a todo galope para a cabana de Benedito.

— Vontade de passear! — disse a baronesa com ironia.

— O barão é extremamente nervoso! — observou o conselheiro Lopes em tom categórico.

O caminho que seguia o barão a cavalo corria ao lado do jardim e pomar, perlongando-os. A meia distância, o cavaleiro ouviu um queixume.

— Quem está aí? — perguntou.

— Viu Mário, Sr. barão?
— Ah! D. Francisca!
— Meu filho!... Creio que lhe sucedeu alguma desgraça.

O barão fincou as esporas e o cavalo partiu de novo recuperando o tempo perdido.

De repente dois gritos soaram-lhe como o eco um do outro. Era o grito de Mário sobre o rochedo, e o da mãe, que desmaiara no pomar.

Atirar-se do animal, galgar a cabana, seguir a direção indicada pelas vozes, foi o primeiro ímpeto do barão chegando à falda do rochedo.

Ele passou rápido, mudo e hirto por entre as pessoas que encontrava no seu caminho, e sem demorar-se para dirigir uma pergunta e ouvir uma palavra, só estacou na *Lapa*, transido ante o espetáculo que se apresentava a seus olhos.

XIV. Mário

Quando Mário deixou Benedito junto ao tronco do ipê, ele soltara estas palavras que revelavam no meio de suas tristes preocupações a travessura infantil.

— Vou brincar sozinho.

Não era natural que o preto velho deixasse Mário ir-se dele, em disposições de espírito bem próprias para inquietá-lo. Se Benedito obedecesse ao impulso de sua alma, sem dúvida acompanharia o mesmo, para distraí-lo de tão negros pensamentos e evitar que, absorvido como ia, fosse vítima de algum desastre.

O negro porém sabia desde muito o que significava na boca do menino aquele simples desejo expresso em breves palavras. Era uma vontade inabalável, da qual não havia meio de demovê-lo. Esse jovem espírito sentia já naqueles primeiros anos, de ordinário tão despreocupados, a necessidade invencível da solidão, que é para a alma a sombra depois do sol, o descanso depois da luta, o abrigo depois do perigo.

Durante a maior parte do dia sofre o corpo a coação que lhe impõe o traje e a polidez; carece por fim de sentir-se à larga, de se espreguiçar no leito e de estender os músculos por muito tempo contraídos. A alma, igualmente tolhida pela prática e atenção dos estranhos, carece também como o corpo desses espreguiçamentos íntimos, de uma expansão franca. Para isso procura um refúgio. A solidão é a alcova para a alma.

Não era, contudo, essa necessidade moral o único móvel que levava o menino a isolar-se nesses lugares.

Fora aquele o teatro da catástrofe que arrebatara seu pai de uma maneira tão imprevista e para ele inexplicável. O menino não compreendia como um cavaleiro dirigindo-se à *casa-grande*, pudesse por engano desviar-se do caminho e precipitar-se no boqueirão; tanto mais quando esse cavaleiro era um homem nascido e criado naqueles lugares, conhecendo perfeitamente a lagoa e os arredores.

Além de que na tradição do fato havia muito de vago e incerto. Notavam-se lacunas, que de ordinário procuravam preencher com suposições e conjeturas mais ou menos inverossímeis. Mário por vezes havia insistido com as pessoas que se diziam mais informadas da catástrofe; e nenhuma o satisfizera, nem mesmo Benedito, talvez de todos o que mais sabia, porém o que mais reservado se mostrava.

Uma circunstância ocorreu, que deixou no espírito do menino terrível suspeita.

Tempos depois da catástrofe, veio à fazenda um irmão de D. Francisca, morador na Estrela, onde era procurador de coisas e meio rábula. A viúva lhe escrevera por vezes insistindo sobre a necessidade que tinha de falar-lhe. O Sr. Juvêncio levara dois anos a resolver-se; mas afinal sempre fez a prometida visita.

Mário tinha então sete anos, e assistiu a uma parte da conferência dos dois irmãos, que vendo-o entretido a brincar com um carrinho de cuia, não pensaram que lhes desse atenção.

— Donde lhe veio essa desconfiança? — perguntou o rábula.

— Já lhe contei que meu marido foi chamado pelo pai e esteve com ele muitas noites seguidas sem que ninguém o soubesse, senão Benedito. Uma vez, quando voltava, achando-me a trabalhar, ralhou comigo: "porque não era preciso matar-me agora que a fortuna ia mudar e nós íamos ser ricos outra vez". Está-se vendo que o comendador tinha-lhe prometido deixar tudo.

— Não digo o contrário.

— Na véspera meu marido levou todo o dia a fazer contas e até por sinal deixou em cima da mesa um papel que eu conservei. Olhe!...

D. Francisca tirou do seio uma folha de papel já amarelado, sobretudo nas dobras; e o deu ao procurador para examiná-la.

— No dia seguinte amanheceu meu marido morto, de uma maneira que não se explica; e toda a riqueza do comendador passou para os estranhos.

— Para os credores!

A viúva sorriu amargamente:

— De que ninguém tinha notícia!

— Mana — disse o rábula com importância —, tome o meu conselho; esqueça-se disso. No fim de contas você ainda foi muito feliz em achar um homem caridoso como o barão, que a protege e a seu filho. Não tente a Deus!

D. Francisca tomou o conselho do irmão; e nunca mais falou de suas desconfianças. Quando mais tarde Mário a interrogou a esse respeito, ela espavorida procurou apagar a lembrança de suas palavras no espírito do menino.

Mas não o conseguiu. A suspeita filtrara profundamente naquela alma.

Cansado de inquirir os homens debalde, passou o sôfrego menino, já então na idade de doze anos, a interrogar a natureza inanimada, os objetos materiais, que foram testemunhas da morte de seu pai. Começou desde então a luta heroica e admirável da criança contra as asperezas do sítio agreste e rudo.

Debalde os rochedos erriçavam suas fragas e alcantis, como puas terríveis, ou abriam suas gargantas profundas e medonhas para sumir o imprudente cujo pé deslizasse à borda do precipício. Debalde o lago sombrio, povoado dos fantasmas que a tradição fazia vagar por suas margens, envolvia-se como em um sudário, na solidão fria e glacial, exalando pelas fendas do penhasco o lúgubre estertor do remoinho, a se estorcer em convulsões. Debalde pululava aí sob aquela vegetação linfática a geração abundante de medonhos répteis, que produz sempre nos climas tropicais o consórcio da água profunda com o rochedo cavernoso.

Nenhuma dessas ameaças do ermo, nenhuma dessas cóleras da natureza selvagem, fez recuar o menino.

Ele avançava, hesitando, é verdade; seu coração batia mais apressado; seus olhos inquietos moviam-se com extrema mobilidade de um a outro lado; frequentemente voltava a cabeça imaginando que um perigo qualquer o seguia passo a passo e estava prestes a cair-lhe sobre. Às vezes parava para escutar os rumores indefiníveis da floresta, essa voz estranha que toma quase ao mesmo tempo todos os tons, desde o gemido até o grito humano, desde o zumbir do inseto até o rugir do tigre, desde a gota que borbulha até a catadupa que ribomba.

Mas a pouco e pouco, Mário foi-se familiarizando com essas ilusões do ermo, verdadeiras miragens da floresta; com a diferença que as miragens dos desertos da Arábia são produzidas pela luz, e as miragens de nossas matas virgens são o efeito da sombra nas horas mais esplêndidas deste clima brilhante.

Um perigo vencido é um degrau que sobe a alma do homem, e do alto do qual olha sobranceira as misérias que lhe vão ficando abaixo dos pés; é um apoio em que se firma para arrojar-se avante. À medida que Mário afrontava a bruteza daquele sítio escabroso, sentia-se mais forte; a têmpera de sua alma apurava-se no atrito daquelas penhas brancas e porventura tomava a seu contato alguma coisa de ríspido e áspero.

O desenvolvimento físico de seu organismo apurava esse crisol do espírito. O corpo adquiria mais vigor e robustez, que punha ao serviço das audácias de uma curiosidade infantil.

Mário conhecia todo o rochedo pelo direito como pelo avesso; tinha subido aos mais altos e abruptos dos pincaros; e descera às profundas cavernas e escuras fendas abertas na rocha. Sabia a forma e o tamanho de cada uma dessas criaturas de pedras; todas tinham para ele uma figura, uma atitude e um nome. Estudara até os seus costumes. Sabia a hora em que apanhavam sol ou se cobriam de sombras; o momento da sesta do camaleão, e da visita das andorinhas depois do banho.

O lago, apesar do terror de que o cercava a tradição, não escapou às investigações de Mário. Para ali, sobretudo, para a voragem medonha, o arrastava sua ardente curiosidade. Aquela água, onde se tinha submergido o corpo de seu pai, talvez guardasse ainda o segredo da catástrofe.

O menino sabia nadar; muitas vezes tinha experimentado suas forças no Paraíba, cortando-lhe a veia; mas a correnteza do rio, ainda mesmo no tempo das enchentes, era suave em comparação com o torvelinho do lago. Aqui a água tinha um eixo em torno do qual volvia com a velocidade do tufão.

A princípio Mário arriscou-se unicamente nos lugares onde o lago se espraiava, e a rotação das águas era ainda lenta, embora pesada. Circulou essas orlas do abismo, provando as forças e habituando-se a resistir ao ímpeto da corrente. Mais tarde, protegido por uma corda segura à margem do lago, sondou o remoinho. Da primeira vez pareceu-lhe que o rodavam vivo. A onda agarrou-o como uma folha seca, enovelando-lhe o corpo levou-o ao fundo do abismo donde o vomitou atordoado.

Graças ao apoio da corda, e por um supremo esforço, pôde Mário ganhar a margem, onde se atirou extenuado; mas a luta se travara entre aquele menino audaz e aquele abismo terrível; um deles devia triunfar e vencer o outro, ou o abismo havia de devorar o menino, ou o menino submeteria o abismo e zombaria de sua cólera.

Mário triunfou. Como o rochedo, o lago recebeu seu jugo. Sondou ele as profundidades do boqueirão e estudou a sua carcaça; com a continuação, chegou a conhecer todos os incidentes do abismo. Sabia onde estava a raiz encravada no rochedo, a rampa natural da pedra, para em caso de necessidade servir-lhe de apoio contra a torrente.

Toda essa luta, porém, fora inútil. O lago, o rochedo, a floresta, se conservaram mudos. Mário não encontrou o menor traço da catástrofe que passara pela solidão sem deixar o menor vestígio. Se algum porventura havia ficado, os onze anos decorridos o tinham completamente desvanecido.

Contudo o menino não desanimava; uma esperança vaga, que, se às vezes amortecia, nunca se extinguia de todo, o alimentava. Parecia-lhe que o mistério ali estava palpitante no seio da solidão; às vezes julgava ouvir-lhe as pulsações; mas alguma coisa o subtraía à sua curiosidade. O menino acreditava que, avançando na idade, sua razão mais vigorosa descobriria aí mesmo o que tinha escapado ao seu espírito de quinze anos.

Durante as correrias pelo rochedo e as tentativas sobre o lago, Mário corria a cada instante mil perigos; por isso, desde princípio evitou a companhia de Benedito, que se oporia a qualquer travessura mais arriscada. O preto, cuidadoso pelo menino, a quem amava com extrema dedicação, insistiu em segui-lo; mas só obteve irritá-lo.

Mário fingia mudar de propósito; e quando menos esperavam, desaparecia. Pior era sair Benedito em sua procura; porque então, com o desejo de subtrair-se às vistas que o buscavam, não havia imprudência que não cometesse. Um dia o velho o viu por diversas vezes a despenhar-se das abas de um alcantil, ou dos galhos de um frágil arbusto, para esconder-se nalgum refúgio inacessível.

O terror que teve então o velho produziu o efeito desejado por Mário. Desde aquele dia deixou de ser contrariado; bastava que o menino se afastasse, exprimindo o desejo de isolar-se, para que o preto se submetesse à sua vontade, humilde e resignado. Qual não seria a dor do pobre Benedito, se acontecesse a Mário algum desastre, pela precipitação com que desejasse esconder-se?

Naquele fatal dia 15 de janeiro, já marcado pelo selo da desgraça na história de sua família, e destinado ainda para tão tristes acontecimentos; naquele dia, Mário, deixando seu bom e velho amigo, ganhou sob o peso das tristes preocupações a margem do rio que lambia naquela paragem as faldas do rochedo.

— Benedito diz que estou enganado. Se ele soubesse o que eu ouvi? Queria contar-lhe; mas para quê? Não acreditará... Ou talvez acredite, e esconda de mim!...

Mário subindo automaticamente pelo rochedo foi ter à ponta que se projetava sobre o remoinho. Era o seu pouso favorito; daí dominava ele todo o circuito. Via aos pés o lago adormecido, como um dragão ressupino com as asas desdobradas; em torno, os alcantis apinhados uns sobre os outros; ao longe, formando os horizontes do painel, a floresta, a várzea e o rio.

Algum tempo depois de ali chegado, lançando os olhos para o remoinho, viu uma sombra refletir-se nele; e reconheceu Alice.

A princípio Mário não sentiu mais do que a surpresa de ver a menina próxima daquele lugar, donde a deveriam afastar as ordens do barão e os cuidados das pessoas que a acompanhavam. Reparando porém na insistência com que Alice permanecia no lugar, na tenacidade de seu olhar fixo no torvelinho das águas, compreendeu que a menina era naquele momento presa da vertigem.

Outrora, quando mais criança, no começo de suas excursões, ele também sofrera esse encanto poderoso da sereia, que o fascinava e atraía irresistivelmente ao fundo do abismo. Para vencer a alucinação, o menino de propósito afrontou a vertigem, uma e muitas vezes, até que se acostumou a dominá-la.

Mário, conhecendo a força de atração do abismo, imaginou que Alice ia precipitar-se; o seu primeiro impulso foi chamá-la e preveni-la; mas ele tinha às vezes instintiva repugnância por essa menina, a quem envolvia na aversão que votava ao barão e a quanto lhe pertencia.

Nisso, por um fenômeno muito natural nos momentos de emoção, as impressões atuais se travaram e confundiram com as recordações do passado, produzindo uma espécie de nimbo moral, meio visão, meio realidade. Desenhou-se em sua imaginação, como um lampejo, a cena da morte de seu pai, tragado pela voragem, enquanto o barão de pé, na margem, sorria com orgulho. No fundo desse quadro, como que lhe disputando a tela e transparecendo através da primeira cena, a fantasia do menino via Alice por sua vez tragada pelo boqueirão; na margem, o Barão sucumbindo ao peso de tamanha desgraça, e ele, Mário, em pé sobre o rochedo, sorrindo-se como o anjo da vingança.

Nesse momento ouviu-se o soluço profundo da onda. Alice, atraída pela vertigem, acabava de precipitar-se.

O abalo que sofreu Mário vendo desaparecer o corpo de Alice espancou de seu espírito a visão, para mostrar-lhe a realidade. Havia nesse menino um coração precoce como seu espírito, já capaz dos grandes ódios, como dos rasgos de heroísmo.

Diante da catástrofe ele esqueceu quem era a vítima, para só lembrar-se que uma vida corria perigo. A ideia de vingança, que afagara em um instante de cisma, agora o enchia de horror. Como pudera associar uma memória querida à desgraça de outrem?

Por isso o nome do pai lhe viera aos lábios, como um grito de perdão e ao mesmo tempo uma santa invocação, no momento em que ele se arrojava no remoinho para salvar Alice, ou talvez morrer.

XV. O BOQUEIRÃO

Com o arremesso do salto, o corpo de Mário retalhara a onda e submergira-se profundamente.

Houve um longo momento de ansiedade para as pessoas que esperavam, tomadas de espanto, o resultado do terrível sinistro. A água fechara a voragem, polindo de novo a face muda e gelada. Parecia que o abismo tinha dito sua última palavra: o *consummatum est* dos grandes desastres.

Afinal alguma coisa rompeu esfrolando a tona do lago. Seria um peixe que viera beijar a flor d'água, ou algum silfo de asas transparentes que frisara no seu voo a límpida veia?

A trêmula ondulação foi-se estendendo; e deixou ver distinta a sombra do objeto que a produzia. Era o botim de Mário, cujo corpo verticalmente submergido não se percebia ainda. A agitação constante do pé do menino e os esforços violentos que fazia para subir à superfície revelavam uma luta desesperada.

Com efeito, o intrépido nadador, descendo a prumo ao fundo do abismo, tivera a felicidade de encontrar ao alcance da mão o corpo de Alice, arrebatada pelo torvelinho. Enlaçando-lhe com o braço o colo e a espádua e estreitando-a ao seio, procurou surdir; mas, além do ímpeto do remoinho, o peso dos vestidos alagados e da própria roupa que não tivera tempo de tirar, tornavam a empresa talvez superior às suas forças.

Mário havia afrontado o abismo; mas só, com os dois braços livres, sem roupa que o tolhesse. Era muito diferente agora que só tinha um braço livre, e esse, único, para esforço triplo.

Não obstante ele continuava a lutar. Achava-se justamente no lugar mais estreito do remoinho, no que se poderia bem chamar a faringe do abismo. Era aí o foco do turbilhão; era aí que a onda angustiada pela rocha se precipitava com ímpetos medonhos nas profundezas da caverna.

Mário passara. Embora Alice quase lhe escapasse do braço, arrebatada pela correnteza, conseguiu ele estreitar de novo ao seio a espádua da menina; quando, porém, tentou arrancar a vítima do eixo do torvelinho para subir com ela à superfície, pareceu-lhe que jamais o alcançaria. Todos os seus esforços foram baldados; em vão procurou ele com um dos pés o apoio do rochedo, para arcar com o remoinho; o abismo não largava a presa.

Entretanto a fadiga invadia o corpo do menino; o longo fôlego já por tanto tempo sustido, ia-se extinguindo; em pouco tempo seria asfixiado pela água, a menos que não subisse à superfície para renovar o ar dos pulmões. Vir à tona, não o podia, sem largar o corpo de Alice, e abandoná-la à morte, que a disputava.

O terrível problema desenhou-se, pois, bem claro no espírito de Mário: ou restituir a vítima ao abismo ou morrer com ela.

A solução não podia ser duvidosa. Se de um lado o instinto poderoso da conservação falava no coração do menino, do outro lado a antipatia que lhe inspirava a filha do barão devia afastar-lhe a ideia de qualquer sacrifício; já não era pequeno o perigo corrido até àquele momento.

Era essa a lógica do coração; mas o orgulho de Mário e o seu desdém pela vida apresentavam-lhe as coisas por outro prisma. Arrancar-lhe Alice ao remoinho não era para ele rasgo de generosidade ou ato de filantropia; não, era pura e simplesmente uma satisfação de amor-próprio, uma questão de brio.

No seu pundonor infantil, ele se consideraria um covarde, cedendo ao remoinho; ficaria humilhado se não domasse dessa vez ainda o abismo, arrancando-lhe do bojo a vítima, já quase devorada. Pouco lhe importava o nome da vítima; no instante daquele supremo transe talvez nem se lembrou que objeto, que fardo, era esse tão estreitamente unido a seu peito. Fosse, em vez da menina, um cão, lutaria da mesma forma.

De quem se recordou de relance foi do barão; e recordou-se pensando no imenso prazer que teria se o esmagasse com seu triunfo e seu desprezo. Afigurava-se a Mário que o exemplo de heroísmo e abnegação dado por ele havia de ser para o rico fazendeiro um motivo de sofrimento e despeito. Por que motivo? Não poderia explicar; era um vago pressentimento.

Pode-se bem avaliar quanto deviam ser rápidas, quase instantâneas, as resoluções e os movimentos do menino naquela crise extrema.

Agarrando as tranças louras de Alice e enrolando nelas a mão para mais segurança, o menino veio à tona d'água e respirou com força. As pessoas que rodeavam o lago viram surdir apenas um meio perfil e submergir-se imediatamente.

— Nhô Mário!... — exclamou a voz ansiosa de Martinho.

Mário, renovado o ar dos pulmões, voltou a tempo de travar de novo da espádua de Alice. A evolução das águas, depois de o aprofundar, elevara o corpo da menina para arremessá-lo à garganta que devia sorvê-lo. Aproveitando-se do incidente o menino pôde voltar à superfície e elevar acima dela a parte superior do rosto.

— Benedito! — gritou ele.

O preto, depois que tombara ferido pela dor, rolando como um madeiro sobre as fragas do rochedo, ficara algum tempo alheio ao que se passava. Chamado a si pelos golpes que as farpas da pedra lhe abriram nas carnes, e admirando-se de não estar ainda submergido pelo boqueirão, quis atirar-se.

— Não! — murmurou dentro d'alma. — Quem há de enterrar a eles?... Depois, Benedito!... Sempre é tempo para a gente deixar este cativeiro!

Quando ouviu a voz de Martinho, o preto velho ergueu a cabeça atônito. Seria possível que o menino vivesse ainda! Que o pajem o tivesse visto?

Benedito não o podia acreditar. Mas a voz de Mário, forte, clara e distinta, acabava de pronunciar seu nome; não havia dúvidas: o menino vivia. Então o corpo robusto do africano vibrou estremecendo, como o canhão depois da descarga. Com as mãos seguras a dois ramos do arbusto, o seu talhe projetou-se fora do rochedo sobre o lago; parecia o toro de um crocodilo negro, arremessando o bote à presa.

Os olhos dilatados, saltando-lhes das órbitas, pareciam absorver em si a Mário, arrancando-o às águas do lago. Não tinha voz para falar; os borbotões desse imenso resfôlego de um coração quase asfixiado pela angústia, e que enfim torna à vida, não davam passagem à palavra.

Entretanto, quando seus lábios se moveram, articulando sons, nada se ouviu, é verdade, mas sentiu-se que uma alma se derramava pela superfície do lago, e que essa alma se prostrava aos pés de Mário, como uma adoração e ao mesmo tempo uma abnegação. Adoração por vê-lo vivo ainda; abnegação para o salvar morrendo se preciso fosse.

— Uma corda, Benedito; um pau!...

A mão do menino sobrenadando completou seu pensamento. Os dedos crispados fortemente estavam reclamando um apoio à flor d'água, um ponto onde se firmasse a alavanca humana para suspender o corpo de Alice.

Mário mergulhara quatro vezes.

Benedito, na posição em que estava, lançou um olhar de desespero ao lago, à rocha, ao céu. Ali, embutido como um tronco naquela penedia bronca, pairando sobre o abismo no qual o menor movimento podia precipitá-lo; cercado apenas de pedras e sarças encarquilhadas, como podia ele achar prontamente, ao alcance do braço, o esteio de que necessitava o corajoso nadador, para salvar-se e à menina?

O preto sentia a urgência do socorro. A luta heroica de Mário não podia prolongar-se; naqueles transes, contam-se os acontecimentos por ápices de instante. Se o mergulhador, voltando à tona d'água, não achasse aí o ponto de apoio necessário, sumir-se-ia para sempre. E Mário não tardava; o negro media o tempo pela sua respiração.

Martinho e Eufrosina tinham, é verdade, corrido à cata do objeto indicado. Mas onde o iriam buscar? E chegariam a tempo, sendo tão grande a distância para a estreiteza da ocasião?

Não havia, pois, esperança alguma?

Uma vida pronta a sacrificar-se; a cega dedicação, capaz de todos os sacrifícios; nada podia contra a fatalidade.

O impossível, esse frio escárnio da natureza contra a arrogância do homem; esse epitáfio de todas as ambições, como de todas as esperanças, ali estava sorrindo da angústia, como do heroísmo, do coração.

A flor d'água turbou-se. Mário voltava: era o momento supremo. Seu olhar límpido, que já atravessava a onda transparente, se não fosse a primeira esperança do triunfo, seria... o último desengano e o último adeus!

E nada!... nem uma corda, nem um madeiro!

Mas havia um corpo humano. Benedito, escorregando pelas abas do rochedo, chegara quase ao nível do lago; e daí, estendendo-se por baixo da ramagem dos arbustos, foi prolongando-se sobre as águas. Chegado à extremidade da folhagem, o negro, não obstante, continuou a avançar, esticando os braços e forçando os galhos retorcidos a se dobrarem com o peso de seu corpo.

Assim ajudado por sua grande estatura e pela elasticidade dos braços, como dos ramos do espinheiro, conseguiu Benedito manter-se horizontalmente suspenso sobre a bacia do lago, com a cabeça tão completamente derreada sobre os ombros que de longe se diria um corpo estrangulado. Nessa posição o negro quase roçava com a nuca a flor d'água.

Era tempo, Mário remontara; sua mão convulsa enleou-se nos cabelos grisalhos do negro; e valendo-se desse ponto de apoio esforçou para atrair o corpo da menina. Mas ainda dessa vez o abismo disputou a presa; os vestidos de Alice pesavam como mortalha de chumbo.

Depois de repetidos arrancos, Mário reconheceu que não obteria resultado algum. Mudando então prontamente de plano, travou os pés no pescoço de Benedito, e segurando com ambas as mãos os braços de Alice, arcou de novo contra a correnteza.

O corpo do negro, inteiriçado sobre o abismo, escorrendo sangue das feridas, brandia, aos repelidos abalos que lhe imprimiam as arremessas de Mário, como um vergão de ferro. Com o esforço, os artelhos do menino cerrando-se quase estrangulavam o pescoço do velho africano, cujos olhos injetados e narinas dilatadas, indicavam asfixia iminente.

O menino estorcia-se dentro d'água. Seu corpo parecia romper-se, como o dorso da serpe quando se dilata para estringir a presa. A luta estava indecisa. Às vezes acreditava-se que Mário ia triunfar, arrebatando a vítima ao boqueirão;

outra vezes o menino perdia vantagem adquirida e submergia-se ainda mais.

Como era sublime essa cadeia humana que se estendia desde a aba do rochedo até às profundezas do lago, com uma ponta presa à vida, e outra já soldada à morte! Esses corações que se faziam elos de uma corrente, grilhados pelo heroísmo, essa âncora animada, sustendo uma existência prestes a naufragar, devia encher de admiração e orgulho a criatura.

Foi essa peripécia do horrível drama que se desenhou aos olhos do barão, quando ele chegava à margem do lago. Não teve necessidade de interrogar, de ouvir alguma voz, nem de examinar a cena.

Do primeiro relance compreendera tudo. A vítima era Alice; o herói, Mário; o instrumento, Benedito.

Os joelhos curvaram-se; e aquele homem forte caiu sucumbido e opresso de encontro ao parapeito de pedra. Um brado de ânsia rompeu-lhe do seio; mas com o ofego da respiração, os lábios não exalaram mais que um surdo gemido.

A esse gemido respondera um grito de triunfo. Mário acabava, por um impulso desesperado, de levantar acima d'água o corpo inanimado de Alice.

— A mão, Benedito, a mão!... — exclamou o menino ofegante.

Um dos braços do negro desprendeu-se dos ramos, e volvendo hirto e rijo como a verga de uma máquina sobre o gonzo de ferro, travou do corpo de Alice e descansou-o no largo peito. Já Mário a nado tinha galgado o rochedo e aliviava o negro daquele peso.

Um instante mais e Benedito, sufocado pelos artelhos de Mário, se despenharia no precipício, arrastando consigo a última esperança.

O barão, que recebeu depois de Mário o corpo inanimado da filha, correu à cabana para prestar-lhe os primeiros e urgentes socorros. Quem sabe se já são inúteis? Se o que ele estreita ao seio não é mais o corpo, porém unicamente o cadáver de Alice?

As outras testemunhas da catástrofe acompanharam o barão; só ficaram o negro e o menino.

Mário, apenas conseguira por cima da pedra passar ao barão o corpo de Alice, recostou-se ao rochedo completamente extenuado; ali ficou alguns momentos recobrando o fôlego.

Entretanto Benedito, retraindo-se lentamente, aproximava-se da falda da penedia, até que afinal levantou direito o porte robusto.

Mário cingiu-lhe o pescoço com os braços e beijou-lhe as cãs. O negro, apertando-o ao peito, soluçava como uma criança.

Ali ficaram absorvidos na ardente expansão dos sentimentos que lhes tumultuavam no seio. Os outros os tinham esquecido; ninguém veio perturbar a transfusão de suas almas com uma solicitude importuna.

Mas de repente foram despertados por um grande choro que saía da cabana. Era fácil adivinhar o motivo dessas lamentações, tanto mais quando no meio do pranto se distinguiram perfeitamente estas palavras:

— Mortal... Morreu!...

Mário subiu apressado à cabana; Benedito o seguiu.

XVI. O BEIJO DA VIDA

Correndo à cabana, Mário não era levado pela solicitude que lhe devia inspirar a sorte de Alice, sua companheira de infância; nem mesmo, cumpre confessá-lo, pelo natural estímulo da compaixão.

Não hei de encobrir os defeitos desse caráter, como não pretendo exaltar suas qualidades.

O coração de Mário, desenvolvendo com um vigor prematuro as fibras da energia, da perseverança, do heroísmo, da amizade e do ódio, ficara atrofiado a respeito da piedade, da simpatia, da ternura, de todos esses sentimentos brandos e suaves que formam o bemol da clave humana.

Em qualquer outro momento, se viessem dizer a Mário que a filha do barão tinha morrido, ele sentiria apenas a surpresa que produz um acontecimento imprevisto, e essa turbação do espírito diante do terrível mistério, todas as vezes que ele formula o seu inexorável problema.

Passado esse primeiro assomo, se ele procurasse no íntimo a recordação do acontecimento, não acharia senão um pouco do lodo entre a vasa que existe sempre em todo o coração; não acharia senão sua antipatia por Alice e a satisfação de ver-se livre de uma presença impertinente.

Naquela ocasião, porém, a vida de Alice era precisa para Mário; pertencia-lhe como coisa sua; ele a disputara ao abismo, à morte; e tinha-a afinal conquistado com uma coragem que o elevava perante a consciência. Essa existência arrancada ao boqueirão era o complemento de seu esforço; o remate de sua obra; a palma de seu triunfo. Sem ela, sua ação ficava truncada, sua vitória mutilada: ele teria salvado, embora com risco de vida, um cadáver apenas, um despojo inútil.

Como os conquistadores antigos, de que falava o seu Plutarco, ele carecia de um troféu; e esse troféu era Alice viva, e o barão humilhado, no auge mesmo de sua felicidade, na viva expansão de seu amor paterno.

Imagine-se, pois, qual devia ser o seu abalo e irritação, vendo a morte furtar-lhe perfidamente, de uma maneira vil e indigna, essa existência que ele havia arrebatado de suas garras em luta franca, rosto a rosto! Que tropel de pensamentos lhe tumultuava no cérebro, lutando para arrojar-se em borbotões! Às vezes eram ímpetos de indignação contra o acontecimento que o espoliava de seu triunfo. Outras vezes eram ideias loucas de ressuscitar o cadáver, transmitindo-lhe metade da própria existência.

Que inextricáveis são os fios dessa urdidura moral, com que se tecem as paixões humanas!

Esse menino inacessível à compaixão, indiferente ao sofrimento alheio, encerrado no frio egoísmo que formava um orgulho desmedido, essa aberração da infância, acabava de expor a vida, e daria sem hesitar metade dessa vida, para salvar uma criatura de sua aversão!

O corpo de Alice estava deitado na cama de sua vovó preta, que, sentada aos pés e debulhada em pranto, não sentia o próprio mal. Às bordas do leito, Eufrosina e Felícia ajoelhadas seguravam as mãos inanimadas da menina; Adélia, reclinada por cima delas, pálida de comoção, não sabendo o que fazer, se se afastar ou ficar ali, dividia-se entre os dois movimentos.

Junto dela um menino de dezesseis anos, ultimamente chegado à cabana, acompanhava com atenção delicada seus movimentos, dirigindo-lhe palavras de animação ou consolo. Era Lúcio, filho de D. Alina, e muito camarada de Mário, apesar da repugnância que mostrava sua mãe por "essa gente". Chegado à fazenda quando os outros já tinham partido, apenas soube do passeio encaminhou-se para o lugar, muito seu conhecido.

À cabeceira estava o barão, sustendo no joelho a loura cabeça da filha. Sepultado no fatal desengano de seu infortúnio, amparava o rosto em uma das mãos. Mas de repente um vislumbre desse crepitar da esperança, que bruxuleia como a lâmpada ao apagar-se, atravessava aquela treva lúgubre.

Abaixava então a cabeça; interrogava ansiosamente os olhos, a face e os pulsos da filha.

O frio glacial e a imobilidade respondiam apenas à sofreguidão e às ânsias daquele coração de pai. Ele retraia-se dolorosamente, e sepultava-se de novo em um desespero mudo e estúpido.

Alice era a imagem de um anjo de cera. Seus cabelos louros molduravam-lhe o rosto como um resplendor; o vestido despedaçado, aparecendo por cima das cobertas junto às espáduas, figurava as pontas de lindas asas azuis. Seus lábios entreabertos não sorriam, porque não tinham mais alma que os animasse, e o sorriso é uma flor d'alma; porém, essa flor ali ficara como a pálida bonina arrancada de sua haste. Os olhos abertos e completamente pasmos, coalhavam-se como a luz na gota que se congela; aqueles céus estavam ermos do anjo que os habitara.

A cútis alva tinha uma doce transparência produzida pela polarização da luz da sua alma que se refrangia para o céu.

Mário estacou em face dessa pura imagem, cobrindo-a com um olhar ardente. Não foram, porém, os toques suaves da beleza inanimada nem a candura da linda menina, ceifada no alvorecer da inocência, que seus olhos viram naquele corpo inanimado; foi a presa por ele disputada ao abismo, foi o prêmio de seu esforço, o despojo opimo do vencedor.

Assim também não viu ele na cabana em torno ao leito, pai, ama, escravos, afeições mais ou menos ardentes; pessoas com melhor direito ou mais experiência para se interessarem pela sorte da menina e tentarem os últimos, embora vãos esforços. Para ele não havia ali senão testemunhas da luta, que, tendo assistido ao primeiro recontro, iam presenciar o outro. Alice não era a seus olhos uma filha, uma amiga, uma senhora; não passava de uma coisa que lhe queriam usurpar.

Arredando bruscamente os escravos, Mário se inclinou sobre o leito e apoderou-se do corpo de Alice, retirando sua cabeça dos joelhos do pai.

Nas circunstâncias supremas, as distinções sociais, e até mesmo as que estabelece a norma comum da natureza, se apagam diante da superioridade real. Entre as pessoas aí presentes, algumas encanecidas, a vontade firme e resoluta, o coração forte e sobranceiro, era o de Mário. Ele devia exercer sobre os espíritos abatidos a influência que é o efeito da eletricidade moral. Ninguém opôs a seus movimentos o menor obstáculo. Completamente desanimados, não sabendo o que fazer, na expectativa ilusória do socorro que Martinho montado no cavalo do senhor fora buscar, permaneciam todos atados pela dor e espanto.

No meio dessa indecisão, uma energia era a ressurreição moral: era o exemplo. Todos se submetendo espontaneamente àquele coração capaz de querer, quando eles sucumbiam, àquele espírito que pensava no meio do torpor geral, puseram-se ao seu serviço com uma obediência passiva e tímida.

O barão viu lhe retirarem dos joelhos a cabeça da filha, e não fez um movimento; logo depois se ergueu sem dizer palavra, porque o menino lhe indicara que saísse da cama. Seus olhos seguiam os gestos de Mário, sem os compreender; mas com essa vaga esperança, que se embebe de fé, como o menor vapor na atmosfera se embebe de luz. Mário não desesperara ainda, e o barão sentia em si o reflexo tênue dessa crença.

Com os travesseiros, colchas e esteiras, que pôde obter, arranjou Mário rapidamente, e ajudado de Benedito, um plano inclinado sobre o leito, e aí colocou a menina. Depois, debruçado sobre ela, colou seus lábios na mimosa boca desmaiada, e apertando com os dedos as cartilagens no nariz, insuflou-lhe fortemente o ar nos pulmões.

A perícia do menino na prestação de socorros aos afogados, sendo para admirar, explicava-se, contudo, muito naturalmente. Na barca de salvação, montada a expensas do barão, Mário tivera frequentes ocasiões de ver aplicadas pelo administrador da fazenda as instruções de um hábil médico da corte, para combater a asfixia por submersão conforme as indicações do Dr. Curry. Ávido de tudo saber, aquela jovem inteligência compreendeu o mistério da morte aparente pela falta do ar; e viu em alguns casos a eficácia desse meio supremo de restabelecer pela inflação do fôlego a vida já extinta no coração.

Ele sabia que no caso de asfixia por submersão havia completa cessação de vida, equivalendo a cura a uma ressurreição; e lembrava-se de ter lido no extrato da obra do Dr. Curry, que, embora a salvação dos afogados não fosse comum quando a submersão durava um quarto de hora, contudo, havia exemplos de ressurreição depois de uma submersão por mais de meia hora e até de algumas horas. Alice estivera dentro d'água apenas uns dez ou doze minutos; e felizmente nenhuma lesão tinha sofrido. Eis por que Mário, em vez de assustar-se com a algidez que apresentava o corpo da menina, e a completa cessação da vida, empreendera salvá-la.

A operação repetiu-se muitas vezes sucessivas. Todos silenciosos e atentos, com os olhos cravados no leito, esperavam em uma ansiedade indizível os palpites de uma esperança que, mal assomando, afogava-se para logo no receio de que Mário, exausto de forças, não pudesse continuar a operação. E quem teria a calma e destreza necessária para substituí-lo?

— Silêncio! — disse Mário, mais com o gesto do que com a voz.

Pousando a mão sobre o seio da menina e interrogando o coração, parecia recolher toda sua alma, e concentrá-la na ponta dos dedos que tateavam uma pulsação imaginária. O canto de seu lábio frisado pela contenção do espírito foi-se distendendo em um sorriso, a princípio quase imperceptível. Quando afinal seu rosto expandiu-se, a cabeça erguida ressumbrava a veemência do prazer que sentia.

Alice respirava.

Ele tinha duas vezes, em menos de uma hora, arrancado à morte sua presa. Tinha duas vezes esmagado com sua superioridade o homem a quem mais odiava no mundo, salvando-lhe a filha e obrigando-o a dever-lhe a felicidade de sua vida. As esmolas que o barão fazia à sua mãe, esses sobejos de uma riqueza talvez bem mal adquirida, ele as pagava por esse preço.

— Tem café quente ou espírito?

A respiração da menina, quase insensível durante alguns instantes, afinal sublevou-lhe docemente o seio. Sentiu-se um raio tenuíssimo de luz perpassar na pupila imóvel e cristalizada.

A vida foi a pouco e pouco se derramando pelo corpo, já cadáver. Quando o rosado das faces, a pulsação distinta e o movimento muscular, revelou uma reação franca, o menino, conhecendo que Alice estava salva, eclipsou-se no meio das efusões de contentamento do barão e das outras pessoas presentes.

A alguns passos do leito, encontrou-se com Lúcio, que o olhava cheio de ardente admiração.

— Adeus, Lúcio!
— Mário, você já é um homem!
— Hei de ser!
— Que homem era capaz de fazer isso?

Mário sorriu com indiferença:
— Qualquer pessoa que estivesse acostumada como eu. Não vale nada.

Um sorriso de Adélia atraiu Lúcio, enquanto Mário ganhava a porta.

Ninguém o viu afastar-se. Era natural. Esse júbilo do coração, ao ver dissipar-se a desgraça; essa festa da vida que torna, mais solene sem dúvida do que a festa da vida que nasce, bastariam para ocupar naquele instante as testemunhas da cena. Além disso, porém, havia ali um extremoso amor de pai, a ternura apaixonada da mãe de leite, e outras afeições sinceras.

Benedito, contudo, não tardou em reparar na ausência de Mário. O velho africano, que já adorava aquele menino e admirava sua destreza e coragem, começou desde então a venerar nele alguma coisa de sobrenatural, incompreensível para seu espírito inculto. Um ente que participava do anjo, do feiticeiro e do homem, tal era a imagem que se gravou em sua alma.

Recobrando inteiramente os sentidos, entre os beijos ardentes do barão e as carícias de Chica, Alice correu o olhar ainda entorpecido pelas pessoas que cercavam o leito. Sorriu ao pai, a Adélia, a todos; mas faltava alguém que esperava achar ali e que debalde procurou.

Seu lábio balbuciou um nome:
— Mário!...

No momento em que, presa da voragem, ela se debatia nas vascas da agonia, a derradeira impressão desse transe supremo fora a do braço de Mário que lutava para arrancá-la ao abismo. Também tornando à vida, a primeira visão, embora confusa, de sua alma sopitada, fora a do rosto do companheiro de infância, que debruçado sobre ela, sorria-lhe.

Seria tudo isso um sonho?

— Ele estava aqui — disse o barão. — Mário!

— Saiu! — respondeu Benedito.

— Vão chamá-lo. Ainda não o abracei.

Benedito percorreu durante algum tempo os arredores da cabana: daí podia ele dominar toda a várzea e uma parte do pomar. Depois de algumas voltas inúteis, descobriu além, na baixa, alguma coisa alva, que excitou-lhe a atenção, porque destacava entre o verde da folhagem. Com uma vaga suspeita do que era, seguiu naquela direção; verificou ser a roupa do menino, estendida para enxugar, no lugar onde batia o sol.

Mário dormia profundamente, coberto com as folhas secas das próximas bananeiras. Descansava a cabeça no braço direito dobrado sobre uma raiz que lhe servia de travesseiro. Extenuado de fadiga, o organismo reclamava imperiosamente aquele sono profundo e reparador.

Saíra da cabana com intenção de voltar a casa para mudar a roupa molhada, que o estava resfriando; mas, chegado àquele lugar, os contínuos arrepios obrigaram-no a despir-se para secar o corpo. Então cedendo à fadiga dormiu.

Benedito o estava contemplando enternecido, quando ouviu um rumor de passos nas folhas secas. Por entre as árvores avistou D. Francisca, arrastando o passo trôpego em direção à cabana. Benedito correu à senhora e carregando-a nos braços robustos, a trouxe para junto do filho, animando-a com a narração entrecortada do que havia passado.

— Deixa, minha sinhá, deixa-o dormir. Precisa bem.

D. Francisca ajoelhada roçou a fronte de Mário com os lábios, cobriu-lhe o corpo com o xale, e rendeu ao Senhor ferventes graças, por lhe haver conservado o filho querido.

Benedito também ajoelhara aos pés do menino, mas em vez de rezar por ele, pôs-se a adorá-lo, como a um ídolo.

XVII. O JURAMENTO

Seriam oito horas da noite.
Reunidos na sala da *casa-grande*, os hóspedes do barão, sentados no sofá, conversavam em tom moderado sobre o acontecimento do dia.

O conselheiro Lopes tinha feito um discurso filosófico sobre o fenômeno das coincidências, citando alguns fatos históricos dos mais notáveis. Era esta a face por que o desastre acontecido a Alice o tinha mais impressionado; a intervenção de Mário e a data de 15 de janeiro prendiam esse acontecimento como dois elos de bronze à morte de José Figueira, ocorrida havia onze anos.

D. Luísa, além da parte que tomara na aflição da família de Alice, estremecia de horror, lembrando-se de que podia ter Adélia corrido o mesmo ou maior perigo. D. Alina, essa às vezes desmerecia na ação de Mário, figurando-a como coisa facílima; outras vezes insinuava, embora de longe, que o culpado de tudo era o menino com sua travessura.

— Quem sabe? Talvez se Alice fosse sozinha com Adélia ou com o meu Lúcio, que é tão sossegado, não lhe acontecesse nada. Esses rapazes traquinas deitam os outros a perder.

Junto à mesa, onde ardia o candelabro, Lúcio estava muito aplicado em levantar castelos de cartas para entreter Adélia.

Feliz idade em que a imaginação entre risos de prazer edifica palácios com essas figuras coloridas! Mais tarde, em vez de castelos de carta, são os castelos de vento, edificados com as ilusões e as esperanças de nossa alma. Vem um sopro de criança e arrasa o suntuoso palácio. O menino reúne as cartas e levanta novo castelo. O homem debalde tenta coligir as ilusões que tombaram: não encontra nem o pó; desfizeram-se em fumo.

O castelo de Lúcio era um pretexto. Cada carta precisa para a construção tinha de ser tomada a Adélia, senhora de quase todo o baralho. Quanto mais se elevava o castelo, mais tentações tinha a menina de abatê-lo de um sopro, ou derrubá-lo com a unha rosada, que disfarçadamente brincava sobre a verde cobertura da mesa.

Dando tais assaltos direito à defesa, a mão de Lúcio animava-se a interceptar nos lábios da menina o sopro destruidor, a prender e conservar cativo o dedinho pérfido, e finalmente a sentir esses rápidos toques da cútis acetinada, que lhe sabiam como raios da polpa deliciosa do cambucá.

De vez em quando D. Luísa erguia-se do sofá e penetrava no interior por uma porta lateral. Pouco depois voltava trazendo informações a respeito do estado de Alice.

Transportada para casa nos braços do pai, a menina passara algumas horas sem grave alteração, embora muito abatida. À tarde, porém, se declarara febre com dores lancinantes pelo corpo. O médico, prevenido à primeira notícia do desastre, já estava na fazenda. Seu prognóstico foi favorável. A menina, em virtude do abalo por que passara e do longo resfriamento, sofria de um acesso nevrálgico. Os calmantes receitados não tardariam a debelar o mal.

— Está na mesma. Agora chegaram os remédios que o doutor mandou buscar — disse D. Luísa voltando da alcova.

— O barão devia ter aqui uma botica sempre bem sortida! — ponderou o conselheiro.

— O comendador, meu marido, tinha — acudiu D. Alina.

A porta do corredor abriu-se dando passagem a D. Francisca e seu filho. Este vinha manifestamente contrariado; sua fisionomia e até seu passo o indicavam.

Depois de duas horas de sono, que sua mãe não se animou a interromper, Mário despertara à sombra das árvores onde se havia deitado. No primeiro momento admirou-se de ver a mãe ali perto dele; mas logo percebeu vagamente o que tinha passado, e com isso satisfez-se a sua curiosidade.

Vendo, porém, no rosto da senhora traços de fadiga e aflição, Mário ficou de mau humor e contrariado. À veemência das carícias maternas respondeu apenas com um frio abraço.

— Minha roupa já está enxuta? — perguntou.

Benedito tivera tempo de trazer outra roupa e café para o menino tomar apenas acordasse. Um fogo vivo, além de conservar a quentura da chaleira, derramava um doce calor sobre o menino adormecido.

Recolhidos à sua habitação, nem a mãe nem o filho tinham desejos de tornar à *casa-grande* naquele dia. D. Francisca ficara prostrada com as emoções; Mário queria fugir à impertinente curiosidade dos hóspedes do barão. Repugnava-lhe contar sua ação à gente de quem não gostava. Todas as pessoas da amizade do rico fazendeiro incorriam na antipatia do menino.

Ao cair da noite, porém, o barão mandou segundo recado insistindo com D. Francisca para levar-lhe Mário naquela mesma noite. Avaliando pelo seu coração do sentimento daquele coração de pai, e desejando também mostrar seu interesse por Alice, de cuja febre acabava de saber, a viúva acedeu.

Muito lhe custou persuadir a Mário. A seus rogos o menino respondia:

— Não tenho nada que fazer lá! O Sr. barão pode guardar seus agradecimentos, que eu passarei muito bem sem eles. Se cuida que lhe prestei algum serviço, está enganado. Quis mostrar-lhe que um pobrezinho, às vezes, vale mais do que os ricos barões.

D. Francisca amava cegamente o filho, e por isso, em vez de o governar, era por ele governada. Ante a resistência que Mário opunha ao seu desejo, não se animou a formular uma ordem; esgotados os rogos, socorreu-se ao argumento supremo, que aplicado a propósito, dobrava a tenacidade do menino.

— Meu filho, lembra-te da recomendação que teu pai deixou em seu testamento. Deves obedecer ao barão como a ele.

Mário mordeu os beiços e acompanhou sua mãe à *casa-grande*; mas cedendo, embora, ele não podia esconder sua contrariedade. Já não era somente a curiosidade importuna que o afastava, mas também a moléstia de Alice. Incomodava-o a ideia de envolver-se na solicitude afetuosa, que devia inspirar à família e aos amigos o sofrimento de uma pessoa querida. Ele não podia associar-se a esse sentimento; também não devia alegrar-se com ele.

Por outro lado o barão estava triste, abalado ainda com as emoções daquela manhã, aflito com a enfermidade da filha. Não era assim, abatido por outras causas, que o menino desejava afrontar seu inimigo. Era no apogeu da fortuna, do alto do seu orgulho, que ele pretendia humilhá-lo.

Esses sentimentos possuíam Mário ao entrar na sala.

— Oh! eis o nosso herói! Venha cá! — exclamou o conselheiro chamando-o com a mão.

— A senhora deve estar muito contente com seu filho, D. Francisca; o que ele fez!... — disse D. Luísa.

Mário levantou os ombros e respondeu duma vez aos dois, mulher e marido:

— Ora! O que eu fiz!... Aqui na fazenda há um cachorro, o Trovão, que nada e mergulha muito mais do que eu. Se quiser ver um herói, mande buscá-lo; ou então um dos marrecos ali do tanque, pois dentro d'água nos vence a ambos.

O conselheiro era homem a quem nada perturbava. Apesar da estranheza da resposta, ele replicou sorrindo com certa magnanimidade magistral:

— Ora, Sr. estudante, isso é pura e simplesmente um sofisma. O animal obra por instinto, enquanto o senhor arriscou a vida para salvar...

— Não há tal! Não corri nenhum perigo; tenho feito isso tantas vezes! Se me pudesse suceder algum mal, decerto que não ia me atirar n'água; não tinha necessidade disso.

Depois de ter assim amesquinhado com um remoque, e sufocado sob uma ostentação de egoísmo seu rasgo heroico, o menino aproximou-se da mesa, onde estavam os dois camaradas. Adélia, desde a entrada de Mário, não cessava de olhá-lo com um modo de ingênua admiração, o que espremeu no coração de Lúcio a primeira gota de fel; o fel que exsuda o ciúme.

— Mas então, Mário — disse a gentil menina com um sorriso faceiro —, se esta rosa que eu tenho no seio caísse no boqueirão, você ia apanhá-la?

— Ia! — respondeu o menino com vivacidade; mas logo retraindo-se, acrescentou: — se na ocasião estivesse de veia para brincar.

— Lembra-se? Foi você que me deu esta rosa! Está aqui guardada.

— Pois dê ao Lúcio, que está ali com uns olhos para ela!...

Lúcio corou. O sorriso apagou-se nos lábios de Adélia, como o voo nas asas da borboleta, quando expira a luz que a enleva. Mário voltou-se à voz da mãe, que o chamava da porta.

A baronesa, já tranquila a respeito da filha, entrara na sala acompanhada pelo médico. Recebeu D. Francisca do mesmo modo, com fria altivez; a Mário disse apenas estas palavras:

— Viu em que dão as travessuras? Bom será que lhe fique de lição para emendar-se.

Mário retrucou arremedando o riso da baronesa:

— Eh! eh!... emendado já estou. Mesmo que a senhora caísse amanhã no boqueirão, não seria eu que a tirasse de lá.

— Já se viu!... — exclamou D. Alina.

O conselheiro, reprimindo uma risada, pensou consigo que, se Mário algum dia fosse deputado, seria um rival do Aprígio, o maior apartista da câmara; glória até hoje sem sucessor.

— É patetinha, coitado! — disse a baronesa a meia voz, voltando-se para o médico.

D. Francisca e seu filho seguiram o Martinho, que os introduziu no gabinete do fazendeiro.

O barão estava ainda na mesma agitação que dele se apoderara desde a notícia do passeio, e que bem longe de acalmar-se com a salvação de Alice, parecia progredir em intensidade. A dor de perder a filha, essa abrandara vendo-a livre de perigo; mas o acontecimento produzira nele um abalo profundo, uma crise que ainda não tivera remissão.

Antes de deixar a cabana, na ocasião de transportar-se Alice, o barão descera só à *Lapa*, e ali permanecera um momento com os olhos no remoinho. Seu rosto tinha nessa ocasião uma expressão grave e solene; os lábios balbuciaram palavras não ouvidas; a mão pairou um momento sobre o abismo. Dir-se-ia que prestava um juramento.

Trêmulo, agarrando-se às pedras para amparar os mal seguros passos, voltou à cabana, donde seguiu a rede que transportava a filha. O resto do dia até àquela hora, passara-o à cabeceira de Alice, ou debruçado na mesa do gabinete, murmurando palavras surdas e entrecortadas.

Levantou-se para receber D. Francisca; e abraçou tanto a mãe como o filho.

— Mário, eu lhe devo a vida de minha filha; mais do que a minha própria vida, porque é ela, só ela que me prende a este mundo. São dívidas que não se pagam. Foi sempre a minha intenção protegê-lo; mas hoje fiz um juramento à memória de seu pai, de... meu amigo, no lugar mesmo onde você salvou Alice. Encarrego-me do seu futuro.

— Não quero paga. Não servi a ninguém! O que fiz foi por brincadeira — disse o menino arrebatadamente.

— Bem; falaremos depois a esse respeito. Eu combinarei com D. Francisca acerca dos seus estudos. Deve formar-se... em direito ou medicina!

— Que bondade, Sr. barão!... disse D. Francisca.

O barão despediu-os com um gesto.

— Vá ver Alice, Mário. Ela tem perguntado muito por você.

A alcova estava em meia obscuridade, esclarecida apenas pela luz opaca de uma lamparina. D. Francisca chegou-se sutilmente; e percebendo que Alice estava acordada e com os olhos abertos, chamou o filho.

Vendo Mário, os lábios da menina se enfloraram com um sorriso.

— Ainda está zangado comigo, Mário? — disse ela apertando-lhe a mão. Eu lhe prometo que não hei de fazer mais travessuras. Não quero que você morra por minha causa.

O menino sentiu um movimento de piedade; nesse momento teve pena que Alice fosse filha do barão.

Mas a sua natural repugnância o dominou:

— Não tenha susto!...

Essa palavra podia ser uma segurança que tranquilizasse seu espírito, e Alice compreendeu-a, quis compreendê-la assim; mas ela caíra dos lábios de Mário como uma ironia.

Horas depois toda a habitação estava entregue ao repouso. Alice dormia um sono prolongado, embora um tanto inquieto. Só o barão velava, cruzando a passos lentos o seu gabinete:

— Faz onze anos! Foi em uma noite como esta; talvez à mesma hora... Que horas serão? Meia-noite. Era mais cedo!... Eu o vi!... Meu Deus; o tempo não apaga essa imagem, ao contrário parece que a aviva!... Há onze anos o vejo... assim... sempre assim!

O barão foi, abafando os passos, contemplar Alice adormecida. Mudo ante o vulto da menina, ele estremecia ao choque dos seus pensamentos que lhe tumultuavam dentro d'alma. Afinal seus lábios murmuraram estas palavras:

— Serás o anjo do perdão, minha filha.

Defronte se via a porta entreaberta do oratório. O barão aproximou-se do altar e pousando a mão sobre a ara santa repetiu o juramento solene, cujo segredo ficou entre ele e Deus.

XVIII. O NOIVADO

Tinha decorrido uma semana.
Alice estava completamente restabelecida. Naquela idade as impressões se apagam rapidamente. A gentil menina tinha recobrado sua graciosa e cintilante vivacidade.

Para dar expansão a seu regozijo, o barão improvisara um suntuoso banquete e convidara as famílias dos fazendeiros da vizinhança.

Era meio-dia. Já muitas senhoras e cavalheiros se tinham apeado no pátio da *casa-grande* e achavam-se agora reunidos na sala e varanda.

O barão parecia outro homem; a alegria transbordava de sua alma, no rosto e nos movimentos. Saudava a cada um dos convidados, com tanta efusão! Parecia agradecer-lhes o grande prazer que sentia.

A baronesa recebia os hóspedes com a amabilidade que permitiam sua altivez e frieza. O aparato da riqueza e os rumores da festa reanimavam sua natureza apática.

D. Luísa, sentada ao piano, misturava ao burburinho da conversação e aos rumores do campo os brilhantes ritornelos de uma valsa então muito em voga. Ao trinado das teclas do instrumento, a graúna pousada na próxima aroeira suspendia um momento o gorjeio, para ouvir estranha harmonia.

Aos moços, os sons do piano lembravam a quadrilha; aos velhos o canto, a dengosa modinha brasileira. Ambos os desejos foram submetidos à baronesa, que aprouve deferir a ambos com uma magnanimidade de rainha.

Entretanto D. Alina, com duas ou três roceiras criticava dos ares que tomava a baronesa, do desembaraço de D. Luísa que, sem a chamarem, tomara conta do piano, e do vestuário das senhoras mais elegantes.

O conselheiro Lopes, rodeado por algumas das influências da província a quem desejava granjear, achava-se em uma situação difícil. Ele manifestara na câmara uma opinião favorável à extinção do tráfico, ideia então muito impopular entre os fazendeiros. Increpado a esse respeito fez o conselheiro largas e luminosas considerações sobre a opinião europeia, o canhão inglês, o Bill Aberdeen;[10] e concluiu afirmando que não havia realmente a menor divergência entre o voto dos amigos que o ouviam, e a sua opinião.

Nesse momento uma recomendação de silêncio foi sofrear a eloquência do conselheiro. D. Luísa cantava uma ária do *Dominó noir*, recordações da ópera francesa que ultimamente havia feito as delícias da corte.

Acabavam de chegar os últimos convidados, o que aumentou a animação da festa. Depois do canto veio a dança baralhar damas e cavalheiros, velhos e moços, nessa agradável confusão que rompe durante algumas horas a monotonia das existências calmas.

A par da festa das senhoras e dos homens havia na *casa-grande* outra festa, porventura mais interessante pela sua originalidade.

Próximo à varanda, em uma saleta, onde costumava assistir a baronesa, estavam agrupados junto ao sofá alguns dos nossos conhecidos da semana anterior; e tão embebidos no seu divertimento que não ouviam as contradanças.

Enchia o tapete do sofá uma profusão de objetos, que aos olhos do menino-homem são uma ninharia, mas aos olhos do homem-menino parecem um tesouro das mil e uma noites. Eram trastes, camas, berços, guarda-roupas, lavatórios, poltronas, aparelhos de louça, talheres; um oratório com imagens e candelabros; jardins, com alamedas de flores, repuxo e estátuas; casas com repartimentos, carros puxados por parelhas de cavalos; uma fazenda cheia de árvores, de bois, carneiros e outros animais; tudo isso em delicada miniatura.

Havia também cestas, caixinhas e pequenos baús, uns já vazios e outros ainda cheios de vestidos de seda ou cassa,

---

[10] Lei Bill Aberdeen aprovada em 1845 pelos Britânicos, que concedia o direito de aprisionar navios negreiros. Medida anti-escravocrata de interesse comercial inglês.

chapéus, sapatos, e toda a espécie de roupa de um tamanho proporcional às dimensões dos trastes. Finalmente sobre o sofá, gravemente enfileirados pelo braço do recosto, viam-se os donos dessas riquezas; bonecos e bonecas de todos os feitios e qualidades, uns já vestidos com o maior apuro e elegância, e outros ainda em fralda de camisa, mostrando muito sem-cerimônia as pernas de pano, de louça, de pau ou de cera.

Alice, sentada em um banquinho de almofada, com o regaço cheio de mil coisas tiradas das cestas e baús, estava ocupada em fazer a distribuição e arranjo da festa, ajudada por Eufrosina e Felícia. Do outro lado, Adélia, acomodada em uma cadeira baixa de costura, acabava o traje de noivado de uma formosa boneca de cera. De joelhos aos pés da menina, o Lúcio, com sua habitual galanteria, adivinhava os desejos da menina para satisfazê-los, procurando no tapete já o véu de renda, já a grinalda de flores, o lenço ou o leque.

A causa de todo esse alvoroço que ia pelo mundo das bonecas, talvez ninguém se lembre dela. Pois não era outra senão aquele casamento de D. Elisa com o Dr. Oscar; casamento sobre o qual as meninas tinham conversado no pomar, por ocasião do fatal passeio à cabana de pai Benedito.

Essa união, que estava projetada para outro domingo, não pôde ter lugar em virtude do desastre. Festejando-se, porém, naquele dia a sua salvação e restabelecimento, não quis Alice demorar por mais tempo a felicidade dos dois noivos. Acresce que Mário, padrinho por ela escolhido, devia partir no dia seguinte para a corte, a fim de completar ali seus estudos preparatórios.

D. Elisa e o Dr. Oscar eram um lindo casal de bonecos, vindos diretamente de Paris por encomenda do barão. Alice os tinha recebido havia alguns meses; foi o presente do pai no dia de seus anos. D. Elisa era um anjo de bonita, e o Dr. Oscar, um serafim, na opinião de Eufrosina; Felícia, porém, comparava-o a um cabeleireiro francês, para ela o tipo da suprema elegância parisiense.

— A noiva está pronta! — disse Adélia mirando a boneca enfeitada.

— O noivo também! — acudiu a Felícia.

— Agora falta o oratório — disse Lúcio. — Acendo as velas?

— Não; Mário ainda não chegou — respondeu Alice.

— Onde anda ele? — perguntou Adélia.

— Foi se despedir de Benedito.

— É verdade, ele vai amanhã. Tão depressa!

— Foi ele mesmo que pediu; não foi, nhanhã?

— Mário quer estudar depressa para se formar logo — disse Alice com um suspiro. — Depois vem morar aqui na fazenda e não há de sair mais. Papai me prometeu.

— Gentes, quedê a colcha rica da cama dos noivos? — perguntou a Eufrosina.

— Não é a de cetim? Está ali no baú de tartaruga.

— Deixe ver!... É muito rica — observou Felícia —, mas meu gosto havia de ser cor-de-rosa, que significa amor.

— Azul quer dizer constância e fidelidade. É mais próprio — acudiu Lúcio. — Que eles se amam, todos sabem, porque são noivos. Não é, Adélia?

— Decerto! Eu hei de querer muito bem ao meu! — respondeu a menina com a ingenuidade da infância.

— Quem há de ser?

— Isso é o que ninguém sabe.

Lúcio corou.

— Mário não vem — disse ele disfarçando —; depois fica tarde, e não se faz o casamento.

— Não tenha cuidado! — replicou Alice.

— Se quiser que eu sirva de padrinho!...

— Pois não. E Mário?

— Ele não se importa.

— Mas importo-me eu! — exclamou Alice, batendo com o pezinho no tapete.

Lúcio de esperto queria substituir-se a Mário, porque a madrinha era Adélia; esse ponto de contato com a menina lhe daria um prazer imenso; parecia-lhe que ficava unido a ela por algum laço, por uma recordação mútua.

Mário, porém, acabava de chegar. Alice o viu da janela e chamou-o.

O menino já não se lembrava do tal brinquedo de bonecas. A despedida de Benedito o impressionara. Esse negro era o único ente a quem sua alma se abria. Sem dúvida amava ele mais a sua mãe; porém o coração se recatava dela e difundia-se no seio do velho africano. Há caracteres assim, que se concentram para com as pessoas que mais amam, e, entretanto, afagam um cão ou um cavalo.

Além disso, o negro dissera algumas palavras que excitaram a curiosidade do menino ao último ponto, e alvoroçaram em seu espírito as suspeitas que aí pululavam a respeito da morte de seu pai.

Nessas condições, estava ele pouco disposto a brincar, e decerto não acudiria ao chamado da menina, se de repente não lhe ocorresse a ideia de se distrair com as zangas e contrariedades, que podia causar aos outros.

Foi chegar ele, e sentir-se imediatamente a perturbação produzida por sua presença. Ele entrou como costuma entrar o tufão, a torrente, o raio; sem pedir licença nem escolher caminho.

Todo o arranjo que tanto trabalho dera a Alice e às mucamas, desapareceu de relance, porque ele entendeu que não estavam os objetos colocados em regra. A unha da Eufrosina, a mesma unha da topada, fez conhecimento com o tacão do botim do menino, enquanto a Felícia chiava com um beliscão que ele lhe pespegava no braço em resposta a uma observação impertinente.

— Esta cadeira é para o padrinho? — perguntou Mário mostrando uma poltrona de marfim acolchoada de cetim verde.

— É — respondeu Alice.

— Então posso sentar-me!

— Mário!... — exclamou Adélia.

O menino acabava de espedaçar o mimoso traste em miniatura pretendendo sentar-se nele.

— Que graça! — disse Lúcio.

— Cale a boca. Não bula comigo!

— Olhe, nhanhã; sua cadeirinha, tão bonita, em que estado ficou.

— Não faz mal — dizia Alice rindo.

Ela, a boa e gentil Alice, achava nas travessuras de Mário uma graça extrema. Em vez de zangar-se, aplaudia.

Mário, entretanto, ia continuando a desordem começada, despindo umas bonecas e vestindo outras da maneira a mais grotesca e ridícula, o que suscitava observações da parte de Adélia e Felícia, defensoras da moda e elegância. Grande, porém, foi o alvoroço quando o menino, armando-se de uma grande agulha de enfiar, perguntou:

— Onde está a noiva?
— Para quê?
— Quero ver uma coisa.
— Eu não dou! — disse Adélia.
— Nhanhã Alice, tome conta de D. Elisa; porque ninguém pode com esse menino, não.
— É melhor — disse Adélia restituindo a noiva a Alice.
— Tome, Mário.

E Alice entregou sorrindo a boneca a seu companheiro de infância. Este, porém, perdeu o gosto da travessura, desde que a menina, em vez de revoltar-se contra ele, parecia ao contrário associar-se de boa vontade.

— Está bom, era para abrir-lhe o coração; mas já vejo que é oca.
— Oca é a cabeça bem sei de quem — disse Lúcio.
— A nossa!... Ah! esta é a cama dos noivos?

Mário acabava de descobrir a cama à Luís XV que Lúcio estava arranjando com todo o esmero.

— Vamos a ver se está macia!
— Deixe-se disso, Mário; tire a cabeça.
— Espera, espera que eu te mostro.

Mário travou-se de luta com o camarada, e como, apesar de mais moço, era mais ágil e robusto, em breve o subjugou. Então levantando-o nos braços, gritou:

— Preparem o berço para o nenê!

Nesse momento felizmente apareceu o Sr. Frederico de Matos, moço de vinte anos, filho de um fazendeiro da vizinhança. A voz geral o apontava como o noivo de Alice, e afirmava que esse casamento já estava justo entre os pais. O comendador Matos era, depois do barão, o homem mais rico do lugar; todos achavam, pois, muito natural que essas duas riquezas se atraíssem mutuamente por uma irresistível paixão matrimonial.

Frederico era bonito moço, mas tinha um rosto de alfenim, redondo, sem a menor sombra de buço; o que lhe dava certo aspecto afeminado e ingênuo. Sem intenção de transtornar os futuros planos matrimoniais de seu pai, se tais planos existiam, o rapaz tinha suas quedinhas por Adélia.

— Falta um par — disse ele entrando. — Venha dançar comigo, Alice.

— Eu não! — respondeu a menina com estouvamento.

— Então me rejeita? Muito obrigado. E a senhora, D. Adélia? — perguntou corando.

O pedido a Alice não fora mais do que uma tabela para dar no alvo. Adélia também enrubesceu ligeiramente, e hesitou:

— Não posso dançar agora! — respondeu com ligeiro pesar.

— Temos cá um casamento — disse Mário.

— Ah! E não me convidaram!

— Está convidado — tornou Mário.

Frederico procurara com o pretexto da falta de par se aproximar de Adélia. Indeciso entre o desejo de participar do folguedo e a vergonha de meter-se com as crianças, ele ia deixando-se ficar.

— Aqui não é lugar para moço — disse Alice contrariada.

— Também acho! — observou Lúcio.

— Fique! — atalhou Mário categoricamente. — Carecemos de um padre para casar os noivos; e o senhor tem justamente cara disso.

— Está engraçado!

O riso geral que provocou o gracejo de Mário desconcertou Frederico. Foi-se, pois, o cupido da roça como tinha vindo, nas asas de um pretexto: a quadrilha estava à sua espera.

— E o casamento? — disse Eufrosina. — A noiva já está cansada de esperar.

— O ditado bem diz: "Casamento demorado, com certeza é desmanchado". Está-me parecendo que é o que vai suceder.

— Vamos, vamos — disse Alice. — Acenda o oratório, Lúcio.

XIX. Primeira saudade

Enquanto se faziam os últimos preparativos, Alice foi à sala buscar o Sr. Domingos Pais.

Esse curioso personagem ocupava na casa do Barão da Espera o emprego de compadre. Muitas pessoas talvez ignorem a natureza e importância desse cargo, que existe em quase todas as casas de ricos fazendeiros.

Um compadre não é parente, nem hóspede, nem criado; mas participa dessas três posições; é um ente maleável que se presta a todas as feições e toma o aspecto que apraz ao dono da casa; é um apêndice da família da qual ele se incumbe de suprir quaisquer lacunas, e de apregoar as grandezas.

Há na casa outros compadres, mas são conhecidos por seu nome: o compadre por excelência, o compadre da família, aquele que não precisa de outro qualificativo, é ele, o homem de todas as ocasiões, o comensal efetivo, pronto sempre para conversar, andar, jogar e comer, conforme a veneta do protetor a quem se anexou.

O compadre, além da família a que se agrega, tem uma família própria, mas esta só lhe serve para formar os pimpolhos que dão lugar ao compadresco, e para exercitar a paciência indispensável ao bom desempenho de seu emprego. Como chefe da família, sua missão pois não é criar filhos, mas unicamente fabricar afilhados.

Nenhum compadre acumulou jamais tão várias e importantes funções como o Sr. Domingos Pais. Era recado vivo para os vizinhos e bilhete de convite para as festas ou banquetes. Servia de parceiro do solo, sendo preciso; fazia de carrancho[11] no voltarete; jogava o gamão com a baronesa, e o burro com as crianças, que não terminavam sem deitar-lhe

---

[11] Carrancho ou garrancho é o parceiro que dá as cartas, mas não joga e aguarda o seu turno.

duas orelhas de papel. Fazia dançar as velhas e feias que não achavam par; estava sempre disponível para padrinho das crias da fazenda; ajudava à missa; e finalmente, além de muitas outras incumbências, paroquiava as bonecas de Alice, isto é, celebrava os batizados e casamentos de brinquedo.

Fora para exercer esta última função e unir em laços matrimoniais D. Elisa e o Dr. Oscar, que Alice o foi buscar à sala. Quando voltava com ele pela mão, parou na porta, empalidecendo.

O Martinho, durante a ausência da filha do barão, tinha entrado na saleta:

— Eh! nhô Mário anda muito por cima hoje.

— Por quê?

— Não sabe? Lá está seu lugar na cabeceira da mesa, junto de nhanhã Alice, todo enfeitado. Flor muita; fita também. Não vê que nhô Mário é o rei da festa? e nhanhã Alice a rainha? Hih!... Banquete de estouro! champanha está fervendo.

Foi por ouvir essas palavras e perceber a impressão estranha produzida no semblante de Mário, que Alice descorou:

— Martinho! — exclamou ela com severidade.

— Não disse nada; não, nhanhã!

— Se papai soubesse!...

Alice conhecia instintivamente o caráter de seu companheiro de infância e receava muito da influência que teria a revelação do pajem no gênio desconfiado e caprichoso de Mário. A cerimônia do casamento, cujos preliminares eram determinados com toda a gravidade pelo Sr. Domingos Pais, a distraiu.

O ilustre pároco das bonecas benzeu a água, paramentou-se com uma toalha passada pelos ombros, e ia pronunciar o *conjugo vobis*,[12] quando se deu pelo desaparecimento de Mário. Faltava o padrinho; procurou-se o menino por toda a casa: trabalho inútil.

Lúcio de novo ofereceu-se para padrinho; mas Alice, zangada, mandou tirar todas as bonecas e brinquedos, protestando que não queria mais saber deles.

---

[12] "Eu vos uno".

Assim desfez-se o casamento do Dr. Oscar e D. Elisa com bastante mágoa dos convidados.

À hora de jantar ainda não se tinha encontrado Mário, o que muito contrariou o barão e entristeceu Alice. O fazendeiro desejava fazer uma pública e solene consagração de seu reconhecimento. Na cabeceira da mesa do banquete, sobre um estrado com dossel forrado de sedas escarlates e enfeitado com grinaldas de flores, estavam colocadas as cadeiras destinadas aos dois meninos.

O conselheiro Lopes devia comemorar em um discurso arrebatador o acontecimento que dera motivo à festa. O vigário preparara um soneto e umas quadrinhas, para recitar na sobremesa, quando se fizesse a saúde do herói. O Sr. Domingos Pais fora incumbido de começar com força os *hips* que de ordinário os convivas por acanhamento não se animavam a soltar, senão depois de eletrizados.

A ausência de Mário diminuiu o prazer e alegria da festa, mas não transtornou o programa. Principiou o banquete e prolongou-se até à noite, ao som da banda de música dos pretos da fazenda, que tocava quadrilhas e valsas. Afinal chegou a ocasião das saúdes, discursos e versos; o entusiasmo era tal que ninguém talvez, à exceção de D. Francisca e Alice, lembrou-se de Mário nessa ocasião.

Só muito depois de terminado o banquete é que Mário, ainda um tanto arisco, foi-se aproximando da casa.

O menino, desde que salvara Alice, achava-se coato com a gratidão do fazendeiro e a consideração que adquirira na família. Essa nova situação o incomodava; muitas vezes chegava a ponto de irritá-lo. Preferia a má vontade ou indiferença com que o tratavam anteriormente. Essa luta incessante contra os que o cercavam correspondia melhor à sua índole, às tendências de seu coração. Enquanto o repreendiam a cada instante e o maltratavam, ele tinha o direito de odiá-los com todas as forças de sua alma. Mas agora que se mostravam bons, sentia-se constrangido.

Praticando o seu ato de heroísmo, cuidara esmagar o barão sob o despeito de lhe dever, a ele, um coitadinho, a vida de sua filha. Entretanto era o barão que o esmagava com sua nobre e suntuosa generosidade.

Pesava tanto a Mário a gratidão criada pela salvação de Alice, que chegou a arrepender-se de seu impulso. Aceitou, pois, com fervor uma ocasião que se ofereceu para escapar à incômoda posição. Tratando-se do projeto de concluir os preparatórios na corte, pediu ele para partir imediatamente, ao que a mãe e o barão acederam, enxergando nisso ardor pelo estudo.

Não se enganavam de todo; Mário era também movido por esse estímulo nobre. Havia em seu espírito a ardente curiosidade de saber, que revela as energias de uma inteligência precoce. O segredo das grandes vontades, como dos grandes talentos, não é outro senão a intuição da incógnita. Quando o espírito tem consciência de sua ignorância, ele sente a necessidade de a debelar.

Apenas duas pessoas se aperceberam do aparecimento de Mário; porque o esperavam com ansiedade. Foram D. Francisca e Alice; nenhuma aludiu à sua ausência durante o jantar; por uma delicadeza espontânea calaram-se a esse respeito.

O baile começara. As quadrilhas formadas se entrelaçavam. Lúcio tinha alcançado um lugar para ele e Adélia, seu par; valeu-lhes o Sr. Domingos Pais, que serviu de *vis-à-vis*,[13] tendo por par a sogra do administrador. Dessa noite em diante o velho acumulou mais esse importante emprego aos outros que já exercia na fazenda.

Alice, aproveitando o momento em que a contradança atraía a atenção geral, trocou algumas palavras em segredo com o pai, e tirando-lhe do bolso da casaca uma caixinha oval de tartaruga aproximou-se de Mário, que estava de pé apoiado no recosto da cadeira de D. Francisca.

Com os olhos baixos e a voz trêmula de emoção, mas com um sorriso nos lábios, a menina apresentou a caixinha a seu companheiro de infância.

— Tome, Mário; quando olhar para ele, lembre-se de mim. Para contar os instantes que você passará longe de nós, não preciso dele; tenho meu coração: basta pôr a mão aqui.

— Que é isto? — perguntou Mário bruscamente.

---

[13] Termo francês, "frente a frente".

— Veja — respondeu Alice.

O menino apertou a mola da caixa de tartaruga e viu dentro um lindo relógio de senhora, com tampa esmaltada de verde, e a firma de Alice — *A. F.* — cravada em diamantes. Ao aro estava preso um cordão feito dos cabelos da menina.

Não havendo tempo de mandarem vir da corte um presente que fosse do agrado de Alice, combinou ela com seu pai dar a Mário como lembrança, na véspera da sua partida, aquela joia. O barão acedeu, fazendo tenção de encomendar para a filha outro relógio mais rico.

Lançando um olhar rápido e cheio de prevenções ao interior da caixa, Mário exclamou com ar de mofa:

— Tinha que ver! Andar eu com um reloginho de mulher!
— Mário! — exclamou D. Francisca penalizada em extremo.

A boa senhora disfarçou como pôde o arrebatamento do filho. Tomando a caixa do colo, onde o haviam deixado as mãos dos dois meninos retraindo-se, ela obrigou afetuosamente o filho a admirar a delicadeza do trabalho. À força de carícias e de ternuras conseguiu que Mário apertasse a mão de Alice em sinal de agradecimento e de despedida.

Alice não proferiu uma queixa; mas seu coração fora magoado pelo frio desdém.

Quando o toque d'alvorada, no sino da fazenda, a despertou, seu alvo travesseiro estava molhado de lágrimas. A menina ergueu-se de manso, e vestindo-se ligeiramente encostou a fronte ao caixilho da janela de sua alcova. Os primeiros albores da luz empalideciam as trevas do horizonte.

No pátio se distinguiam os rumores que anunciam o despertar de um estabelecimento rural. Na estrebaria especialmente, o tropel dos cavalos ou mulas e o remoer do milho nos embornais indicavam próxima jornada.

O primeiro arrebol dourava as nuvens quando Mário montou a cavalo em companhia do capataz que devia conduzi-lo à corte.

Vendo sumir-se na volta do caminho o vulto de seu companheiro de infância, a menina levou a mão ao seio, que arfou com um longo suspiro. Era o pungir da primeira saudade.

Segunda parte

I. A doceira

Não tarda meio-dia. A uma das portas que dão para o quintal da *casa-grande* aparece uma linda moça de dezoito anos.

O que logo se nota nela, não é tanto a gentileza das formas e o mimo do seu rostinho de camafeu, como o contraste do vulto gracioso com o lugar. Lembra a doce virgem, que Murillo[14] pintou sobre a tela de um guardanapo ou mantém de cozinha.

Realmente aqueles olhos azuis de uma luz tão cintilante; os cabelos de ouro riçados em diadema; o níveo colo, cuja nascença se debuxa sob o talhe afogado de um vestido de seda cor de cinza; e, sobretudo a mão pequenina, melindrosa e afilada, são para a janela da rica sala, e não para a porta da copa, onde nesse momento se desempenham os humildes serviços do tráfego diário da casa.

A moça, porém, não se preocupa decerto com a impropriedade de sua presença naqueles lugares; e muito senhora de si, move-se com maior desembaraço atendendo a diversos objetos que a interessam. Encontra-se no caminho uma gamela cheia de água, refuga desapiedadamente a saia do bonito vestido de seda, já tão amarrotado que mete pena.

— Nhanhã, estão aqui os ovos — disse a Vicência.

Alice voltou-se. A mãe do Martinho, que era uma das cozinheiras da casa, acabava de pôr sobre a mesa um açafate com algumas dúzias de ovos.

— Traze o alguidar. Manda ver o forno, que esteja pronto.

As gemas d'ovos foram passando para o alguidar onde se mediu uma libra de manteiga, duas de farinha de trigo, conforme recomenda o livro da *Perfeita doceira*, que a

---

[14] Referência ao pintor espanhol Bartolomé Esteban Murillo.

menina consultara de véspera, e que ali estava à mão para tirar qualquer dúvida.

Não fora decerto para esses misteres caseiros que Alice aprontara-se logo pela manhã de vestido de seda e traje elegante, mas descendo à copa a fim de ver o serviço das pretas, não lhe sofrera a paciência; e ali estava ela emendando o que não achava bom, e fazendo por suas mãos o que não executavam com a desejada rapidez.

Enquanto se trazia a tábua onde estendesse a massa, aproveitou a menina para de novo chegar à porta e lançar como da primeira vez um olhar para a copa frondosa de uma árvore que aparecia a algumas braças por cima do muro do quintal. Era um alto jequitibá, relíquia da antiga mata virgem; tinham-no conservado para dar sombra ao curral do gado.

— Psiu! Martinho! — gritou a moça bastante alto para ser ouvida ao longe, mas com um sombreado na voz que indicava certo acanhamento.

— Ainda não, nhanhã! — respondeu desconsolado o pajem mostrando o focinho entre a folhagem da última grimpa do jequitibá.

Alice tinha nesse momento as mangas arregaçadas e as mãos até aos pulsos cheias do bolo que estivera amassando no alguidar para fazer os fartes de Natal. Querendo ver a hora no reloginho de esmalte preso à cintura, lembrou-se de que não podia, e chamou a mucama:

— Olha aqui, Eufrosina. Quase meio-dia!... Não vem mais hoje!

— Com certeza só chega de tarde, nhanhã.

— E por que não há de chegar agora? — disse a moça agastada e batendo o pé com um gesto de impaciência.

Mas esse arrufo de passarinho não durou um instante, desvanecendo-se logo na habitual jovialidade e garridice.

— Está se fazendo desejado, o tal Sr. Mário! — acudiu ela com um sorriso faceiro.

— Xi! Há de estar um moço bonito, não é, nhanhã?

Um laivo de carmim roseou a face acetinada da menina, que respondeu rapidamente:

— Sempre foi.

— É verdade, nhanhã; mas depois que esteve em Paris!
— Quem havia de estar agora bem contente era sinhá D. Francisca; mas Deus não quis — disse Paula.
— Mas também, tia Paula, ela era tão doente, coitadinha! Já antes de nhonhô Mário ir...
— Está bom — atalhou Alice —; não vão falar nisso quando ele chegar.
— Jesus! Só se a gente estivesse doida, nhanhã.
Era antevéspera de Natal.

Na *casa-grande* tudo estava em movimento e rebuliço com os preparativos da festa. À exceção da baronesa, a quem nada podia arrancar de sua fleuma desdenhosa, cada uma das pessoas da fazenda se ocupava em qualquer dos vários arranjos para a função do Natal, que esse ano prometia ser ainda mais chibante do que de costume.

Alice, que dirigia os aprestos, distribuíra a cada um sua tarefa, da qual não escaparam nem o dono da casa nem os hóspedes. O barão fora encarregado de escrever nos rótulos de prata das garrafas os nomes dos vinhos e fazer as encomendas para a corte. O conselheiro devia dar uns versos para a cantiga do Natal. D. Luísa e Adélia recordavam ao piano as músicas de canto e dança. D. Alina se incumbira do arranjo dos quartos para os convidados. Lúcio e Frederico, armados ambos de tesoura, recortavam papel dourado, prateado e de várias cores, destinado a fazer rosetas para os castiçais, ou mangas para os presuntos e pernas de carneiro.

O Sr. Domingos Pais, esse andava em uma dobadoura. Não tivera incumbência especial; estava à mão para tudo que fosse preciso. Faltava uma fita para a fronha de um convidado? Uma serrilha para recortar biscoitos? Pão de ouro para enfeitar o pudim? Lá ia o Sr. Domingos Pais chotando para a vila no russinho, à cata do objeto. Havia necessidade de repor as cortinas de damasco nas janelas da sala? De alongar a mesa para caberem todos os convidados? De preparar a capela e armar os arcos de palmeiras? O Sr. Domingos Pais era o homem talhado para esses misteres.

Todos os anos Alice gostava de festejar o Natal, e com antecedência se ocupava dos preparativos necessários para receber as pessoas que estavam no costume de ouvir a missa do galo na capela de Nossa Senhora do Boqueirão, e passar na fazenda em contínua função os dias seguintes até Reis.

Nunca, porém, a menina se tinha esmerado nos preparativos, como agora; nunca achara tanto prazer nessa ocupação, nem vira aproximar-se o Natal com esse alvoroço de uma esperança risonha. Seria porque já tinha feito dezoito anos, e o coração de moça palpitava com a lembrança dos divertimentos que para a menina eram apenas folguedo e travessura? Ou era porque Mário devia chegar naqueles dias, e ela ia afinal rever seu companheiro de infância, depois de sete anos de ausência?

A alegria que lhe causava a volta de Mário, Alice não a escondia; ao contrário estava a transbordar-lhe d'alma por todos os poros, no olhar sôfrego, no sorriso cheio de esperança, como no gesto inquieto.

Da mesa, onde estendia a massa para recortar os folhos dos pastéis, ela aplicava o ouvido ao menor rumor de fora, estremecendo quando supunha escutar o tropel de animais. Amiúde chegava à porta para ver se Martinho tinha alguma boa nova a dar-lhe.

Desde madrugada que o pajem se havia encarapitado no último galho da árvore, donde só descera um momento para almoçar. Alice havia prometido festas dobradas a quem lhe pedisse as alvíssaras da chegada de Mário, e o moleque, resolvido a ganhar a gorda molhadura, escolhera aquele posto, donde avistava o caminho da corte até cerca de um quarto de légua.

Logo deram por falta do pajem em casa; e pensavam que andava peralteando pela senzala como de costume. A mãe prometeu-lhe um lembrete de cabo de vassoura quando tornasse, e a Eufrosina, cujo teiró continuava, mandou logo em nome da baronesa aviso ao administrador para fazer amarrar o fujão e rapar-lhe a cabeça.

Mas Alice desfez todas essas tempestades com um sopro:

— Fui eu que o mandei.

E acabou-se; ninguém perguntou para onde nem a quê.

— Já tomou ponto, nhanhã! Agora, se quer mais apertado!...

Essas palavras partiam da gorducha Florência, a doceira famosa da casa. Incumbida de um tacho de cocada, que fervia na cozinha, ela assomara à porta da copa, com a colher de pau em uma mão e o pires cheio d'água na outra.

Alice, porém, não se contentou com a prova e foi por si mesma examinar o tacho de doce na cozinha.

Com a Eufrosina, ficaram na copa outras mucamas e pretas da cozinha ocupadas em diversos misteres, como arear as caixas de manuês, bater pão-de-ló, ralar gengibre e cidra para os pastéis, e cortar as folhas de banana para as mães-bentas.

No meio do ruído produzido pelos diferentes serviços, e pela garrulice inesgotável das raparigas que falavam todas ao mesmo tempo, começou a destacar-se ao longe um surdo rumor, que de momento a momento se tornava mais distinto. Não era preciso bom ouvido para conhecer, na cadência alternada desse longínquo ribombo, o galope de um cavalo.

Foi a Eufrosina a primeira que percebeu o tropel; reprimindo seu primeiro movimento, calou-se e continuou sorrateiramente a escutar. Não lhe custou inventar um disfarce para sair ao quintal, donde com mais facilidade podia, abrindo a porta que dava para o pátio, ver chegar o cavaleiro.

— Alvíssaras, nhanhã, alvíssaras! Fui eu!...
— Não foi! Eu disse primeiro!
— E eu?

Escapou Alice de queimar-se com o sobressalto que sentiu, ouvindo de repente os gritos descompassados que vinham do quintal. Sem dar tempo a que Florência limpasse-lhe a saia toda respingada de doce, a menina correu, alvoroçada pela esperança de ver Mário e de abraçá-lo afinal.

As pretas corriam às tontas; umas entravam para pedir as alvíssaras a Alice, outras espirravam pela porta do pátio para serem as primeiras a ver Mário apear-se: a Eufrosina não sabia como se dividir, pois sua vontade era estar em um e outro ponto ao mesmo tempo.

No meio dessa algazarra ouvia-se a voz do Martinho que de seu posto, na grimpa do jequitibá, se esganiçava como um doguezinho de sobrado ladrando para a rua.

Do que ele guinchava não se percebia palavra, apesar da gesticulação formidável com que fazia trabalhar os braços e a cabeça.

II. Alvíssaras

Chegava Alice ao quintal quando ali entrava pela porta do pátio o Sr. Domingos Pais.

Mas de que maneira entrava?

Horizontalmente, em postura de natação e com um arremesso que o levou até o meio do terreiro, onde estrebuchou um momento e esparramou-se.

O infatigável compadre fora por ordem de Alice buscar a toda a pressa na vila cravo e canela; chegara mui satisfeito da comissão, quando, ouvindo alarido no quintal, botou o russinho para a porta. Era o momento em que as raparigas corriam julgando ser Mário.

O russinho, animal pacato de uma pachorra inalterável, parou logo; mas o Sr. Domingos Pais, com o entusiasmo em que vinha, saiu-lhe pelas orelhas e aboborou-se no chão. As pretas o rodearam pensando que estivesse morto, pois a trouxa não dava sinal de si.

De repente, porém, o compadre pôs-se em pé, mui fresco e lampeiro, como se nada lhe tivesse acontecido. Deu conta da incumbência e passou a provar os bolinhos e doces arrumados nos tabuleiros, emitindo sua opinião a respeito de cada espécie. O homem também entendia de massas e era forte em receitas.

— Está bem, Sr. Domingos Pais; vá cuidar da capela. Os arcos ainda não estão prontos.

— Faltavam-me uns seis palmiteiros. Aquele peralta do Martinho não sei onde se meteu!... Já disse ao feitor que mande cortá-los. Agora mesmo no caminho vi uma touceira deles bem bonita.

— E o coreto da música?

— Isso é lá com o carpinteiro.

— Não incumbi ao senhor de apressá-lo?

— Mas aquele sujeito, D. Alice, é um malcriadão muito atrevido. Com ele não me meto.

— Eu lá vou daqui a pouco.

— Tudo o mais está pronto; as colchas pregadas; as galhetas cheias; as velas nos castiçais!... Ah! é verdade, ainda não recebi as rosetas e as palmas para enfeitar o bocal...

— O Lúcio e o Frederico estão cortando.

— Então já sei que os castiçais este ano ficam sem enfeite.

— Por que razão?

— Ora, rapazes... Ainda mais quando veem moça da corte.

— Não seja falador, Sr. Domingos Pais! Eu dei tarefa a cada um, e Adélia me prometeu que havia de puxar por eles.

— Veremos — disse o compadre lançando o olhar para uma bacia que tiravam do forno. — Como estão cheirosos estes manuês! São feitos só com o leite do coco, sem o bagaço?... É a minha receita. Devem estar excelentes.

Em ato contínuo esvaziou cinco ou seis forminhas.

— Nhanhã, o Sr. Domingos Pais dá conta da bacia.

O compadre eclipsou-se antes que a menina acudisse ao chamado e visse a devastação feita por ele nos preparativos da festa.

— Que maçante!

A mãe Paula, a cujo cargo estava a criação das aves e gado miúdo, já há pedaço esperava encostada na ombreira da porta do quintal que a moça reparasse na sua presença. Afinal, vendo que perdia seu tempo, resolveu-se a falar.

— Nhanhã não vem apartar?... Depois fica tarde.

— Ah! é verdade, mãe Paula. Espere um instantinho, enquanto vou mudar a roupa. Está vendo! Deitei um vestido bonito para esperar o Sr. Mário, que vem de Paris acostumado a ver as moças do tom e fiquei neste estado!

— Que pena! Está perdido!

— Nhanhã tem tantos! — observou a Eufrosina afagando o vestido já com olhar de sucessora.

— Agora Mário pode chegar quando quiser que me há de achar como eu estiver. Sou roceira!... — exclamou Alice a rir.

— Sai daí, nhanhã! — exclamou Paula atuando a menina com a familiaridade da preta velha. — Não zomba da gente!

Alice subiu correndo os degraus da escada. Tinha a linda moça em seus movimentos aquela mesma gentileza e vivacidade, que em menina a faziam titilar de impaciência e travessura. Aprontava o seu traje com a mesma rapidez e garridice do passarinho que rasa a água e se espaneja.

Momentos depois saía ela de seu toucador com um vestido de cassa de listras azuis; seu chapéu à pastora ligeiramente pousado sobre os anéis soltos dos cabelos louros, e uma bolsa de palha no braço.

Tirando uma chave na gaveta do toucador, foi Alice ainda uma vez examinar o aposento preparado para Mário, e de cujo arranjo não consentiu que ninguém mais se incumbisse senão ela.

Tudo aí estava em seu lugar; a cama de mogno encomendada para a corte, a secretária francesa, o guarda-roupa e as estantes. Ao lado do lavatório pendia a toalha de rosto, aberta em labirinto, e na cabeceira do leito dois travesseiros de seda azul debuxavam o crivo das lindas fronhas e o *M* bordado no centro de um florão oval.

Algumas flores de jasmim espalhadas pela cobertura da cama e sobre o mármore do lavatório tinham impregnado os móveis de um perfume natural e suavíssimo.

Todos os dias Alice visitava o quarto que já estava pronto desde muito, e de cada vez tinha sempre, ou uma coisa a endireitar ou um esquecimento a reparar. Naquele dia levava uma almofadinha de alfinetes, que deixou sobre a cômoda.

Antes de examinar os trabalhos rústicos necessários à festa, a menina lembrou-se de passar pela varanda, a fim de ver o estado em que estavam os preparativos da sala, incumbidos aos hóspedes. Não deixava de dar-lhe algum cuidado a falta dos recortes de papel para os castiçais da capela e a profecia que o Sr. Domingos Pais fizera a este respeito.

Na varanda talvez não se trabalhasse tanto, porém com certeza falava-se mais do que em qualquer outro ponto. Além dos hóspedes, que haviam almoçado na *casa-grande,* estavam mais o vigário e o subdelegado. O primeiro viera como de costume na antevéspera para examinar se os paramentos e necessários da capela estavam completos e nada faltava para a missa. O segundo aproveitara a companhia do reverendo para fazer sua visita especial ao conselheiro Lopes.

Próximo à janela, em uma banquinha oval, Adélia enfeitiçava o Lúcio e o Frederico sentados a um e outro lado. Os olhares dos dois moços pareciam abelhas em torno de um botão de rosa, guardado por manga de vidro. A elegante carioquinha descrevia com entusiasmo os seus primeiros bailes, que tinham sido os daquele inverno. Arrebatados pela melodia da voz tão meiga, pelo gracioso deslace da boca mimosa, e pelo gesto faceiro que parecia gravar n'alma cada pensamento, os moços estavam como enlevados. As mãos imóveis abandonavam as tesouras sobre as folhas de papel ainda intactas.

Junto ao piano, D. Luísa tinha com D. Alina uma conversação muito interessante para ambas; pois versava a respeito de Adélia e de Lúcio. As duas mães suspeitavam que havia entre eles uma afeição nascente que as contrariava, pois a viúva sonhava para seu filho a mão de Alice, assim como a mulher do conselheiro deitava os olhos sobre o Frederico, que achava um genro muito do seu gosto.

Sem confessarem nem os receios nem as esperanças que nutriam, as duas senhoras se adivinhavam e indiretamente dispunham o espírito uma da outra em seu favor. O conselheiro era amigo íntimo do barão, e D. Alina, diziam, que tinha seu condão sobre o comendador Monteiro, pai de Frederico.

No sofá discutiam o conselheiro, o vigário e o subdelegado; tratavam de política.

Os sete anos decorridos tinham arredondado a bonita calva do conselheiro, mas não tinham realizado as tão lisonjeiras esperanças ministeriais; os amigos e colegas a quem já tocara a pasta alguma vez, diziam constantemente:

"Em vez de perder, ganhastes. Não imaginas a posição humilhante em que se acha colocado um homem de caráter, quando tem a desgraça de ser governo neste tempo e neste país."

Mas o nosso conselheiro era homem prático, e gostava de conhecer as coisas por experiência própria, sobretudo quando ele via frequentes exemplos de reincidirem uma e duas vezes na humilhação, os mesmos que lhe faziam tão feia descrição do ministério.

O vigário e o subdelegado não tinham feito diferença; a não ser que o primeiro esquecera metade de seu latim e criara mais algumas roscas na papada, e o segundo perdera completamente a ligeira tintura de código e lei de reforma, mas em compensação ganhara uma tal destreza eleitoral que seria capaz de empalmar uma chapa ao próprio Satanás encarnado em votante.

O conselheiro perorava e para não perder os hábitos e maneiras parlamentares, apoiava as mãos sobre o recosto de uma cadeira, onde nos momentos de entusiasmo estalava o lápis apertado entre o polegar e o indicador da mão direita.

Era esse o aspecto da varanda no momento em que Alice apareceu à porta.

— Muito bonito! — exclamou a menina, que se aproximara sutilmente da banca. — Assim é que se trabalha?

Lúcio e Frederico apanhados em flagrante, lançaram mão das tesouras, e atrapalhados começaram a recortar uma tira de papel. Quanto a Adélia, sua confusão traiu-se apenas por um ligeiro rubor, que ela desvaneceu com um sorriso faceiro e um gracioso momo de desdém.

— Acaba-se num instante! — replicou Frederico, mais senhor de si.

— Eu já tinha acabado, mas D. Adélia...

— Desculpe-se comigo, se lhe parece!

— Com licença! Deste modo antes não fazer! Ora vejam se isto tem figura de palma; parece mais um nariz...

— É o do Lúcio! — acudiu Frederico rindo.

— Está engraçado!

— Pois basta de retratos. Onde está o molde que eu deixei? Aposto que já perderam. Se eu duvido!.. Ora!... embaixo da mesa, e rasgado. Quem fez isso?

— Eu não fui! — dizia Adélia muito vermelhinha.

— Foi ela mesma! — exclamaram os dois a rir.

— Ah! foi a senhora? Pois por castigo há de dar uma prenda. Dizendo isso, Alice tirou um dos brincos da amiga e escondeu-o no bolso, ameaçando-a travessamente com o dedinho mimoso.

— Tenho muito que fazer! Os senhores vejam lá!... Se vadiarem outra vez, não se queixem amanhã à noite, quando eu os deixar sem pares para a quadrilha. Vêm muitas moças!

A ameaça aterrou os dois, com a lembrança do logro que sofreriam, ficando fora das contradanças; pois era a filha do barão quem ordinariamente escolhia os cavalheiros para suas amigas e convidadas.

— Olhe, D. Alice, até ao jantar dou conta da minha tarefa!
— disse o Lúcio tesourando rijo no papel.

— Eu cá muito antes disso!

— Mas os recortes bem-feitos, senão é o mesmo que esperdiçar papel. Uma coisa tão fácil!...

Tomando a tesoura, a menina com a graciosa agilidade que tinha em todos os seus movimentos, recortou uma palma lindíssima, toda rendada.

— Assim estragas as mãos, Alice! — disse Adélia.

— Bem; logo volto. Quanto a V. Exª, Senhora monitora, faça favor de ter mais cuidado com sua classe, do contrário fica demitida e vai... vai passear comigo.

— É verdade!... — disse Adélia erguendo-se. — Mas acredita, Alice, já não se usam esses enfeites de papel; na corte não se vê mais disso em uma sala do tom. Agora há umas rosas de cristal, que são lindas!...

— Não estamos na corte, minha faceira, mas na fazenda; e também temos cá nossas modas.

— Ora!

— Sério!... Quando éramos crianças, se enfeitavam os castiçais com estes recortes; hás de te lembrar que éramos nós e Mário quem ajudava ao Sr. Domingos Pais. Que anos fazem!... Pois essa é a minha moda, é a moda de meu tempo de menina, quando brincávamos tão contentes e felizes. Não quero outra!

— D. Alice!... Escute!
— O quê?
— Não basta as palmas inteiras e assim enrugadas com o cabo da tesoura? Anda mais depressa!

— Não, senhor; quero umas enrugadas e outras rendadas também.

— Pois sim, rendadas, com uma carreira de cortes.
— Ai! ai!... Três carreiras! Tal e qual como o modelo.

Enquanto Adélia punha o chapelinho de tafetá cor-de-rosa, Alice chegou-se ao piano. Sua presença vexou D. Alina, também apanhada em falta, pois devia estar presidindo ao arranjo dos quartos dos hóspedes.

— Já está tudo pronto, D. Alina?
— Ainda não, minha flor, mas não tarda. Vim perguntar uma coisa a D. Luisinha, já vou... Ah! Qual há de ser o do tal Mário?
— O Sr. Mário não é hóspede; tem seu quarto próprio — respondeu Alice secamente, e carregando na palavra *senhor*.
— Quando chega ele? — perguntou D. Luisinha.
— A cada instante. E nossa música do Natal, acertou?
— Estava ensaiando.
— Mas os versos, aposto que estão prontos. Não é verdade, Sr. Lopes?

O conselheiro tinha desfraldado os panos à eloquência; assim interpelado de chofre, engasgou-se como um deputado noviço quando recebe à queima-roupa um aparte de escachar no meio do recitativo de um improviso anunciado com duas semanas de antecedência.

— Os versos?...
— Querem ver que já os esqueceu!
— Qual! Estão prontos; só falta escrever — replicou o orador apontando para uma grande folha de papel ainda em branco, posta sobre a mesa.

Era Alice a primeira influência do colégio eleitoral, que o barão trazia no bolso; bastava esse título, quando não houvesse o de futura credora, para que o deputado condescendesse com todos os caprichos da moça. Todavia achou que era mais cômodo esgaravatar na memória para lembrar-se de alguma cantiga de seu tempo de estudante. Estava nessa ocupação, quando o interromperam os dois visitantes.

— Bom dia, senhor vigário, já viu a capela?
— Para lá vou agora.
— O Sr. barão está melhor, D. Alice? — perguntou o subdelegado.

— Melhor, obrigado.
— Queira recomendar-me a ele.
— O senhor não janta conosco?
— Eu sei?
— Janta, pois então — disse o vigário. — Voltaremos com a fresca.

III. Surpresa

— Onde vai você, Alice? — perguntava Adélia.
— Correr a lida — respondeu a menina descendo a escada da copa. — Quero ver o que fizeram por aí.
— Por que não manda alguém?
— Se eu tenho prazer nisso! Já tirou a cocada do fogo, Vicência? Manda ver as compoteiras de cristal, Eufrosina. E esta clara? É preciso bater já para os suspiros. Olha lá, quero um suspiro bem alvo e bem doce, como os que saem desta boquinha. Ah! e a sua prenda, minha senhora? Há de cumpri-la; tome.

Dizendo essas palavras, Alice estalava um beijo na face da amiguinha, e prendia-lhe o brinco à orelha.

— Queres um manuê?
— Só para provar.
— São feitos por estas mãozinhas! Vamos, vamos, mãe Paula; cochilou bem, não foi?
— Pois então, nhanhã. A gente assim vadiando... dá sono.
— Queres vir, Adélia?
— Aonde?
— Ao poleiro.
— Eu, Alice! ... — exclamou Adélia com um tom de surpresa envolta de nojo.
— Pois espere passeando no jardim, que eu já volto!
— Mas, Alice, eu não acho isso próprio de uma moça como você.
— Deixe-se disso, Adélia; eu fui criada assim, e não sei viver de outra forma. Se algum dia for moça da corte, então aprenderei com você, para não fazerem zombaria de mim.

As duas amiguinhas podiam servir de exemplo de duas educações que se observam em nossa sociedade, bem distintas uma da outra, embora pelo contato da população exerçam mútua e irresistível influência.

Alice era a menina brasileira, a moça criada no seio da família, desde muito cedo habituada à lida doméstica e preparada para ser uma perfeita dona de casa. A baronesa se preocupara com a educação da filha, mas tal era a força do costume, que a moça achou nas tradições e hábitos da casa o molde onde se formou a sua atividade.

A civilização europeia já tinha, é certo, polido esse tipo nacional; mas não lhe desvanecera a originalidade. Alice, embora adquirisse todas as prendas de sala, que a teriam distinguido em uma sociedade elegante, não deixava por isso de apreciar em extremo o papel de doninha de casa, que a indiferença materna lhe permitiu exercer desde muito criança.

Adélia ao contrário era o tipo raro então, e hoje muito comum, de certos costumes de importação; era a mocinha de maneiras arrebicadas à francesa, cuidando unicamente de modas e do toucador. Nisso a filha de D. Luísa não fizera mais do que apurar a lição e exemplo de sua mãe.

Mal sabem as meninas brasileiras que esse figurino parisiense tão copiado por elas está bem longe de ser um retrato. A donzela na Europa, quando não tem posses para viver à lei da grandeza, é laboriosa e sobretudo excelente caseira. Ela sabe conciliar sua formosura e elegância com os pequenos misteres domésticos, que em vez de ofuscarem suas maneiras, lhe dão realce.

Portanto o perfil verdadeiro e natural era o de Alice, que em uma cena diversa e com usos diferentes, realizava o mesmo pensamento de educação útil e sólida da moça na Europa. Era preciso ver a gentileza com que a menina desempenhava todos os seus deveres de dona de casa, e se ocupava dos mais humildes serviços sem nunca perder aquela graça maviosa que sorria em toda a sua pessoa. Dir-se-ia um colibri esvoaçando por uma sebe de flores murchas e rasteiras.

— Vai esta, nhanhã?

Mãe Paula tinha aberto a porta do galinheiro e cessando o milho na cuia, reunia o seu povo bípede, menos caprichoso e menos vário talvez, apesar das penas, do que outro também bípede, que por menos de um punhado de milho se alvoroça tantas vezes.

Alice, rodeada do bando volátil que piava e cacarejava de alegria, tirava um punhado de milho da seira e jogava no terreiro, permitindo às favoritas que viessem comer-lhe na mão ou no colo. Os ciúmes então andavam acesos, sobretudo por causa dos pombos que, de voo mais ligeiro, pousavam-lhe nos ombros e bicava-lhe o milho entre os lábios.

A pergunta da Paula fez levantar os olhos à menina, que estremeceu vendo a preta velha com uma galinha suspensa pelas asas:

— A pintadinha? Logo não vê, Paula! Minha franguinha que eu criei! Solta já... Prr... Esta velha feia queria te matar, coitadinha!

— Ou aquela?

— Qual?

— A pedrês

— Pois já acabou de criar?

— Xi! que tempo! Olha, nhanhã, o pinto dela; já está tamanhão.

— Ainda estão muito pequetitos. Pobrezinhos! Hão de ficar sem sua mãe!

— É verdade!... A cochinchina que não põe?

— Não: a cochinchina foi vovó que me deu!

— Então a nanica!

— Está se vendo, Paula? Pois a nanica tão bonitinha, eu hei de deixar que a matem!

— Dessa maneira não há galinha para a festa.

Essa grave dificuldade surgia na *casa-grande* sempre em vésperas de banquetes. Alice não dispensava o exercício da importante atribuição de indicar as aves e gado que deviam ser imolados; mas na ocasião entrava-lhe a pena dos inocentes animais a quem ia apadrinhando; de modo que o cozinheiro achava-se em branco.

Alguma vez resolvia-se a questão mandando-se comprar fora o necessário; e o barão dava-se por muito satisfeito com essa despesa que poupava uma lágrima à sua querida Alice. É verdade que isso já não sucedia desde muito tempo, porque a menina se compenetrava na necessidade de vencer a sua fraqueza. Dessa vez, porém, era tão grande a matança, e tantas de suas favoritas iam ser sacrificadas, que o coração lhe desfaleceu.

— O cozinheiro desde hoje que está esperando as galinhas para o jantar. Chega nhonhô Mário; há de vir mais gente e...

— Está bom, está bom, mãe Paula. Basta de rezingar; dê tudo que o cozinheiro quiser!

Sufocando um suspiro que lhe sublevou o seio delicado, fugiu a correr do galinheiro, pensando que o prazer de festejar a chegada de Mário lhe pagava bem o sacrifício. Também se lembrou ela de que junto de seu amigo de infância e quase irmão, não teria mais tempo de folgar como dantes com aqueles companheiros de sua solidão e confidentes de suas saudades.

A mesma cena do poleiro se reproduziu sucessivamente no bardo dos carneiros, no curral das vitelas, no cercado dos bacorinhos e leitões.

A menina derramava em torno de si um fluido de afeto e ternura; o que vivia nessa atmosfera sentia sua irresistível atração. Na fazenda, para qualquer ponto que se voltasse, via-se rodeada de entes que a amavam e a quem ela retribuía em simpatia. Onde chegava, na roça ou no curral, havia festa e alegria. Os pretos batiam palmas; o gado mugia; as ovelhas balavam.

Concluída a penosa tarefa de prover a ucharia, Alice foi até ao quadrado da senzala a fim de examinar se já tinham arrumado os copinhos de barro para a iluminação do Natal; e se já estava ali tudo caiado e bem asseado conforme as ordens do barão.

Ao passar pela casa do administrador, viu este na porta.

— Apronta-se tudo para hoje, Sr. Santos!
— Já está pronto!
— Ficará bonito?
— Pois que dúvida!
— E a roupa dos pretos? Não falta nenhuma peça?
— Vou contar agora.
— Se faltar, mande-me dizer logo, que ainda há tempo de aprontar.

Era costume na fazenda distribuir-se pelo Natal a cada escravo, uma nova muda de roupa domingueira como presente de festa; a isso se referia a pergunta da moça.

Voltando da senzala com intenção de ir ver a capela em companhia de Adélia, de quem se esquecera, Alice, que passava em frente à casa dos cães, aproximou-se para agradecer-lhes as festas que estavam fazendo de longe.

— Você está contente, hein, Trovão! — disse ela amimando a enorme cabeça de um velho canzarrão que soltava latidos de prazer enroscando a cauda. Seu camarada vai chegar!...

— Já chegou!... — disse uma voz abafada pela emoção.

A menina quis voltar-se, mas sentiu dois braços que lhe cingiam o talhe e a suspendiam ao ar.

— Já chegou, minha nhanhã!

Era a tia Chica, a vovó preta quem abraçava a menina, dando-lhe as alvíssaras da chegada de Mário.

— Onde está?

— Na varanda.

O mancebo, ao aproximar-se da fazenda, tinha-se desviado do caminho para fazer uma surpresa a seu velho amigo, pai Benedito. Depois de o abraçar, se dirigira então a pé e seguido pelo preto à *casa-grande,* onde acabava de entrar pelo lado do jardim. Chica, porém, lhe tomara a dianteira para avisar a moça e fora tão feliz que a avistara de longe antes que alguém a visse.

O Martinho levara, portanto, um formidável logro. Atento para o caminho do lado oposto e esperando um cavaleiro, não se apercebera da chegada de Mário a pé; estava tão senhor de si, que vendo Alice a correr alvoroçada para casa gritou:

— Rebate falso, nhanhã!

A menina subiu as escadas voando, mas na porta da varanda parou trêmula. O coração pulava, menos da corrida do que da emoção.

Pela porta aberta ela via perto do barão entre as outras pessoas presentes, um mancebo de talhe alto, ar grave e feições distintas, trajado com a modesta simplicidade que realça os dotes naturais do homem. Apesar da fina barba negra que lhe sombreava o rosto, e da reserva que a educação imprimira em suas maneiras polidas, Alice reconheceu os grandes olhos imperiosos de seu amigo de infância e o gesto impregnado de uma altivez inata.

Recobrando a afoiteza própria de seu caráter a menina entrou e correu ao encontro do mancebo.

— Mário!...

Este a cortejou respeitosamente. Alice esperava que ele a abraçasse, e tinha-se aproximado palpitante, incendida de rubores, com a esperança de receber e retribuir aquele carinho que devia pagar-lhe tantas saudades, como curtira durante a longa ausência.

Vendo Mário afastar-se, ela refugiou-se no seio do barão, e aquele abraço, que não se animava a dar ao amigo de infância, foi confiá-lo ao peito de seu pai como um segredo mútuo. Compreendeu o barão o que passava n'alma da filha.

— É Alice, Mário. Você não a conheceu?

— Logo! — respondeu o moço com intenção.

— Pois então suponham que ainda são os dois meninos que brincavam juntos. Abracem-se.

E o barão impeliu docemente a filha, cujo talhe de sílfide Mário cingiu de leve com o braço trêmulo.

IV. O NATAL

Chegara enfim essa noite tão desejada da véspera de Natal. Já tinham rezado trindades na fazenda do Boqueirão. Os escravos, reunidos na frente do quadrado,[15] depois de repetirem as palavras da oração estropeada pelo feitor, foram salvar ao senhor, desfilando conforme o costume pelo terreiro da *casa-grande*, onde o barão, sentado em sua poltrona, descansava do pequeno passeio.

Nos outros dias aproveitavam os escravos aquela hora de repouso e liberdade que medeia entre Ave-Maria e o recolher para tratarem de seus pequenos negócios, passarem uma vista de olhos a suas rocinhas e também para fazerem suas queixas e pedidos a Alice, protetora de todos eles. Nessa noite, porém, como não se fechava o quadrado à hora de recolher, por causa da festa que devia começar ao cantar do galo, tinham eles muito tempo de seu, e por isso deixa-se ficar em grupos, conversando a respeito das novidades do dia, que eram a função do Natal e a chegada de Mário.

Na *casa-grande*, as visitas, tendo-se levantado da mesa havia meia hora, passeavam no jardim. O conselheiro Lopes fumava um charuto de Havana, com espanto do vigário e do subdelegado que nunca lhe tinham conhecido esse vício, e o supunham impróprio de tão grave personagem político. O vigário, mais cordato, não disse palavra; porém o subdelegado não se pôde conter que não perguntasse:

— Pois V. Exª também pita?

O conselheiro aproveitou o assunto para improvisar ali um importante discurso acerca dos efeitos do tabaco sobre a inteligência, assegurando que as primeiras concepções do século tinham nascido do fumo. Depois desenvolveu esta bela tese econômica:

---

[15] Habitações dos escravos nas antigas fazendas.

— Tendo eu a honra de ser o representante de uma classe tão importante como a lavoura, devo com o exemplo desenvolver o uso do tabaco, pois assim concorrerei para aumentar o consumo de um dos mais úteis entre os produtos agrícolas.

Mais longe, Lúcio, Frederico e outros moços da vizinhança brincavam com umas primas e camaradas de Alice o jogo dos cantos. Adélia, torcendo o beicinho, recusara tomar parte no folguedo, e, languidamente recostada em um divã de grama, cheirava um molho de violetas, com os olhos engolfados no azul do céu, onde cintilava a primeira estrela.

— Romântica!...

Esse remoque e o beijo em que ia envolto eram de Alice, que voltava da capela onde fora rezar.

— Ficas aí, minha pensativa?

— Quero contemplar a minha estrela! — respondeu Adélia com um tom poético e uma inflexão melancólica.

Nisso divisou Alice o vulto de Mário, que perpassava entre a folhagem na direção da capela; e suspeitando-lhe a intenção, acompanhou-o de longe.

No fundo da pequena ermida, via-se encostada na parede uma carneira que servia de jazigo a D. Francisca. Mário tendo sabido poucas horas antes que ali repousavam as cinzas de sua mãe, vinha visitar aquele sítio.

Saudades roxas e perpétuas cobriam o túmulo singelo sobre o qual a copa verde-negra dos ciprestes derramava uma sombra merencória. O viço das flores, a disposição regular das plantas, e o chão varrido indicavam a solicitude de uma mão terna e piedosa.

Mário teve o pressentimento de que essa mão era de Alice. Colheu uma saudade, e, depois de beijá-la, desfolhou-a sobre o túmulo de sua mãe.

Alice, que vira de longe todos os movimentos do moço, ocultou-se entre o arvoredo, quando ele voltava. Receou perturbar o recolho daquela mágoa para a qual não havia consolo.

Terminava o breve crepúsculo que precede as noites tropicais.

As visitas acompanharam o barão à varanda, onde se devia passar o serão, pois as salas estavam preparadas para a festa que tinha de começar à meia-noite.

Alice despira a sua gazil petulância de menina da roça, e fazia com garbo encantador as honras da sala. Sentia-se ainda titilar aquela gentil mobilidade, que parecia dar-lhe asas de beija-flor; mas o passarinho preso na gaiola dourada não tinha espaço para volutear. Faltava, na verdade, à filha do barão, certo modo correto, ou, para falar a gíria de salão, faltava-lhe o tom, que distinguia sua amiga Adélia; mas, em compensação, seus gestos, ainda os mais comuns, embebiam-se da elegância natural que a envolvia como um nimbo de graça.

Em um momento ela dispôs as coisas de maneira a dar a todos um passatempo para essa primeira parte da noite. Arrumou-se a mesa de voltarete para o barão, o conselheiro e o vigário; e a do solo para a baronesa, D. Alina e o subdelegado. Os moços e moças arranjaram-se do outro lado da varanda para brincarem o jogo da palhinha.

Mário entrava do passeio que dera na fazenda pela primeira vez depois de sua volta. Alice chamou-o para a roda.

A menina tinha na mão um molho de finas palhas de coqueiro, abertas como um leque. Umas dessas palhas eram dobradas, outras cortadas ao meio. Quem não brincou esse jogo na sua mocidade, e não se recorda das risadas gostosas que dava, quando alguma moça bonita saía casada com um velho jarreta, e quando um rapaz gamenho ficava solteiro ou viúvo?

— É o jogo da palhinha! — dizia o Frederico muito satisfeito.

— Eu já sei que tiro a moça mais bonita — exclamou o Sr. Domingos Pais.

— A sorte é cega! — observou Mário sorrindo.

— Como o amor! — acudiu Lúcio, lançando um olhar terno a Adélia.

— Eu não acredito na sorte — disse Adélia —; portanto me é indiferente sair com este ou com aquele.

— Vamos — atalhou Alice misturando as palhinhas —; nada de esperteza; eu estou reparando. Tire!...

— Quem? — perguntou Adélia sorrindo.

Alice corou.

— Ele! — respondeu.

E designou com um meneio de fronte a Mário, a quem um gesto imperceptível da unha rosada indicava a palhinha que devia escolher. Cada um dos outros segurou também a ponta sua.

— Estão prontos? Deixe-me tirar a minha.
— Esta, Alice? — disse Adélia.
— Que tem?
— Estava tão escondida!
— É vergonhosa como eu, menina; por isso gostei dela. Puxem!
— Oh!
— Não valeu — gritou o Frederico. — Houve trapaça!

Mário tinha saído com Alice; Lúcio com Adélia, e o Domingos Pais com Frederico; do resto das moças, umas viúvas ou solteiras, outras casadas com os irmãos e primos.

— Bem feito — dizia Alice para o Frederico —, foi castigo de sua vadiação de ontem.

Houve muita galhofa; Frederico dançou com seu par uma volta de polca e o jogo continuou no meio das risadas. Mas Alice deixou as amigas brincando e foi para uma saleta próxima, onde Mário a seguiu com pequeno intervalo.

Achou ele a menina sentada a uma banquinha de costura, e muito ocupada em dar os últimos pontos à camisinha de cambraia que devia naquela noite vestir o menino Jesus de prata, ali colocado defronte dela em seu berço de filigrana fingindo vime, e coberto com um manto de cetim. Esse descuido de deixar para a última hora uma coisa que devia estar feita com antecedência, era para reparar em Alice, tão cuidadosa e diligente, se não fosse as muitas lidas dos últimos dias, mas sobretudo a ansiedade pela chegada de Mário ou o contentamento de vê-lo.

E quem sabe? Não seria aquela tarefa improvisada apenas como inocente pretexto para isolar-se das outras moças, e dar ocasião a que Mário se aproximasse dela?

Desde a chegada do moço, na véspera, os dois camaradas de infância apenas se tinham falado na presença de outras pessoas, tomando parte na conversação geral. A menina sentia, talvez sem o perceber, o desejo vago de uma expansão íntima. Mário chegara; mas para ela parecia-lhe que não tinha ainda chegado de todo, pois não lhe ouvira as confidências dos sete tão longos anos de separação; nem começara aquela doce comunhão que na infância os unia, apesar das teimas e arrebatamentos do menino.

Vendo Mário aparecer na porta, a moça perguntou-lhe:

— Foi passear?

— Dei uma volta apenas — respondeu Mário admirando a agilidade dos dedos da gentil costureira.

— Que está reparando?...

Ia dizer Mário; porém conteve-se.

— Na ligeireza de suas mãos.

— Que remédio? Se não for assim não tenho tempo de acabar; mas também sai cada ponto!... Olhe.

Pela faceirice de mostrar o seu ponto miudinho, e também para esconder sob o linho as mãozinhas, ela aproximou a costura dos olhos do moço.

— Realmente são imensos! Do mesmo tamanho eu os faço escrevendo.

— Que exageração!

— Não acredita? Deixe medir.

— Acredito, acredito — respondeu Alice retirando a costura de repente, e escondendo-a sob a aba da mesa.

A menina percebera que Mário, em vez de examinar os pontos, estava mas era a admirar-lhe a mãozinha de jasmim através da fina cambraia, e a aspirar a deliciosa fragrância que exalava dessa flor animada.

O gesto da menina fez Mário cair em si do enlevo que o tirara da gravidade habitual de seu caráter, e do modo cerimonioso por ele observado com as pessoas da casa desde sua chegada.

— Vim perturbá-la em seu trabalho — disse erguendo-se.

— Não me perturba nada! Eu gosto de coser conversando. Sente-se.

— Vou conversar com Lúcio.

— A ele, sim, é que pode atrapalhar — disse a menina sorrindo —. Adélia fica-lhe querendo mal.

— Então com o Frederico — respondeu o moço caminhando para a porta.

— Mário!...

Era a primeira vez que Alice chamava o moço diretamente.

Até então ambos, valendo-se do nosso tratamento usual na terceira pessoa, evitavam, na conversa, pronunciar o nome um do outro. Alice não queria por forma alguma usar do cerimonioso "senhor" que tornaria seu companheiro de infância um estranho a ela e à família; também não se animava a dizer "você", tão de repente, com receio de que ele não gostasse, mas sobretudo por um vexame natural. Debalde revoltava-se contra esse sentimento, pensando que Mário era como seu irmão; alguma coisa de suave lhe advertia que a afeição do sangue não tinha as asas da sua, essas asas auriverdes da esperança, que lhe estavam a afagar meigamente o coração.

O abalo de ver nesse momento Mário afastar-se dela agastado rompeu-lhe o enleio. No ímpeto d'alma saiu-lhe do seio o nome que tantas vezes ela atalhara nos lábios prestes a escapar-lhe. Também aí se rasgou aquela espécie de cendal, que separava o coração de ambos.

— Mário! — repetiu a menina como se uma vez libada a doçura deste nome, ela se quisesse saciar dele. Você ficou sério comigo?

— Não; por quê? — disse o moço atraído pela expressão inefável do semblante de Alice.

— Porque escondi a costura. Esteja a seu gosto!

E estendeu as duas mãos mimosas e torneadas, que enrubesceram de pejo, enquanto a fronte não menos abrasada descaía sobre a espádua esquerda, como se procurasse ali a penumbra de uma asa para esconder-se.

— Que lembrança, Alice! Pois eu me havia de agastar por uma coisa tão natural! A minha curiosidade indiscreta merecia bem aquela lição; mas você é boa demais; tão depressa castiga, como recompensa. Obrigado! — disse apertando afetuosamente as mãos da moça. — Mas assim, desde já lhe previno, não pode ser boa mestra.

— Nem tenho essas pretensões. Ser mestra de um doutor! Só em uma coisa.

— Qual?

— Adivinhe!
— Ah! Se houvesse uma academia de adivinhação, era nessa com certeza que eu me doutorava.
— Pois não era muito difícil acertar com aquilo em que eu podia ser sua mestra. É em lembrar-me do nosso tempo de criança, das travessuras que fazíamos ambos, das manhas que inventávamos para nos livrar da lição; e das nossas brigas e zangas tão engraçadas, em que eu sempre acabava pedindo-lhe perdão, porque o senhor nunca cedia. Mau que era!

Que feiticeiro muxoxo acompanhou essas últimas palavras em tom de queixa! As pétalas de uma rosa, que abrochassem, outra vez tornando-se botão, de flor que eram, não teriam o gracioso enlace dos lábios que se apinhavam. Um muxoxo é um beijo às avessas; é um beijo que se esconde em seu ninho dentro d'alma, como um colibri arrufado que recolhe o bico, deixando ouvir um gritozinho de cólera.

— Mas olhe lá — continuou a menina —; agora se se agastar comigo, eu não hei de ser assim, não, como era em criança. Hão de me pedir perdão também.
— Agora, Alice, não nos havemos de agastar, como antigamente.
— Estimo bem.
— Você está moça, e eu devo tratá-la por todos os títulos com o respeito que não sabia ter quando menino. Mas desculpe aquele roceirozinho atrevido e malcriado que lhe fez derramar tantas lágrimas. Era uma criança doentia!...
— Pois eu gostava bem dele, assim mesmo como era.

Mário ficara pensativo e como engolfado em uma ideia penosa que lhe surgira dos refolhos d'alma, onde jazia dormida desde muito tempo. Alice percebendo a súbita melancolia, cuja causa pensou adivinhar, quis prender de novo o espírito do moço à sua jovial garrulice.

— Você naturalmente não gostará de nossa festa, Mário; acostumado aos divertimentos da Europa, que atrativo pode achar nesta função da roça?
— Mas o Natal é uma festa campestre, Alice; e seu encanto está justamente nesse ar rústico e simples que costumamos

dar-lhe. Não conheço nada mais ridículo do que um Natal nos salões, enluvado e perfumado como um baile de corte.

— Pensamos da mesma maneira — exclamou a menina com um contentamento extremo.

— A sua festa, Alice, quanto posso julgar pelo programa, deve estar linda; é o Natal como se festejava há trinta anos, com suas crenças ingênuas e suas puras alegrias. Não pense que, por ter visto a Europa, perdi o gosto a essas coisas; ao contrário tenho sede disso que já não se encontra naquela sociedade velha e gasta, onde se aprende muito, porém se descrê ainda mais.

Alice foi à capela colocar o menino Jesus no seu presépio.

V. Missa do galo

A noite vai escura, mas serena. O céu estofado de um azul profundo não venda a trepidação das estrelas, cuja luz filtra como através de um cristal fosco.

A viração, que anuncia o quarto d'alva, hálito suave da manhã, começa de ramalhar enredando-se pela copa dos cafezais em flor. Como se os ares se adelgaçassem nessa hora puríssima de conceição, em que a terra sempre virgem e sempre mãe desabrocha flores e frutos; os murmúrios do arroio, antes abafados pela calada da noite, rumorejam agora entre os gazeios da aragem.

A fazenda do Boqueirão jaz em completo sossego. Todos os fogos tanto na *casa-grande* como nas senzalas estão extintos. Não se vê luz, a não ser um frouxo raio coado entre a folhagem do arvoredo. Talvez provenha da grande lâmpada de prata que há na capela, e é costume acender dia e noite a Nossa Senhora em certas ocasiões.

Desde alguns meses se conservava ela acesa por ordem de Alice, que todas as tardes ao toque de Ave-Maria tinha por devoção ir à capela rezar sua oração habitual e implorar à Virgem pelo restabelecimento de seu pai.

O primeiro galo cantou e os outros responderam sucessivamente dos quintais vizinhos e das palhoças dos agregados. Ouviram-se uns sussurros de vozes abafadas trazidos pela rajada.

Instantes depois soaram rufos de pandeiro com prelúdios de rabeca e flauta ao lado da *casa-grande,* onde acabava de aparecer à luz de archotes um rancho[16] de romeiros, com seus chapéus desabados e capuzes de penitentes. Saindo do jardim onde estiveram esperando o cantar do galo, foram

---

[16] Grupo de pessoas em marcha.

colocar-se na frente do terreiro, soltando estas alvoradas ao toque da música:

> *As ovelhas a dormirem*
> *E os pastorinhos velando,*
> *Quando o anjo do Senhor*
> *Apareceu-lhes cantando.*

A voz do anjo, muito parecida com a de Alice, acudiu:

> *Toma o bordão,*
> *Ó bom pastor;*
> *Nasceu Jesus,*
> *O Salvador.*

Outro farrancho de festeiros apareceu do lado oposto que tomou a mão ao descante:

> *Meia-noite era passada,*
> *Já o céu a desmaiar;*
> *Mas a estrela do Natal*
> *Cada vez mais a brilhar.*

Então de rumos diversos acudiram vozes que se alternaram concertando, como os diálogos de um auto. A primeira partira do poleiro, e as outras respondiam de pontos destacados:

> *O galo cantou,*
> *"Cristo nasceu".*
> *O boi perguntou,*
> *"Onde?" E a ovelha*
> *Logo respondeu:*
> *"Foi em Belém".*
> *"Para o nosso bem",*
> *Disse o pastor.*

Eis que no mirante da *casa-grande* surgem umas sombras alvas e tão buliçosas, que logo se percebe serem de moças.

Mas o canto parece realmente angélico, pela doçura de que se repassa:

> *E os anjos no céu cantavam,*
> *Que se ouviu além da serra:*
> *"Glória a Deus lá nas alturas*
> *E paz aos homens na terra".*

Um jato de fogo de bengala esguichou, abrindo o globo de luz em que se debuxou um molho de rostos mimosos, como esses bandos de anjinhos que se veem a voar nas redomas de Nossa Senhora. Entre todos, porém, nenhum era tão do céu como o de Alice, cujas tranças louras espargidas sobre os ombros e agitadas pela brisa, lembravam as plumas de ouro de umas asas de serafim.

Entretanto o primeiro rancho de romeiros prosseguia no descante:

> *Já se levantam os pastores*
> *E tomando seus bordões,*
> *No caminho de Belém*
> *Vão soltando estes pregões.*

Aí entrou o bando dos pastores, formado de moças que não eram outras senão os anjinhos do mirante, e de mancebos que deixando as capas de romeiros, apareciam agora em novas figuras. Trajavam todas roupas de linho branco e chapéus de palha com fita escarlate; os mancebos levavam na mão seu cajado, e as moças, uma cestinha de flores. Iam a dois e dois, cada pastor com a sua pastorinha; os primeiros eram Mário e Alice.

O bando rodeou o terreiro, parando de tempo em tempo para lançar o seu descante:

> *Acordai, ó boa gente,*
> *Vinde ver a maravilha;*
> *Lá nas bandas do Oriente,*
> *Como um sol, a estrela brilha.*

É a estrela de Jacó.
É a luz da redenção;
Da rosa de Jericó
Rebentou novo botão.

De dentro da casa, do lado do caminho, e de outros pontos destacados, por onde chegavam bandos de convidados da vizinhança, surdia então esta requesta:

Que novas trazeis, pastores,
Para tantas alegrias?
A remir aos pecadores
É vindo enfim o Messias?

Depois que todos acabaram, tornou o coro dos pastores:

O anjo o disse: "Maria
Esta noite deu à luz
Na palha da estrebaria
A seu menino Jesus".

Eis rompem de todos os pontos grandes brados e clamores de júbilo, acompanhados pela bimbalhada dos sinos, e cortados pelo mugir do gado, pelo balido das ovelhas, e alvoroço que faziam os animais subitamente despertados com os clarões e alaridos da festa.

Multidão de lanternas do ar, e fogaréus, que agitavam os escravos da fazenda, derramou-se pelo vasto pátio, iluminado de repente. A banda de música dos pretos, com suas roupas agaloadas, saiu do saguão onde estivera oculta. Ao mesmo tempo abriam-se de par em par as janelas da *casa-grande,* cujas salas nadavam em luz, e nas sacadas apareciam o barão, a baronesa, o conselheiro, o vigário e outros hóspedes que, pela sua idade ou posição grave, não tomavam parte direta nas folias[17] dos moços.

---

[17] Grupos de jovens, vestidos de branco, que participam da dramatização de algum tema religioso.

Quando essa grande ebulição de entusiasmo, chegada ao auge, começou a declinar, desprendeu-se dentre os rumores festivos este canto que, levantado sucessivamente por todos os diversos grupos, subiu ao céu, como a efusão de um grande fervor religioso:

Vamos, vamos adorar
Cristo, nosso Salvador,
Que ao mundo veio salvar
O seu povo pecador.

Vamos, que a Virgem Maria
Esta noite deu à luz
Na palha da estrebaria
O nosso bento Jesus.

Reunidos em um só, os diferentes ranchos de romeiros, com os bandos de convidados que chegavam a cada momento, deram volta ao terreiro, e dirigiu-se à capela onde já estava o reverendo vigário em paramentos ricos, e seu acólito, o Sr. Domingos Pais, que a ninguém cedia a honra insigne de ajudar cada ano a missa de Natal, na capela de seu excelentíssimo compadre, "o comendador Barão da Espera".

Durante as cenas anteriores, o Sr. Domingos Pais considerou-se obscurecido, porque na representação do auto do Natal, apenas lhe tocara o papel de galo, quando ele sentia-se com força de acumular o do boi e da ovelha, acrescentando ainda o do jumento, que não figurava; omissão imperdoável na opinião do exímio compadre, pois segundo ele, e era autoridade, o jumento foi a trombeta que primeiro acordou a gente de Belém, com o zurro formidável; sem o que certamente passaria despercebido o galicínio.

Apesar da perfeição com que o compadre executara o seu *cocorocó,* essa parte, dificílima pela sua originalidade, não fora apreciada; mas o compadre com a confiança dos grandes homens esperava a sua hora de triunfo. Era na ocasião da missa, que ele ia despicar-se de toda essa gente, dando-lhe as costas, e fazendo-a levantar-se ou ajoelhar à sua feição.

O bando dos romeiros, passando por baixo dos arcos de coqueiros e luminárias, entrou na capela alvoroçando como uma chusma de abelhas dentro da colmeia. Apenas o barão, dando o braço à baronesa, tomou com as visitas mais graduadas assento nas banquetas forradas de damasco, o Domingos Pais, revestindo-se de um ar solene e circulando o âmbito do templo com um olhar sobranceiro, tangeu grave e pausadamente a campa, dando os três dobres da etiqueta.

Pousando a campa ao pé do altar, tomou o gancho e acendeu as três velas superiores do nicho da custódia com ar de importância que assume um ministro em alguma cerimônia palaciana.

— A senhora tinha-me prometido, D. Adélia, ser minha pastorinha? — dizia entanto o Lúcio arrufado.

— Ora, muito obrigada; queria que fosse procurá-lo — respondeu a moça despeitada.

— Eu estava falando com mamãe.

— Pois outra vez seja melhor cavalheiro.

D. Alina tinha arranjado de propósito aquele desencontro; e dele aproveitou-se o Frederico para consolar-se do desengano cruel que deu a filha do barão à sua pretensão de servir-lhe de pastor naquela noite.

Do outro lado Alice, sem deixar o braço de Mário sobre o qual se apoiava com um gesto de confiança e orgulho, dizia comovida a seu companheiro:

— Não esteve bonito o nosso descante?

— Bonito e tocante, sobretudo para mim. Depois de tão longa ausência de nossa terra, ninguém faz ideia do prazer que eu sinto em achar-me outra vez em seu seio, no meio destas festas singelas e destes costumes, que despertam em mim tantas recordações...

A palavra do mancebo vendou-se em uma reticência melancólica. Alice, vendo no semblante do amigo sombras de uma triste reminiscência, que lhe pungira a alma, procurou distraí-lo daquele pensamento.

Mas o vigário, de estola e casula, subiu ao altar; a missa começava.

— Ajoelhemos! — disse Alice a rir. — O Sr. Domingos Pais já nos deitou uns olhos!

VI. Presépio

Ao lado do altar havia um grande presépio, onde um hábil artista de outras eras havia representado ao natural a lenda popular do nascimento de Cristo.

Via-se ali no cimo de uma colina a palhoça da estrebaria; na manjedoura, sobre um molho de palha retraçada, o Menino Jesus, com suas roupas de cambraia. Aos lados Nossa Senhora e São José contemplando o filho de Deus, concebido sem mácula por graça do Espírito Santo.

À parte, o jumento, dono da estrebaria em que pousara a Virgem com o seu esposo por não ter outro abrigo; mais longe o poleiro onde cantava o galo, o curral do gado, o bando das ovelhas e a choça dos pastores a quem o anjo anunciara o nascimento de Cristo.

Pelas encostas da colina viam-se derramados os rebanhos de carneiros e os bandos de peregrinos que subiam a colina para adorar o Salvador.

No último plano o céu, onde brilhava a estrela de Natal, e uma nuvem resplandecente em cujo seio um grupo de anjinhos cantava hosana ao Senhor.

Aí estava pois debuxada a mesma tradição que os festeiros haviam copiado na espécie de auto figurado no terreiro. Porventura eram contemporâneos ali naquele lugar o antigo retábulo do presépio e as cantigas com que todos os anos se festejava o Natal. Um e outro, o auto e o retábulo, tinham certo cunho vetusto que se imprime nos objetos, ainda mesmo inertes, como a ruga na face humana.

Os dizeres do auto, embora já bem alterados, tinham um sabor de outros tempos, que destoava com o modo de falar d'agora. Também as figuras dos santos e pastores, ainda que bem conservadas, mostravam nas cores das roupas certa aspereza que provinha sem dúvida do ressequido das tintas.

Como se conservaram na fazenda do Boqueirão essas reminiscências dos usos de nossos pais, cujo fervor religioso imprimia às lendas católicas certo cunho dramático?

Essas múmias de um passado extinto são, mais do que se pensa, a obra da mulher. Enquanto o velho se encolhe na concha de seu egoísmo valetudinário, vereis a velhinha, lá no terreiro da fazenda ou na rótula da cidade, contando as histórias de sua meninice às netinhas, que mais tarde, em sendo moças, levam para sua nova família aquele santuário das lendas e tradições de seus maiores.

Desde a fundação da fazenda que datava o costume de festejar-se o Natal com aquelas cantigas e romarias. Durante muitos anos, porém, talvez pelos desgostos que sobrevieram ao antigo dono, tinha caído em esquecimento, até que Alice, ficando moça, o restaurou. A menina ouvia sempre pelo Natal falarem as pretas velhas das bonitas festas que se faziam outrora na fazenda; e arremedarem as cantigas e representações que se davam então.

Completando os seus catorze anos, e sentindo-se já com força de querer, Alice tentou realizar aquele capricho que alimentava desde menina, e no próximo Natal fez o primeiro ensaio. Desde então, ficou em costume, e cada ano a festa era mais arrojada e esplêndida, até a última que prometia exceder em riqueza e entusiasmo a todas as outras, sem excluir mesmo as mais antigas de que havia memória na fazenda e suas vizinhanças.

Terminada a missa, começou a adoração do presépio, diante do qual se repetiram as mesmas loas do Natal, pela forma por que as tinham cantado no terreiro; com a diferença de serem então as figuras do retábulo que falavam pela boca dos festeiros.

Dessa vez o Sr. Domingos Pais, desempenhando não no escuro, porém no claro, o seu favorito papel de galo, teve a satisfação de ser acolhido por uma estrepitosa gargalhada, que o lisonjeou. Tomado de uma nobre emulação, o compadre enfunou-se batendo os braços à guisa de asas. Para ele era ponto de honra exceder no arrufo ao galo do presépio, assim como no grito ao galo do poleiro, ainda que arrebentasse. Os heróis devem morrer sobre os louros.

Chegou o momento das promessas.

Cada pessoa que tinha feito um voto vinha, por sua vez, entregar a oferenda e fazer a devota oração. Os objetos, se eram do uso da capela, como círios, roquetes e toalhas, eram guardados para as ocasiões solenes; se constavam de milagres de cera ou registros, ficavam suspensos nas paredes da capela aos lados do altar.

— Nhanhã! nhanhã!... — dizia a Eufrosina, que há tempos se conservava atrás de Alice com uma salva coberta de toalha de linho.

A moça, voltando-se, fez à impaciente mucama um gesto de espera e continuou a assistir à cena curiosa que se representava então na capela. Os pretos da fazenda, uniformizados de calça e camisa de riscado azul com cinta de lã encarnada, passavam a um e um pela frente do presépio, ajoelhando para fazer breve oração, e cantando na sua meia língua um louvor a Nossa Senhora. Nessa ocasião, alguns depunham com devoção os objetos que traziam para oferecer ao menino Jesus.

Quando o último passou, Alice com um aceno chamou a Eufrosina, e tirou a toalha da salva, descobrindo o objeto oculto com tanto cuidado. Era um grande tapete de lã felpuda, bordado sobre talagarça em ponto de marca. Os frocos rufados ao calor davam-lhe a aparência do veludo. O desenho era simples. Uma virgem, abraçada à cruz, e pondo no céu os olhos cheios de fé e gratidão.

Ao descobrir a salva, a menina com um ligeiro rubor nas faces e uma doce comoção do seio, que se traía na voz, murmurou ao ouvido de seu camarada de infância algumas palavras mostrando-lhe o tapete dobrado ainda e pelo avesso.

— Foi uma promessa que fiz a Nossa Senhora, há sete anos, Mário. Ajude-me a cumpri-la.

Os dois, segurando as pontas opostas do tapete, o estenderam ao pé do altar da Virgem. Então Alice ajoelhando rendeu graças à sua divina protetora pela volta de seu amigo e companheiro de infância.

Mário viu o êxtase de felicidade que imergia o lindo rosto de Alice; e sentiu-se profundamente comovido, pensando que ele era o objeto daquela prece tão pura como ardente.

No meio da graciosa assunção de sua alma, remontada ao céu, a gentil menina volveu de relance ao mancebo um olhar súplice, repassado de inefável doçura.

Mesmo na prece ela sentia que estava só e separada de metade de sua alma. Mário compreendeu o que passara no pensamento da menina; e vexou-se de sua ingratidão. Por sua vez ajoelhou aos pés do altar, ao lado de Alice; e rogou a Deus pela felicidade dessa formosa menina, que derramava, em torno de si, um como perfume de santidade e inocência.

Entretanto choviam os elogios ao tapete e as admirações pela delicadeza do trabalho.

— Podia dar um objeto mais rico — dizia Alice erguendo-se. — Não é verdade, papai?

A menina abraçou o barão, que respondeu dando-lhe um beijo na face:

— O que tu quisesses.

— Mas eu preferi este, que não lhe custou nada. Fique sabendo, sim, senhor — acrescentou com um gesto faceiro dirigido ao pai. — Não só foi todo bordado por minhas mãos, mas a talagarça e a lã, comprei-as com meu dinheiro.

— E esse dinheiro? — perguntou Mário.

— Ah! Quer saber, senhor curioso; pois o ganhei com minhas rendas.

— É verdade — acudiu a baronesa descansadamente —; só ela teria essa pachorra.

— E eu posso atestar, porque fui eu quem vendeu as rendas, por sinal que o Sr. Frederico...

— Está bom — acudiu o moço vermelho como um bago de café.

— Acredita que foi ela que fez? — murmurava D. Alina ao ouvido de D. Luísa. — Qual, senhora! Foram as mucamas.

— Na rua do Ouvidor — respondia a mulher do conselheiro — compram-se já feitas, faltando apenas encher algumas carreiras. Eu creio até que vi uma igual, se não era a mesma.

— Mamãe pensa? — disse Adélia.

A esse tempo já a iluminação da frente da *casa-grande* e dos outros edifícios estava acesa, apresentando um aspecto encantador, com os seus transparentes de papéis de cor e suas grinaldas de flores.

Uma ceia lauta e, sobretudo, suculenta, como costumam ser os banquetes brasileiros, esperava os convidados que já enchiam as salas de volta da capela. O barão os acompanhou à mesa unicamente para fazer as honras de sua casa, pois tendo comido apenas uma fatia de peito de peru, recolheu-se a seus aposentos de dormir.

O estado de saúde do dono da casa não lhe permitia passar a noite em claro, fazendo companhia a seus hóspedes, como costumava nos anos anteriores. Já ele tinha desobedecido à prescrição do médico, interrompendo seu repouso para ouvir a missa do Natal.

O barão, porém, receava que sua ausência agravasse as inquietações de Alice, turvando o prazer que ela esperava da festa preparada com tanto cuidado. Para não murchar as doces e inocentes alegrias da filha, não hesitaria ele diante de maiores sacrifícios.

Alice, tendo acompanhado o pai, quando este se recolheu, voltou à mesa; mas só depois que, entrando de pontinha de pé no aposento do barão, certificou-se que ele ressonava, a menina desprendeu-se de sua preocupação e outra vez se entregou aos divertimentos da noite do Natal.

A ceia foi arrojada; e terminou pelo brinde a Mário e à sua volta feliz. Era para esse brinde que Alice encomendara ao conselheiro os versos; e este, depois de parafusar na memória alguma quadrinha que pudesse servir, se desencarregou da tarefa no vigário.

VII. Recordações

No dia seguinte, depois do almoço, Alice e Adélia saíram a passear. Iam vestidas de uma cassa mimosa e ligeira, com chapelinhos desabados feitos da mesma fazenda.

Era a cassa das roupas de Adélia de fino matiz escarlate, e a de Alice de um desenho verde, fingindo raminhos.

O vigário, que tinha a balda de poeta anacreôntico, vendo-as da janela, comparou-as ao cravo e alecrim passeando entre as outras flores e logo fez tenção de aproveitar a ideia para uma décima ou pelo menos uma sextilha.

O lirismo do reverendo não era fora de propósito. Realmente com aquelas roupagens frescas e transparentes, afiando ao sopro fagueiro da brisa, pareciam as duas amiguinhas, entre os recortes da folhagem, duas flores do campo a se balançarem na haste delicada de um cipó.

As meninas garrulavam sobre a festa da véspera.

— Vais muito longe? — perguntou Adélia.

— Quero passear! — respondeu Alice, como uma borboleta diria se falasse "quero voar".

— Não estás cansada?

— Não; nem um bocadinho.

— Pois eu estou! — disse Adélia dando uma inflexão lânguida ao talhe.

— Brincamos muito! De manhã ainda se dançava.

— Ora! Os grandes bailes na corte acabam sempre ao romper d'alva; já estou habituada; não sinto; o que me fatigou foram aquelas voltas pelo terreiro. Achas tanta graça nisso!

— É o Natal, Adélia.

— Não duvido; mas eu prefiro dançar na sala, a machucar os pés no chão duro; assim como acho mais bonita uma ária italiana do que os tais descantes.

— São gostos. O teu deve ser melhor do que o meu, pois vives na corte e eu sou apenas uma roceira; porém Mário, que veio de Paris, pensa comigo. Ainda ontem mo disse; e deu-me com isso um prazer de que não fazes ideia.

— Mário... — disse a menina mastigando o nome do moço com uma reticência irônica.

— Que tem Mário, Adélia?

— Nada.

— Por que então este dentinho mordeu o nome dele como se fora um espinho de rosa que te ferisse? Quero saber o que você pensa a respeito dele, para defendê-lo, Adélia.

— Ninguém o acusa, Alice — disse Adélia sorrindo.

— Mas enfim, o que era?

— Eu digo. Mário é um moço que não se apresenta mal; porém se queres que eu seja franca, não parece que esteve em Paris. Falta-lhe o *chic*.

— Não está bem à moda?

— Justamente; não tem certas maneiras que só se aprendem em Paris, e que dão logo a conhecer um moço de tom. Olha, neste ponto, Lúcio apesar de não ter lá ido, capricha mais...

— Queres dizer que é mais adamado.

— Ora, é uma coisa que se conhece logo. Se já tivesses visto algum parisiense da gema, como eu, havias de notar.

— Pois não vi? Há um ano chegaram os filhos do Borges, um fazendeiro nosso vizinho; e eu confesso que, apesar de querer muito bem a Mário, não o poderia suportar nos primeiros dias, se ele viesse feito um boneco de cheiro, como aqueles dois bobos, que lá estão na corte deitando fora a herança do pai. Depois que remédio?... Talvez achasse bonito, porque era em Mário; mas havia de me custar muito.

Tinham chegado a um caramanchão sombrio, coberto de jasmins e madressilvas.

— Vamos sentar-nos! — disse Adélia.

— Já cansaste?

— O sol está muito quente.

— Ah! tens medo que ele queime estas duas rosas? Pois descansa ali no caramanchão enquanto eu vou até ao pomar ver se acho uns figos para papai. Até logo; se tiveres medo de ficar sozinha, minha *cravina*, chama para te acompanhar algum *narciso* porque o teu *alecrim* não volta cá nesta meia hora.

— Que *narciso*, Alice? — perguntou ela perturbada.

Alice fingiu não ver o enleio da outra e respondeu com uma naturalidade que desvaneceu qualquer desconfiança de remoque.

— Um desses que aí estão defronte de ti mirando-se no tanque, ou então, se preferes os jacintos... Olha!

E a moça afastou-se.

Tanto as faces de Adélia como os figos de Alice não eram senão pretextos. Com efeito, a primeira tinha por sua cútis aveludada um cuidado excessivo; e a segunda gostava de colher por suas próprias mãos as frutas inocentes e sazonadas que o médico permitia a seu pai. Mas nem o sol estava tão ardente naquela sesta, nem tão próxima à hora do jantar, que exigissem a separação imediata das duas amigas.

Havia outra razão.

Quando elas atravessaram a primeira alameda do jardim, Lúcio disfarçadamente separou-se do grupo onde conversava e de volta em volta, ocultando-se entre a folhagem, seguia as duas moças de longe.

Notou Alice que Adélia de tempos a tempos voltava-se com rebuço, e vendo a amiga exagerar o cansaço, percebeu o que havia; procurou também pretexto para afastar-se e deixar toda a liberdade aos dois namorados, que tinham, ela o sabia, bastante necessidade de trocarem algumas palavras a sós.

Demais, Alice vira Mário sair pouco antes de casa, e ela, que toda a noite antecedente o tivera quase constantemente a seu lado, na mesa da ceia, como na sala da dança, não se fartava de o ver, de falar-lhe, e aproximar-se cada vez mais desse coração que por tanto tempo estivera longe dela.

Perpassando sutilmente por entre o arvoredo, perscrutava aos lados do caminho os maciços de verdura, com a esperança de descobrir através o vulto do moço, e tão preocupada ia que não o viu em frente, quase a dez passos, aproximando-se dela pela mesma rua do pomar. Também ele vinha distraído, e só apercebeu-se da presença da menina pelo contentamento que ela mostrou:

— Até que o encontrei!
— Andava me procurando?
— Não — disse Alice retraindo-se —; mas vi-o sair logo depois do almoço...
— Quis livrar-me um momento dos discursos do conselheiro sobre colonização, e das perguntas dessa outra gente que me reduz ao papel de guia do viajante ou almanaque europeu.
— E agora para onde vai?
— Para a casa — respondeu Mário com hesitação.

Ele quis oferecer-se para acompanhar Alice e ela bem desejava pedir-lhe essa fineza; mas nem um nem outro se animou; sentiam ambos certo vexame e constrangimento, lembrando-se de que estavam sós, em lugar onde ninguém os podia ver nem escutar.

Foi no meio desse enleio, que Alice proferiu com um tom que procurava simular indiferença:

— Pois eu vou ao pomar.
— Então até logo.

E passaram um pelo outro, mas lentamente.

— Não tem medo do sol, Alice? — disse Mário voltando-se.
— Não. E você já perdeu o que tinha dos discursos?
— Ainda não — respondeu Mário retrocedendo —, e agora justamente que é a hora da preamar daquela maré de eloquência.
— Antes o sol, hein?
— É verdade; vou ver a roça.

Alice outra vez sentira o mesmo acanhamento; mas seu gênio e também seu coração reagiram.

— Venha comigo, Mário.
— Não; sua mãe não gostará.
— Papai não disse no dia em que você chegou que nós somos os mesmos doutro tempo, duas crianças como há sete anos?
— Então não devo oferecer-lhe o braço? — perguntou Mário fazendo o gesto.
— Não; como meninos, é que tem graça!

E Alice cerrando os folhos da saia do vestido, deu uma carreira pela relva do pomar. Que havia de fazer seu companheiro, fosse ele sério e grave como era Mário? Um reumatismo ministerial, o que é a quintessência da seriedade, se aí estivesse, apesar das calças azuis, da etiqueta imperial, jogava as canelas com toda a certeza.

— Oh! que vergonha! Não me apanhou!
— Você escondeu-se!
— Desculpas!... Estes figos são excelentes; eu sempre os apanho para papai! Ele gosta muito, coitado... Mário, você julga que ele ficará bom depressa? — perguntou a menina com os olhos cheios de lágrimas.

Mário constrangido respondeu para a consolar:
— Acredito, Alice.
— Talvez com sua chegada... Eu o acho muito melhor, desde ontem. O cuidado que tinha de você, por força que lhe havia de fazer mal. Deus permita!

E Alice ergueu ao céu os belos olhos azuis, com uma expressão angélica de ternura e piedade, que deixou n'alma de Mário uma profunda comoção.

— Prove um... este que há de estar excelente. Como eu fazia quando era criança, que repartia sempre com você e lhe guardava metade de tudo quanto me davam. Lembra-se?... E assim me parecia mais gostoso... como agora! Nunca vi um figo tão saboroso; experimente!... Então?

Mário, que ficara com a banda do figo na mão, levou-a automaticamente aos lábios; mas o que lhe pareceu realmente saboroso foi o veludo encarnado daquela face e o mel daquele sorriso, muito mais fino do que não era o da polpa vermelha da fruta.

— Esta figueira não é de seu tempo; foi plantada muito depois.

— Mas havia outras, pois eu me lembro que me divertia em rasgar os sacos, para deixar os passarinhos beliscarem os figos mais bonitos! Que perverso!

— E eu lhe ajudava para carregar com metade da culpa — acrescentou Alice rindo-se.

A menina tinha acabado sua colheita; e estava com as duas mãos tão cheias, que, para amparar as frutas, as encostava graciosamente ao seio.

— Você me corta uma folha de taioba?

Mário volveu os olhos em torno com uma expressão indecisa no olhar.

— Que vergonha! Não conhece mais as plantas de seu país. Olhe!

Rindo-se, Alice apontou com o bico da botina para a larga folha verde no nenúfar que se debruçava sobre um fio d'água. Mário ajoelhou-se para cortar a folha, se não foi para adorar a ponta daquele pezinho que de envergonhado escondeu-se.

VIII. A merenda

O almoço fora tarde naquele dia. A ceia do Natal acabara pela madrugada; e depois se tinha brincado e dançado até que a luz do sol entrando pelas janelas desmaiou a claridade das velas.

Os convidados sentaram-se à mesa quase que por mera formalidade, tão próximos ainda estavam da ceia; mas o Sr. Domingos Pais, julgando-se obrigado na sua qualidade de *compadre da casa,* a fazer as honras da cozinha do barão, desempenhou conscienciosamente esse dever, começando por um prato monumental de sarrabulho de porco e terminando com uma enorme palangana de chocolate. A quantidade de sólidos e líquidos que entraram na confecção desse almoço jiboico ou titânico, não direi, porque é uma coisa inverossímil, apesar de sucedida. Há verdades assim, condenadas por sua natureza a passarem por mentiras. O Sr. Domingos Pais, homem sisudo se já o houve, tinha esse caiporismo; ninguém o tomava ao sério, nem mesmo o Martinho.

Ao erguer-se da mesa, enquanto se tiravam os pratos, o compadre devorou uma salva de cavacos e biscoitos "para enxugar o estômago", dizia ele.

As pessoas da casa e os convidados entregaram-se conforme seu gosto às diferentes distrações e passatempo; uns saíram a passeio; outros jogavam a bagatela ou a víspora; a baronesa travou-se com o Sr. Domingos Pais no gamão, a mil-réis a ganga, pagos pelo barão, que no fim de contas era o caixa de ambos.

— Senas para começar, Sr. Domingos Pais, não viu? — disse a baronesa cobrindo os dados.

— Não vi, mas é o mesmo. V. Ex.ª o diz!

— Nada; assim não quero; jogo outra vez.

— Mas agora me lembro que vi.

— Está bem certo?

— Assim estivesse eu de tirar a sorte grande.
— Então veja como se jogam umas senas em regra — observou o vigário que estava peruando a baronesa.
— É capote com certeza!
— É pena que venha tão tarde, já não serve para a missa do galo — disse a baronesa a rir.
— Pois fez sua falta; o galo esta noite me pareceu endefluxado.
— V. Reverendíssima não entende disso — retorquiu o Sr. Domingos Pais formalizando-se.

Fídias, traçando a túnica para dizer ao crítico sapateiro o famoso — *Ne sutor ultra crepidam*[18] — não tinha por certo um ar de tão sobranceiro desdém, como o do nosso compadre olhando o vigário por cima do ombro.

O reverendo julgou prudente erguer-se; e foi então que chegando à janela viu Adélia e Alice que saíam a passeio; e comparou-as ao cravo e alecrim passeando entre as flores. A musa estava fresca e lhe acudia sem que fosse preciso dar na testa a clássica palmada; para aproveitar a inspiração, procurou o vigário a sombra de umas jaqueiras e aí peripateticamente, à maneira dos pastores da Arcádia, começou o *imbróglio* poético donde devia sair alguma coisa, que se chamasse madrigal.

Com o polegar da mão esquerda escandindo as sílabas pelos outros dedos; com a destra suspensa a bater no ar a cadência do verso que saía da forja; os olhos no Parnaso; a mente acesa, as faces afogueadas e o toutiço em bicas, o discípulo de Caldas era naquele momento uma caldeira poética no mais alto grau de fervura.

Enquanto o reverendo assim entregava-se às influições da musa, as outras pessoas encurtavam as horas da sesta conversando na varanda.

Em um grupo que se ajuntara junto do barão, à conversa rolava sobre Mário.

---

[18] Em latim, "não vá o sapateiro além do sapato". Na verdade, a frase é de Apeles, o pintor grego, ativo no século IV a.C.

— Que me dizem do nosso novo doutor? — perguntou o fazendeiro com certa bonanchice que animava a franqueza.

— Ah! O parisiense! — disse com um sorriso de ironia o conselheiro Lopes.

— Como o acha?

— Como todos os nossos moços que vão a Paris — respondeu Lopes com manifesto desdém. — As viagens à Europa, é minha opinião, só podem aproveitar a homens de experiência, capazes de observar. Como nós, barão.

— Eu sempre disse! — acudiu D. Alina.

— Assim julga que Mário perdeu seu tempo?

— Não digo isso; acredito que ele estudou suas matemáticas, e obteve realmente a carta de doutor que outros vão lá comprar. Mas também não se pode negar que na nossa Escola Militar essa carta custaria menos tempo e menos dinheiro.

— Lá isso é o menos! — atalhou o barão com indiferença.

— Concordo com o senhor conselheiro — disse um lavrador abastado. — Filho meu não põe o pé em Paris; o que eles vão lá aprender é a gastar dinheiro e não fazer caso dos pais.

— Isso é verdade!

— Eu bem vi um dos filhos aqui do Borges, quando chegou; fumava no nariz do pai; e na sala tinha o atrevimento de espichar-se em um sofá, deixando o velho de pé e embasbacado!

— Pois eu — observou o comendador Matos lançando um olhar ao barão — faço tenção de mandar o meu Frederico passear lá por essas terras da estranja, mas depois que estiver casado!

— Isso é outra coisa! — disse D. Luísa com um sorriso açucarado.

— Nada; é preciso primeiro cortar as asas do franguinho, antes de soltá-lo do poleiro!

E o comendador acompanhou o seu gracejo com a surdina de um riso grosso e gutural.

— Se ele tivera a fortuna de achar uma moça bem-educada, com hábitos de sociedade... — ia dizendo D. Alina.

— Pois eu penso diversamente dos senhores —; atalhou o barão —; entendo que o homem moço ou velho sempre lucra em ver países mais adiantados do que o seu. É verdade que alguns rapazes por lá ficam perdidos; e o mesmo acontece também aos velhuscos e até aos conselheiros, que vão ruços e voltam escuros... Mas isso não é razão; há muito fazendeiro que se arruína, sem que por isso os outros deixem de ir por diante.

— Não há analogia! — tornou Lopes.

— Em tudo há o bom e o mau. Quanto ao nosso Mário, penso que ele aproveitou e muito. Uma coisa logo observei nele; e foi que não tinha essas afetações na roupa, nem os trejeitos e mongangas, que todos os rapazes costumam trazer de lá. Prova de que se ocupou do que era sério, e deixou essas frioleiras para os cata-ventos.

— Ora, senhor barão, mas é uma coisa tão bonita, um moço elegante, que se veste bem. Veja o Lúcio! Eu queria ter um filho assim.

— Não é por me gabar — disse D. Alina com desvanecimento. Mas nesse ponto não tenho inveja de ninguém!

— O Lúcio é um belo moço! — observou o conselheiro avisado pelo movimento sutil do cotovelo da mulher.

— Gosto muito dele; mas acho que devia esquecer-se mais do bigodinho e da gravata — redarguiu o barão com um sorriso benévolo.

— Esses talentos da minuciosidade são muito aproveitáveis na diplomacia. O Lúcio há de fazer uma carreira brilhante.

— E Mário? — exclamou o barão com um entusiasmo que se desvendou no olhar brilhante, como se lobrigasse entre as névoas do futuro os triunfos que estavam reservados ao mancebo.

Mas, retraindo-se naquela expressão involuntária, o barão disfarçou com um sorriso o seu pensamento, e afastou-se.

— As coisas se embrulham! — cochichou D. Alina no ouvido de D. Luísa. — O conselheiro que abra os olhos!

— Que há de ele fazer?

— Se pudéssemos conversar, que não ouvissem... porque a gente aqui anda espiada por todos os cantos.

O barão se dirigira ao outro lado da varanda para ver o jogo da baronesa, que batia as tábulas do gamão com visível mau humor.

O Sr. Domingos Pais estava em brasas; a fortuna o perseguia com uma impiedade cruel; as parelhas caíam-lhe do copo em chorrilho; e ele, que tanto desejava perder para divertir a excelentíssima comadre, ele, que fazia uns sobre outros os maiores estropícios, ansioso de levar uma série de capotes, estava com uma veia de felicidade insultante. Já não havia mais tentos para marcar as gangas.

Nunca o modelo dos compadres se vira em tão crítica posição. O seu nariz, barômetro d'alma, passava do verde ao escarlate e à cor de terra. De vez em quando o pescoço fazia aquele nó que dão os gansos quando comem; eram os bagos vermelhos que o homem engolia a um e um para diminuir a conta dos tentos ganhos.

A baronesa fazia os maiores esforços para conter o despeito; mas o riso sarcástico esgarçado entre os lábios, e o gesto nervoso com que chocalhava os dados no copo de marfim, arrepiavam o parceiro.

— Então quem ganha? — perguntou o barão.

— Ora, quem há de ser?

O Sr. Domingos Pais levantou para o barão uns olhos de mártir.

— A excelentíssima está jogando o perde-ganha — balbuciou ele.

— Arre! — exclamou a baronesa indignada com um último lance. — Assim até esta cadeira ganha.

Livre daquele suplício, o Domingos Pais esgueirou-se até à sala de jantar, onde estavam de prosa a Felícia, a Eufrosina, o Martinho e a Vicência, enquanto a última preparava a merenda de frutas e refrescos.

Mário era também ali naquele parlatório da copa, a ordem do dia.

— Pois, gentes! Eu cá torno a dizer. O Mário não chega ao Lúcio. Este, sim, é moço papa-fina!

— Sai daí, sirigaita! — disse o Martinho.

— Psiu! Mais respeito, moleque!

— Martinho!... — disse a Vicência.

— Quem atura essas bobagens! — resmungou o moleque.

— Olhe que você se arrepende! Eu não gosto de fazer enredos à sinhá!

— Vai, vai depressa, vai contar; eu também hei de dizer a nhanhã D. Alice que você chama a moço branco, assim como se chama um moleque: Mário!

— Está vendo, minha gente, como se levanta um falso testemunho. Cruzes!

— Deixa este tição! — acudiu a Eufrosina. — Como ganhou molhadura pela chegada do nhonhô Mário, que não devia ganhar...

— Tição!... tição é seu pai de você, negro cambaio e bichento que veio lá d'Angola... Cada beiço assim! hi! hi!

A Eufrosina, cega de raiva, atirou-se ao pajem, que lhe fugia correndo ao redor da mesa e exasperando a mucama com as caretas que lhe fazia:

— Cada beiço, assim como orelha de porco... Tapuru era mato... chegava a sair pelos olhos.

— Eu te esgano; só se não te pegar.

A entrada do Sr. Domingos Pais suspendeu as hostilidades, não porque a sua presença inspirasse respeito, mas porque um sinal do compadre indicara a aproximação dos donos da casa.

Com efeito, passaram o barão e a baronesa conversando.

— Então não há hoje um copinho de cerveja! Está um calor!

— Ah! Sr. Domingos Pais, agora mesmo almoçou; e comeu uma ruma de biscoitos para enxugar o estômago.

— É por isso mesmo, Martinho. Enxuguei demais; preciso molhar.

— A merenda já vai pra mesa! — disse a Vicência.

Com essa esperança consoladora, o Sr. Domingos Pais foi esperar a cerveja, em uma janela do oitão, roendo as nozes e amêndoas de que enchera as algibeiras do rodaque de merino cor de garrafa. Distraído, estremecendo ainda ao lembrar-se do gamão, atirava as cascas nas folhas das jaqueiras próximas, quando uma voz irada o chamou a si:

— O senhor parece-me que está hoje fora de seus eixos, Sr. Domingos Pais!

Uma casca de noz tinha caído em cheio na unha do reverendo índice, que batia a cadência de um verso magnífico, ainda quente da forja. A dor, porém mais o susto, causados com aquele incidente, alvoroçaram por tal forma os espíritos do árcade, que o verso varreu-se-lhe da memória completamente.

— Queria desculpar, Reverendíssimo! Não vi!... Pois eu era capaz?

— Perder uma inspiração destas! E o consoante que me deu tanto trabalho!... É realmente insuportável este homem; não sei o barão como o atura.

O Domingos Pais estava acabrunhado com a série de caiporismos que lhe sucediam nesse dia aziago; e procurando a causa dessa fatalidade, lembrou-se de que na véspera tinha visto uma tesoura voando em cruz por cima dele. Pelo sim, pelo não, o homem benzeu-se para exorcizar o agouro.

Finalmente a sineta da sala de jantar deu sinal da merenda, derramando uma consolação n'alma atribulada do compadre.

IX. Crianças

Alice, para abrigar-se do sol e arrumar os figos, procurou a sombra de uma bonita jabuticabeira, que ficava quase no centro do pomar.

Tinham rodeado de uma espécie de mesa tosca o tronco da árvore, correndo um banco em volta. Era um sítio aprazível para passar a sesta e merendar as belas frutas que pendiam das árvores. Daí se podia ver pelo cruzamento das alamedas uma grande extensão do pomar.

Covando a folha de taioba que Mário lhe trouxera, a moça, ocupada em arranjar os figos, continuou a garrular com a mesma graciosa volubilidade, que lhe servia para disfarçar o pejo de estar só com Mário:

— Esta mesa também você a não conhecia? Papai mandou-a fazer há dois anos, por minha causa...

— Que é também, se não me engano, a causa de tudo neste pequeno mundo — disse Mário sorrindo.

— Nem tanto assim! — respondeu a menina com faceirice. — Mas papai, esse, adivinha meus desejos!... Como eu quase sempre, todas as tardes, vinha-me sentar aqui na raiz desta jabuticabeira, lembrou-se ele de fazer-me uma surpresa, e um dia achei tudo pronto, a mesa e o banco!

— "Por artes de meu condão" — como dizia a fada nas histórias da tia Chica?

— Tal e qual. Fiquei tão contente! — continuou a moça banhando-se em risos de prazer; ninguém imagina como eu gosto deste lugar; e o senhor não adivinha por quê?... Esquecido!...

Mário volveu em torno um olhar profundo, interrogando a fisionomia do sítio, desejoso de avivar as reminiscências apagadas.

— Não me lembro!...

— Pois eu tinha chamado a este lugar a "árvore da lembrança", agora há de chamar-se "do esquecimento"... para você, que para mim ainda está cheia de recordações; é um ninho... Vê aquela pimenteira? Ali armava você a arapuca para apanhar sabiás que às vezes me dava, e depois os soltava da gaiola por pirraça! Não se lembra?

— Esqueça esse peralta, Alice!

— E eu também não tinha as minhas birras?... Acolá embaixo daquela parreira passei uma manhã inteira chorando, porque você não queria passear comigo! Esta vereda sabe onde vai dar? Olhe, lá embaixo perto do canavial; não vê o córrego? Um dia, eu por força queria passar para o outro lado, você me carregou nos braços...

— Ao menos dessa vez fui cavalheiro!

— Espere; apenas me deitou da outra banda, fugiu, deixando-me sozinha a gritar!

— Recordo-me — disse Mário rindo a seu pesar.

— Ah! já se lembra! E o jambeiro? lá, passando a parreira. Que estripulias fez nhonhô Mário no dia em que eu caí no boqueirão, donde ele me tirou com risco de sua vida! E você quer que eu o esqueça? — disse Alice repousando no semblante do moço um olhar de inefável doçura.

Mário se tornara de repente sério e constrangido. Porventura aquelas recordações de sua infância, ressurgindo assim de tropel, lhe absorviam o espírito, e quem sabe se vexava o mancebo, mostrando o estouvamento e rudeza do caráter do menino que ele fora outrora.

Alice, muito embebida no prazer de brincar com essas reminiscências, continuou sem aperceber-se do que se passava n'alma de seu companheiro de infância.

— Naquele cambucazeiro, você me amarrou um dia com a sua gravata, para que eu não o acompanhasse até a casa de vovô. Mais adiante há uma moita de pitangas... Olhe!... Está vendo?... Acolá?... Pois aí você se escondia para me meter medo. Mas, neste mesmo lugar onde estamos, um dia que você trouxe do mato um sagui, eu vim por detrás do tronco, deste... devagarinho, e soltei o laço com pena do bichinho, para que o Boca-Negra não o comesse.

— E era para você! — acudiu com rapidez Mário, que por um instante julgou-se transportado àqueles tempos de sua infância agreste.

— Mas você nunca me disse!
— Para quê?
— Eu teria tanto gosto!
— Criançadas!...
— Se era para mim, eu paguei bem a travessura, porque além de perder o sagui, você pregou-me um beliscão!... Ah! Que forte! Aqui, olhe!

E a moça transportada também pela vivacidade de suas recordações aos dias descuidosos da infância, arregaçou estouvadamente a manga de cassa como fazia aos onze anos, para mostrar no braço alvo e torneado o lugar do beliscão.

— Meteu-me tanta raiva que eu fui contar à mamãe e mostrar a marca do braço. Ela o prendeu todo o dia de castigo na varanda; mas eu fiquei arrependida e com tanto dó quando o vi chorar de raiva por não poder sair, que fui lhe pedir perdão: "Mário, disse eu, não esteja zangado comigo; nunca mais conto nada; você quer, vingue-se; me dê três beliscões bem fortes, que eu não me queixo".

— E eu dei! — balbuciou Mário de sobrolho rugado.

— Deu o primeiro; e vendo que eu não tinha chorado, deu o segundo com tanta força que me fez saltar as lágrimas em bagas. Então você soltou o braço de repente, me abraçou chorando e... me deu um... Mas aqui na face!

O semblante da menina lavou-se em ondas de púrpura; e seus lábios não se animando a pronunciar a palavra, insensivelmente se tinham apinhado, dando a imagem dessa carícia, que ainda lhe acendia as faces de rubor.

— Nunca mais você me deu outro... Só quando me tirou do boqueirão, como morta, e que para me fazer voltar à vida, foi preciso soprar-me ar com sua boca. Meu Deus, que vergonha eu tive quando soube!...

Alice calou-se, tomada pelo sossobro destas recordações, meio arrependida do que dissera, querendo resgatar cada uma de suas palavras, e contudo sentindo o coração ainda cheio a transbordar daquele perfume de saudade que tinha destilado durante tantos anos de infância para verter um dia no coração de seu amigo e camarada de infância.

Mário, cada vez mais submergido no passado, que a menina evocara, fitava nela um olhar triste e ao mesmo tempo severo, enquanto nos lábios perpassava-lhe um desses pungentes sorrisos de ironia, com que a própria consciência escarnece do coração do homem.

A menina, com a fronte baixa, temendo encontrar naquele momento os olhos que antes ela procurava e recebia com tanto carinho, mais uma vez soltou as asas ligeiras e sutis de sua palavra para fugir ao vexame do isolamento.

— Deixe estar; amanhã ou depois, quando estivermos mais sossegados de festas e mais sós, havemos de dar um passeio bem comprido; e só para ver os lugares onde brincamos e os objetos que ainda guardam a lembrança de nossa infância. Você já viu a Boca-Negra? Está muito velho, mas ainda é o mesmo cão valente e destemido. O meu pequira em que você corria, o russinho, também ainda vive. Aquilo que nos lembrava de você, tudo se conservou, até o caminho do boqueirão que papai quis mandar tapar depois daquele dia, mas tanto eu pedi-lhe que deixou! Também havemos de ir lá; nunca, nunca mais aí voltei depois daquela vez; mas lembro-me de tudo como se fosse hoje. Agora posso ir; com você, papai não tem medo; nada me sucederá.

O sorriso desfolhou-se de repente nos lábios da menina, que tinha enfim reparado na singular expressão do rosto de Mário. O olhar surpreso que lançou ao moço fê-lo cair em si e dominar-se:

— Alice, eu lhe peço! — disse ele tomando-lhe a mão afetuosamente. — Não desperte essas recordações; deixe-as dormir para sempre!

— Incomodam-lhe Mário?

— Muito!

— Tão ruim foi para você esse tempo, que não pode suportar nem que se fale dele? — exclamou Alice com uma queixa sentida. — Que você não se lembrasse mais, era natural. Esteve na Europa!...

— Essas recordações não se apagaram de meu espírito, como você pensa, Alice. Quantas vezes na capital do mundo civilizado, enquanto as maiores celebridades passavam por diante de mim, e o burburinho da grande cidade aturdia uma população ébria de prazer, quantas vezes meu pensamento não atravessava o oceano, para refugiar-se nestes sítios, onde vivi minha infância; para divagar pelas matas e campos, onde eu tantas vezes brinquei com a morte, como uma criança louca e imprudente?

— Somente disso é que se lembrava!

— Também via a sua imagem suave, que me seguia quase sempre como um anjo da guarda, contra quem eu, arrastado pela tentação, me revoltava de uma maneira às vezes brutal. E apesar disso você não se agastava nunca; nas minhas cismas, muitas vezes, seu rosto sempre meigo aparecia-me ao mesmo tempo orvalhado de lágrimas e desfeito em risos; porque a cólera em sua alma, Alice, era apenas o raio de sol que abre a flor.

Mário parou um instante como se hesitasse ainda.

— Mas essas recordações me faziam mal!

— Saudades? — perguntou Alice com ternura.

— Oh! não! A saudade é uma doce tristeza, e a minha amargava. O que me deixavam aquelas cismas não era o enlevo do passado, mas um tédio inexprimível desse tempo, que desejava não ter vivido. Sempre, depois disso, ficava-me por muitos dias a alma toldada, como a água daquele córrego, quando agitam o lodo que está no fundo. A razão do homem julgava as ações do menino, e condenava-o como uma criança ingrata e perversa!

— Ah! Mário, que severidade!

— Mas — balbuciou o moço com a voz surda — o mais cruel era que esse menino louco se indignava contra o homem, chamava a razão de cobardia, a gratidão de cobiça!...

Observando a sombra que essas palavras lançavam no rosto da menina, ele sofreou o impulso de suas recordações.

— Esse menino louco, eu o consegui enterrar bem longe daqui... felizmente. Esqueça essas palavras, Alice, e deixe-me esquecer o meu triste passado. Suponha que nos conhecemos de anteontem. Como se eu fosse um irmão nascido em terra estranha, que depois de tantos anos de exílio, voltando à pátria, encontra uma linda maninha, a quem não conhece, mas ama de todo o coração!

Alice abaixou a cabeça, com um sorriso; ela sentia que era impossível desprender de seu passado a existência cujo fio se entrelaçara com a teia dourada de suas recordações de infância.

— Se esse enlevo em que tenho vivido desde que cheguei é um sonho, Alice, não me arranque a ele!...

— Não tocarei mais nisso, eu lhe prometo.

— Mas ficou triste?

— Triste?... Não; tenho saudades de minhas saudades!... Ai, bico!...

A linda menina, com as pontinhas rosadas do polegar e índice da mão esquerda cerrou os lábios; mas pelo ricto gracioso borbulhava um sorriso encantador.

— Pois olhe, se alguém tinha razão de queixa, era eu!

— Deveras!... Havia de ser curioso!

— Quem vive de recordações, não prefere o passado ao presente?

— Nem sempre! Muitas vezes, lembrar-se não é senão desejar!— disse Alice rapidamente, e afastando-se com direção a casa.

— Escute!

— São horas!

E a moça desapareceu.

X. O BATUQUE

Adélia ficara só, abrigada à sombra do caramanchão de madressilvas, ouvindo borbulhar a fonte.

Recostada no gradil, com a cabeça descansando na mão, tomara uma posição sentimental e lânguida, que realçava a elegância de seu talhe; de vez em quando um suspiro, exalado com a mais pura expressão romântica, estufava a harmoniosa ondulação do seio coberto por fina renda.

Instantes depois ouviu crepitar uns passos nas folhas da alameda; e pressentiu que Lúcio estava perto dela, sem contudo dar o menor sinal de aperceber-se de sua aproximação. Com efeito, o moço parara a dois passos, e hesitava:

— D. Adélia!

— Ah! Sr. Lúcio! — exclamou a menina fingindo espanto com uma perfeição admirável. — Não sei onde foi Alice.

Dizendo isso, a moça deu alguns passos para afastar-se.

— Desejava dizer-lhe uma coisa! — suplicou o mancebo animando-se.

— A mim?

— Não sabe quanto tenho sofrido desde ontem! Estão arranjando seu casamento com o Frederico...

— E o seu com Alice!

— Mas eu sou constante.

— E os outros não?

— Pelo menos não parecem.

— Muito obrigada! É isso o que me queria dizer?

— Não se zangue, D. Adélia. Veja se eu tenho razão ou não. Ainda ontem à noite lhe ofereci o braço na ocasião da ceia, e a senhora preferiu o de Mário.

— O de Mário, não: o de Alice, que estava com ele. Queria que aceitasse antes o de Frederico para obedecer à mamãe?

— Mas na ceia ele sentou-se perto da senhora.

— Por quê? O senhor ficou todo arrufado e não se apressou em tomar o lugar. E sou eu a inconstante!...

— Perdão, D. Adélia! — murmurou Lúcio.

A moça voltou o rosto para esconder uma lágrima que desfiava pela face; mas a tempo de permitir que o namorado a visse brilhar.

Lúcio ajoelhou; e balbuciando palavras sôfregas apertava aos lábios a mãozinha covinhada que Adélia esquecera entre as pregas do vestido.

Entretanto Alice, que se aproximara descuidosamente do caramanchão, sem lembrar-se de Adélia, descobriu o grupo dos dois moços e parou corando. Nesse momento Mário passava; a menina chamou-o com um aceno.

Mário chegou justamente na ocasião em que Lúcio cingindo o talhe esbelto de Adélia pousava-lhe na face um beijo tímido.

Alice e seu companheiro trocaram um sorriso, e enrubesceram ambos. Mário movido por uma intuição admirável do que se passava n'alma daquela menina casta e inocente, segurou o louro anel de cabelos que se enroscava pela espádua de sua companheira, e roçou nos lábios as pontas da fina meada de seda e ouro.

Havia sem dúvida naquele gesto uma expressão de pureza e respeito; porque longe de perturbar Alice, ao contrário derramou em seu ânimo uma serenidade angélica.

Os dois companheiros se afastaram discretamente do caramanchão. Momentos depois a voz de Alice chamou Adélia e ambas chegaram a casa justamente quando tocava a sineta para a merenda.

O vigário, vendo-as chegar, teve ímpetos de excomungar o seu acólito pelo pecado da gula, pois foram as cascas de noz a causa de fugir-lhe a inspiração e perder-se o consoante. Mas o nosso poeta metera-se em brios, e estava resolvido a não descansar enquanto não desse conta da mão.

Não merendou; jantou parcamente para não embotar a memória, e lá por volta de Ave-Maria conseguia afinal arranjar alguma coisa apresentável, que ele decorou em tom declamatório, preparado para fazer o improviso em regra quando as moças entrassem na sala do baile.

Já a claridade das luzes inundava as salas apinhadas de convidados, e o vigário afinava a garganta, quando as duas amigas apareceram deslumbrantes de formosura e mocidade. Mas... Que decepção para o nosso vate! O vestido de Alice era azul celeste; o de Adélia cor de ouro.

Como encaixar o madrigal do cravo e do alecrim?

Nesse momento, nem de propósito o nome do Sr. Domingos Pais soava nos quatro cantos da sala. Aqui se reclamava o compadre para dançar com uma gorducha donzelona; lá para servir de *vis-à-vis*; além para parceiro do solo; e do outro lado para tirar dúvidas acerca de um fato sucedido na vila.

O vigário meteu-se num canto; e desde esta noite começou a ruminar a ideia de bandear-se para a oposição a fim de derrocar a influência do barão, protetor do Domingos Pais.

Entretanto ao som da banda de música da fazenda e dos risos folgazões, os pares pulavam na sala entremeando o ril e o miudinho às monótonas quadrilhas francesas. Duas pessoas sobretudo apreciavam essa variedade das danças: eram Adélia e Lúcio, a quem as mães haviam proibido dançar juntos mais de uma quadrilha.

Às dez horas da noite suspendeu-se a dança, enquanto o barão e a família acompanhados pelos convivas iam dar cumprimento a uma usança, estabelecida desde tempos remotos na fazenda do *Boqueirão*, e adotada em outras com alguma diferença.

Na noite do Natal os pretos da roça tinham licença para fazer também seu folguedo, e os senhores estavam no costume de por essa ocasião honrar os escravos, assistindo à abertura da festa que principiava pelo infalível batuque.

No meio de archotes e precedido pela banda de música, seguiu o rancho para a senzala, onde repercutia o som do jongo e os adufos do pandeiro. O barão ia adiante com a baronesa, e conversava com a filha, que às vezes enfiava-lhe o braço direito, dando o esquerdo a Mário.

Aproveitando-se da confusão, o conselheiro se deixara ficar atrás com D. Alina, que lhe disse algumas palavras entrecortadas de reticências e banalidades trazidas pelo receio de que a escutassem.

— Já reparou na Alice?... É preciso que o barão ponha cobro a isso; ele faz todas as vontades à filha; e quando menos pensar, está a menina casada com o Mário.

— Acredita nisso, D. Alina?

— Pelo jeito que vão tomando as coisas...

— Não tenha receio.

— Em todo caso a gente não se deve descuidar.

— O senhor é meu advogado...

— Sem dúvida!

— Que prazer não teria eu se no mesmo dia se fizessem aqui dois casamentos, o de meu Lúcio com a Alice, e o de sua Adélia com o Frederico! Mas se por infelicidade um desmanchar-se...

— Entendo D. Alina! — disse o conselheiro com um sorriso.

Tinham chegado ao quadrado cuja frente iluminada esclarecia o terreno. A um lado por baixo de um toldo vermelho estavam arrumadas as cadeiras trazidas da *casa-grande* para dar assento ao barão e seus convidados.

O geral dos escravos trajava suas roupas de festa; havia, porém, uma porção deles adornados com trajes de fantasia, uns à moda oriental e outros conforme os antigos usos europeus; mas tudo isso de uma maneira extravagante, misturando roupas de classes e até de povos diferentes. Assim não era raro ver-se um cavaleiro português de turbante, e um mouro com o chapéu de três bicos.

Depois da algazarra formidável com que foi saudada a chegada do senhor, começou o samba, mas sem o entusiasmo e frenesi que distingue essa dança africana e lhe dá uma semelhança do mal-de-são-guido; tal é a velocidade do remexido e redobre das contrações e trejeitos, que executam os pretos ao som do jongo.

A presença dos brancos impunha certo recato, do qual se pretendiam desforrar apenas se retirasse o senhor, e se desarrolhasse o garrafão escondido debaixo do balcão de ramos.

O conselheiro, que não perdia ocasião de angariar as simpatias dos fazendeiros de quem dependia a sua reeleição, fez um discurso a respeito do tráfico.

— Eu queria — disse ele concluindo — que os filantropos ingleses assistissem a este espetáculo, para terem o desmentido formal de suas declamações, e verem que o proletário de Londres não tem os cômodos e gozos do nosso escravo.

— É exato — disse Mário. — A miséria das classes pobres na Europa é tal, que em comparação com elas o escravo do Brasil deve considerar-se abastado. Mas isso não justifica o tráfico, o repulsivo mercado da carne humana.

— Utopias sentimentais!...

— Perdão; eu compreendo que nos primeiros tempos da colonização o tráfico fosse uma necessidade indeclinável. A sociedade humana não é uma república de Platão,[19] mas um ente movido pelos instintos e paixões dos homens de que se compõe. Eram precisos braços para explorar a riqueza da colônia; o europeu não resistia; o índio não se sujeitara; compraram o negro; mais tarde o tráfico tornou-se um luxo, e produziu um mal incalculável porque radicou no país a instituição da escravatura.

O conselheiro ouviu desdenhosamente ao mancebo; e longe de mostrar-se benévolo pelo jovem talento, ralava-se, vendo outrem lhe disputar a atenção que até então lhe pertencia exclusivamente. Pensando no que lhe dissera D. Alina há poucos instantes, o nosso publicista considerou grave a situação.

— É muito capaz de apresentar-se candidato na próxima eleição! — murmurou consigo o Sr. Lopes.

Entretanto o barão retirava-se com os convidados no meio dos aplausos e saudações dos escravos que formando alas o acompanhavam até à *casa-grande*. Na passagem, as pretas mais idosas que tinham visto nascer Alice, e por isso usavam com a menina de certa familiaridade, dirigiam-lhe estas palavras:

— Agora sim, nhanhã está contente!
— É mesmo; nhô Mário já chegou!
— Festa grande não tarda!

---

[19] Referência à obra *A República* do filósofo ateniense Platão (427–347 a.C.).

— Batuque de três dias!
— Benza-os Deus!... Feitinhos um para o outro!
— É um anjo com um serafim!

Alice enrubescendo sorriu-se para Mário; mas vendo a expressão de contrariedade que ressumbrava em sua fisionomia, reprimiu os gracejos indiscretos levando o dedo à boca.

— Nem mais palavra, senão fico zangada!

O barão, que atendera ao incidente, voltou-se a meia voz para dizer à filha:

— Por que, Alice? Porque eles desejam que sejas feliz?

Duas pessoas empalideceram ouvindo essas palavras: Mário e D. Alina. Quanto a Alice, comovida e trêmula, estreitou-se ao flanco do pai e lhe murmurou baixinho:

— Que é isso agora, papai?

XI. A ROSA

Alice e suas amigas brincavam no jardim, umas folgando o jogo dos cantos, outras escolhendo flores para os ramalhetes que deviam ornar a capela e a ceia do ano-bom.

Era dia de São Silvestre; já tinha tocado uma hora da tarde no sino grande da fazenda.

Lúcio de esperto se encaixara no jogo dos cantos, onde as corridinhas, os sustos e os logros lhes ofereciam frequentes ocasiões de apertar a mão de Adélia, roçar-lhe a espádua, e cingir-lhe a mimosa cintura, sem que isso causasse o menor reparo. Semelhante confusão é o chiste do jogo.

Alice, tendo transformado o Sr. Domingos Pais em uma espécie de jarra ambulante, mergulhando-o em um formidável molho de flores que ele mal abraçara, deixou-o no meio do jardim, como um vaso de barro cozido, e chamou para servir-lhe de parelha ao Frederico. Foi um meio de desembaraçar a amiga da presença do moço, que naturalmente acanhava a ela e ao Lúcio.

As duas meninas traziam o mesmo traje do dia de Natal, com uma pequena modificação. Alice sobre o vestido de raminhos verdes deitara um cinto de flor de alecrim, e Adélia ornara o seu vestido escarlate com laços de fita verde.

A chegada de Mário transtornou completamente o bem combinado plano. Alice, contente por ver seu companheiro de infância, não se ocupou mais senão dele. Frederico, aproveitando-se da distração da moça, acumulou sobre o Domingos Pais a sua carga de flores, e voltou ao jogo, pelo que Lúcio retirou-se, agastado com Adélia por não fazer outro tanto.

Desde alguns dias, Mário andava arredio da família do barão e da sociedade reunida na *casa-grande*.

Pretextando o desejo de visitar os sítios que via outrora, na infância, e percorrer os arredores, pouca ou nenhuma parte tomara nos folguedos e divertimentos em que se passara o intermédio do Natal ao ano-bom.

Imagine-se, pois, qual devia ser o contentamento de Alice, vendo aparecer o moço no jardim. Correu a seu encontro desfeita em risos e tão alvoroçada de prazer, que não reparou na estranha fisionomia que tinha Mário naquele momento. Sob a máscara polida que a educação impõe ao homem da boa sociedade, via-se brilhar em seus olhos o lívido lampejo da tormenta e borbulhar em seus lábios a gota de fel.

— Já sei que vem me ajudar a fazer um ramalhete para esta noite! De que há de ser, de violetas ou de cravos brancos?

— O Sr. Frederico é mais próprio para essa tarefa. Não quero usurpar direitos alheios!

O tom, mais do que as palavras, feriu o coração de Alice, magoada pelo frio desdém com que Mário lhe respondia.

— Enfadou-se comigo!

— Enfadar-me por tão pouco... Não, senhora; era preciso que não tenha outras coisas e bem sérias para ocupar-me o espírito.

Ditas essas palavras, o moço afastou-se de Alice com uma cortesia delicada, mas glacial, e aproximou-se do lugar onde brincavam os quatro cantos. Recostado ao tronco de uma árvore, entreteve-se durante algum tempo em ver o folguedo, trocando algumas palavras com Adélia e Frederico.

A filha de D. Luísa a pouco e pouco tomou interesse na conversa do moço e deixando o jogo veio sentar-se no banco de relva próximo à árvore onde ele se apoiava. Mário, até então sóbrio na conversação e reservado no trato, revelou nesse dia a vivacidade de seu espírito e a distinção de suas maneiras. Contou impressões e curiosos incidentes de viagem com uma frase singela e amena, que a todos encantava.

Adélia, surpresa da preferência que lhe dava o engenheiro, mostrava-se em princípio acanhada, mas a pouco e pouco atraída pelo prazer da conversação, correspondeu às delicadas atenções do moço, pelo que Lúcio e Frederico se afastaram arrufados.

Entretanto Alice continuava maquinalmente na sua colheita de ramos, observando de parte a conversação animada dos dois moços. Ainda possuída pelo assombro que lhe causara os modos estranhos de Mário, a menina perdia-se em conjeturas sobre a razão dessa brusca mudança. Teria o moço levado a mal que ela chamasse o Frederico para segurar as flores junto de si?

Na esperança de apagar do espírito do moço aquela sombra de ressentimento, qual fosse a causa, a menina, fazendo uma volta pelos alegretes do jardim, aproximou-se, hesitando, do banco onde estava Adélia sentada.

A filha de D. Luísa, que fazia os últimos gastos da conversa animada que tivera com Mário, continuou sem interromper-se, ou porque não se apercebesse da presença da amiga, ou por não se recear de ser ouvida.

— Já vai? — perguntava ela com certa inflexão entre carinhosa e zombeteira, cheirando uma rosa que tirou do decote.

— Se me demorar mais tempo, pode haver alguma catástrofe, respondeu Mário sorrindo. — Felizmente não está admitido entre nós o uso do duelo, o grande recurso dos romancistas, senão podia gabar-se de ter neste quarto de hora arranjado uns dois pelo menos.

— Que pena! E fico eu sem esse triunfo?

— Não lhe faltarão outros mais esplêndidos.

— Nenhum vale este! — acudiu Adélia brincando com a flor e roçando as pétalas nas faces.

— Depois desta, vou-me decididamente embora.

— Pretende eclipsar-se de novo deixando-nos às escuras, como estes dias passados em que ninguém o viu a não ser no jantar e isso mesmo de relance! Onde andou todo esse tempo? Passeando... só?... — perguntou Adélia com o mesmo tom de maliciosa afabilidade.

Mário ficara pensativo.

— Passeando — repetiu ele quase maquinalmente.

— Tanto lhe aborrecem as nossas reuniões, que o senhor prefere ver os matos! Pela minha parte agradeço-lhe a fineza.

— Nem sempre, D. Adélia, é essa a causa de nos afastarmos.

Essas palavras foram ditas com uma entonação profunda.

— Qual é a outra? — inquiriu a moça reparando na expressão de Mário.

— Algumas vezes é ao contrário o terror de uma sedução funesta, que nos faria esquecer os mais santos deveres.

É preciso então fugir, abrigar-se no seio das florestas, no regaço das recordações da infância, nesse berço de nossa alma, onde a natureza a acalentou nos primeiros anos da vida. É preciso ver os sítios e os objetos que foram nossos camaradas de infância, com quem brincamos e que, amigos leais, guardaram puras e intactas as nossas confidências pueris, o segredo de nossas paixões de menino. Parece com o exilado quando volve à pátria, esse homem que remontando o curso da vida, se transporta aos dias da sua infância e...

Súbito Mário, que se deixara arrebatar pela expansão de um sentimento recalcado no íntimo, sofreou a palavra e tornou a si daquela emoção. Outra vez o toque do jovial galanteio se derramou pelo semblante do moço.

— Não procure, pois, outro motivo. Foi com medo da tentação que me escondi. E veja se não tinha razão! A que tempo estou para ir-me embora e sem ânimo de afastar-me?...

Adélia, tomada pela expressão grave que ressumbrava na fisionomia do mancebo, enquanto ele falava de sua infância, deixara inadvertidamente resvalar entre os dedos a rosa com que antes brincava. Despertada pelo novo gracejo, respondeu com um sorriso:

— Então sempre caiu na tentação?

— Como resistir, se estou preso por este condão? Veja!

E Mário mostrou na gola do fraque a rosa que ele havia rapidamente apanhado do chão aos pés da moça.

Um som indefinível, como de um soluço ou gemido sufocado, escapou-se dos lábios de Alice, envolto em um riso angustiado. A menina sentira trincar-lhe o coração o dente de um áspide, ao ouvir as últimas palavras de Mário; com a vista escura pela vertigem, foi obrigada a segurar-se ao ramo de um arbusto para não cair.

Antes que os outros se apercebessem de seu abalo, a menina, fazendo um esforço, recuperou, não a calma, porém a resignação.

— Fica, Adélia? — perguntou à amiga com um timbre doce, mas triste.

— Não; vamos todos.

— Com licença — disse Mário indo-se.

Alice vendo afastar-se Mário, sentiu um contentamento inexplicável, no meio da tristeza que se tinha derramado em sua alma. Lembrou-se de que, separando-se dela embora, o mancebo afastava-se de Adélia; e, portanto naquele momento ao menos não trocariam os olhares e os sorrisos que ela observara.

XII. Ressurreição

Era impossível a Alice atinar com a causa da súbita mudança de Mário.

O próprio mancebo, se o interrogassem, talvez não conseguisse explicar a revolução profunda que durante os últimos dias se tinha operado em seu moral.

Apartando-se na idade de quinze anos da fazenda do *Boqueirão*, era natural que a impressão dos lugares onde passara a infância fosse a pouco e pouco diminuindo em seu espírito adolescente; e com essa impressão, as recordações das travessuras e despeitos de sua meninice.

O que a ausência começara, completou a curiosidade sôfrega de uma inteligência vivaz, transportada repentinamente da solidão de uma fazenda ao bulício de uma grande cidade, como o Rio de Janeiro. O aspecto dessa aglomeração de casas e povo; o tumulto incessante das ruas; a exuberância febril da vida a pulular em toda a parte, pelos mil poros da grande praça mercantil, aturdiu o menino, por modo que durante muitos meses seu espírito sentiu um como azoamento.

Mas se ia habituando ao constante burburinho que o cercava e fervia dentro do próprio colégio frequentado por cerca de trezentos alunos, quando ocorreu o falecimento de D. Francisca, vítima da moléstia de peito de que padecia desde anos.

Apesar de seu gênio seco e ríspido, Mário amava extremosamente sua mãe. Sem estrépito, nem manifestações ruidosas, curtiu a dor da perda que sofrera. Talvez não o vissem lamentar-se ou soluçar no dia da notícia; porém muito tempo depois, ainda o menino de vez em quando sentia os olhos molharem-se de repente, e um suspiro cortar-lhe a voz.

A morte de D. Francisca determinou uma resolução, que veio a influir na existência de Mário.

Tendo-se incumbido do futuro do menino, o barão lembrou-se de mandá-lo à Europa, a fim de concluir seus estudos em um colégio francês. Porventura esperava ele que a residência por muitos anos em um país estrangeiro, e a influência de ideias e costumes diversos, gastariam no caráter de Mário certas asperezas, e apagariam no seu espírito vagas suspeitas que lhe tinham imbuído em tenros anos.

Passando da capital do império à capital do mundo, teve o menino segundo e talvez maior aturdimento. A grande cidade, hoje manietada pelo inimigo e prestes a baquear, estava então na intensidade de seu fulgor. Nenhum estrangeiro penetrava nesse grande foco da civilização, que não sofresse um deslumbramento.

Mário, adolescente ainda, tolhido não só pelo natural acanhamento da idade, como pela vigilância dos correspondentes, não podia conhecer as delícias dessa voluptuosa Babilônia, cuja devassidão a cólera celeste se preparava a punir, suscitando o velho espírito germânico do pó daquela terra, donde saíram outrora os demolidores de Roma.

Todavia a eletricidade moral dessa atmosfera comunicava-se à alma do menino e produzia nela choques e repercussões íntimas que brandiam as fibras mais recônditas de seu organismo. Ele não via, mas pressentia, que em torno de si agitava-se o tropel de uma civilização chegada ao apogeu.

Sucedeu o que esperava o barão. Um espírito jovem, ao despontar da juventude, não podia resistir a abalos, capazes de subverter uma alma já adulta e um caráter formado. Desprendendo-se da primeira quadra de sua infância, talvez a sopitando apenas, o menino foi-se moldando pelo exemplo da nova sociedade em cujo seio vivia, e pelo influxo dos conhecimentos que rapidamente adquirira, porque sua inteligência, como a semente cheia de seiva, caindo na leiva da civilização, começara logo a pulular com viço admirável.

Mais tarde, já passados os dezoito anos, depois que a vida do homem transpõe esse breve limbo que separa a mocidade da adolescência, quando o homem apenas surgido das ilusões, atônito de si mesmo, coteja-se com o menino que era ontem, e a criança que foi outrora; nesses momentos de auscultação d'alma, as reminiscências dos primeiros anos refluíam de chofre ao coração de Mário, e submergia por instantes as impressões da vida parisiense e as preocupações do moço estudante.

Essas evocações de um passado que parecia extinto vinham involuntariamente e muitas vezes por um singular contraste em ocasiões que pareciam mais próprias para impedi-las. Em uma festa; nos teatros e passeios mais frequentados; no meio dos ledos ruídos da multidão em júbilo; o pensamento isolava-se-lhe irresistivelmente desse mundo repleto de comoções e prazeres, para ir em demanda daquele canto obscuro, que fora o ninho de sua alma implume.

Despertando afinal, Mário sentia sempre, como dissera a Alice, um desgosto profundo. Aquela introversão vascolejava-lhe o fel dentro d'alma. O mancebo de ânimo generoso e delicado revoltava-se contra o gênio irritável e rústico do menino que tinha sido. Muitas vezes corou de vergonha recordando alguma pirraça mais censurável de seus primeiros anos.

Tinha ele o direito, por simples e vagas suspeitas, de odiar o barão a quem devia a subsistência de sua mãe e sua? Não era indigno dele que aproveitava do benefício, em vez de se enobrecer pela gratidão, ao contrário se rebaixar por um despeito insultante? Fora justo, além disso, estender a culpa, se culpa houvesse, a toda a família desse homem, e até a uma inocente menina, a um anjo que o estremecia, como a irmão, e a quem ele próprio Mário, apesar de sua arrogância, queria bem?

O estigma que o mancebo infligia à sua infância era nimiamente severo, mas ele achava-o justo. O que o dominara naqueles primeiros tempos não fora o respeito e o amor à memória paterna, mas inveja de ver possuída por outrem uma riqueza que ele acreditava pertencer à sua família.

Entretanto não se deixava o passado condenar sem reagir com energia. Uma voz íntima, submissa, vaga, mas incessante como o estalido da filtração que mina gota a gota do coração do rochedo, voz de mofa, importuna e irônica, murmurava-lhe:

— Chamas inveja a repugnância que a virtude experimenta pelo crime; grosseria, às repulsas da dignidade ultrajada; loucura, às angústias e tribulações de uma criança, forçada pelo desamparo a aceitar a subsistência da mão que talvez assassinou-lhe o pai, e a receber como esmola humilhante as migalhas de uma riqueza que talvez lhe foi roubada? Não há dúvida! O Sr. Mário Figueira civilizou-se! Adquiriu essa admirável ciência que ensina a ir com o mundo; a aceitá-lo como ele é realmente, e não como o sonham os moralistas. O barão, alma de têmpera antiga, tipo raro da amizade, lembrado dos benefícios que devia a José Figueira, se desvela em proteger o filho de seu amigo. É essa a realidade da situação. Por que, pois, o Sr. Mário Figueira não há de afagar um tão nobre e generoso patrono, e tirar dele todo o proveito possível enquanto não aparece coisa melhor? Se no futuro se descobrir que o barão espoliou, com efeito, a seu amigo, melhor, porque restituirá o que roubou; se nada se descobrir, ao menos não se perdeu tudo!

Debalde porfiava Mário por sufocar essa voz sardônica, ou com as lucubrações do estudo ou com o torvelinho do baile; o latejo da consciência batia dia e noite a todo o instante como a pulsação de uma artéria. Só depois de algum tempo, quando se aplacava o tédio deixado pelas recordações da infância, calava-se o eco do passado.

Semelhantes crises com o correr do tempo se tornaram mais raras, e no último ano da estada do mancebo em Paris não se reproduziram; ou porque o tempo gastasse aquela corda d'alma, ou porque as preocupações de estudos mais graves e da próxima volta à pátria lhe tomassem todo espírito por forma que não deixava presa para outros cuidados.

Tendo obtido o bacharelado em engenharia, como três anos antes o obtivera em letras, Mário regressou afinal ao Brasil depois de uma ausência de cerca de sete anos.

O alvoroço de rever a pátria, que, aliás, era uma desconhecida para quem a deixara menino e vindo de uma fazenda do interior; o atrativo das festas do Natal em que ele, quase estrangeiro, farto dos bailes e divertimentos parisienses, achava o encanto da novidade e um perfume ingênuo e agreste que lhe penetrava os seios d'alma; o acolhimento da família que o recebeu como a um filho, e mais que tudo a afetuosa ternura de Alice, tratando-o com a meiguice respeitosa de uma irmã pelo irmão mais velho; essas doces emoções absorveram tanto a existência do moço nos primeiros dias, que seria impossível às recordações surdirem do jazigo do coração onde estavam acamadas desde tanto tempo.

Mas de repente começou Mário a sentir as vibrações do passado; e era a voz carinhosa de Alice, que sem o saber feriu n'alma de seu camarada de infância aquelas teclas dolorosas. A ingênua menina obedecia à necessidade de expansão irresistível depois de tão longa ausência. Todas as saudades que durante sete anos ela tinha escondido em seu coração de menina, agora desfraldavam as asas e borboleteavam em sua imaginação, afagadas pelo doce alumbre da esperança.

Mal sabia ela que essas recordações, se eram em seus meigos sonhos silfos de asas douradas, se transformavam para Mário em vespas que lhe pungiam os seios da alma. Por diversas vezes o mancebo sofreu aquele íntimo remordimento e conseguiu abafá-lo, até que a insistência de Alice no pomar arrancou-lhe, mau grado, a revelação da luta que desde muito se travara nele, entre o presente e o passado, entre o homem e a criança.

A gazil afabilidade de Alice e sua gentileza tinham já serenado o espírito de Mário, quando, por ocasião do batuque dos pretos, um incidente veio exacerbar todas as nobres suscetibilidades dessa alma. Foram as alusões feitas pelas negras velhas ao casamento de Alice com ele, fato que elas tinham como certo e próximo. Foi a tolerância com que a família, desde seu chefe, deixou passar aquela indiscreta liberdade. Mas, sobretudo, impressionaram ao moço as palavras que o barão deixara escapar nessa ocasião.

Afigurou-se a Mário que seu casamento com Alice era um projeto já resolvido pela família e divulgado entre os estranhos, ignorado unicamente por ele, de cujo destino dispunham sem darem-se ao trabalho, não só de consultá-lo, mas até de preveni-lo. Contavam com seu consentimento, como coisa infalível. Um moço pobre, educado por caridade, sem arrimo nem futuro, podia nunca recusar o mais rico dote daquele município quando lho ofereciam de mão beijada e com uma noiva tão bonita?

Essa suposição, aliás, em boa parte inexata, trabalhou o espírito do mancebo durante o resto da noite. Por mais que fizesse para corresponder às efusões de Alice, partilhando seu contentamento, embora se atirasse à dança com o sentido de atordoar-se, não lhe saíam da mente aquelas repugnâncias que aí se tinham insinuado.

No dia seguinte, Mário ergueu-se ao romper d'alva. A noite fora para ele de insônia; passara-a revolvendo o corpo no leito e o pensamento nas cinzas do passado. Devorava-lhe o seio uma sede imensa de luz, de espaço, de movimento.

Desceu ao jardim; sem intenção formada, levado por um forte impulso, fez uma longa excursão pelos matos e campos, visitando os sítios de que tinha guardado a lembrança, reconhecendo outros que havia de todo esquecido, notando as mudanças operadas durante a ausência nos objetos seus conhecidos. Aqui era um tronco morto que o fogo abrasara; ali um arbusto que se fizera árvore.

Deu-se então um fenômeno mais comum do que se pensa, uma espécie de ressurreição moral. Quantas vezes a índole natural do indivíduo, sopitada pela educação, tolhida pelas circunstâncias, não ressurge mais tarde com extrema veemência?

Ao contato daquelas divisas, no fundo desses campestres, Mário sentiu que outro ser, diferente, crescia dentro do seu, insinuava-se pelos refolhos d'alma e tomava posse dele; e esse ser não era senão o do órfão que outrora ali vivera.

A alma desse menino ficara em hibernação no seio daqueles ermos; e despertando agora depois de longos anos de entorpecimento, voltava a animar o corpo onde outrora habitara. Mário a bebia a tragos no ambiente que inspirava, na fragrância das flores, nos estos da brisa, nos borbotões da luz que jorrava no espaço.

O dia inteiro, o mancebo passou-o no campo; almoçou frutas do mato como tantas vezes fizera outrora; e em vez de jantar merendou na cabana de Benedito.

Quem nessa noite se recolheu à *casa-grande* não foi o jovem doutor chegado ultimamente da Europa, mas o órfão de outrora com todas as suas paixões.

XIII. O PATO

Estavam todos reunidos à espera do jantar, quando entraram Alice e Adélia.

O vigário, que da janela espreitava nessa ocasião solene, promoveu dois passos até o meio da sala; colocando-se em frente da porta onde assomavam as duas moças, aí as fez parar com um gesto amplo, e bateu palmas para concitar o silêncio e a atenção geral.

Afinada a garganta e preparada a posição pindárica, o vate fluminense, erguendo a mão rechonchuda, com o polegar e o índice apertados, foi desfiando o seu verso:

> *Entre as florinhas mimosas*
> *Que brilham neste jardim,*
> *São tidas por mais formosas*
> *Este cravo, este alecrim.*

— Bravo! bravo! gritaram de todos os lados.

O Sr. Domingos Pais, que tinha preparado essa ovação para entrar nas boas graças do vigário, fez um barulho infernal, pois tanto batia palmas com as mãos, como pateava com os pés, e por fim, não contente com o estrépito que produzia, tocava piano por um modo original. Sentava-se no teclado e erguia-se à semelhança de um deputado neutro, que desejando estar bem com o deus-governo e com o diabo-oposição, procura resolver com as ancas o que não comporta a cachola: o difícil problema de votar por um e outro, a contento de ambas as partes.

Ao toque da sineta, que o Martinho tangia com verdadeiro brio, o rumor não se aplacou, mas rolando como o ribombo de uma salva, foi perder-se na sala de jantar, onde os convidados já começavam a rodear uma longa mesa de cinquenta talheres carregada das iguarias mais finas da cozinha brasileira.

O vigário, enfunado como um peru de roda, foi-se repimpando na cadeira de honra à esquerda da baronesa, que tinha à sua direita o conselheiro, eclipsado nesse dia pelo triunfo poético do nosso reverendo. Mas o Cícero paraibano não se deixava abater com qualquer revés; e nesse momento mesmo ruminava o discurso de uma saúde com que procurava desbancar em prosa o verso rançoso do árcade vassourense.

O lugar habitual de Mário era entre Alice e Adélia. Como, porém, ele, a pretexto de passeio faltasse duas vezes nos últimos dias, o Lúcio e o Frederico, aproveitando-se daquela sinalefa, encartavam-se à maneira de vírgula.

Fazendo-se de desentendido o Frederico já se apoderava da cadeira reservada, quando Alice observou-lhe:

— Este lugar é de Mário.

— Ah! é verdade; como estava distraído! — acudiu o moço levantando-se.

— Mário!... — disse Alice com uma doce exprobração no olhar.

Mário já se tinha sentado à esquerda de Adélia:

— É uma ordem? — perguntou o moço gracejando.

Mas dentro do sorriso que envolvia sua fineza, sentiu Alice o dardo de uma ironia cruel.

Não respondeu.

— Então!... — disse o Frederico preparando-se para tornar a posse embargada.

— Perdão! — atalhou Alice. — Sr. Domingos Pais?

— Pronto! — exclamou o compadre com a pontualidade da disciplina militar.

A voz, porém, era surda porque rompia a custo entre a massa compacta a que já estava reduzida na boca do cometa, uma meia dúzia de azeitonas com duas colheres de farinha e a moela torrada de um frango. O compadre conhecia o valor do tempo, sobretudo na mesa, e por isso ia debicando nas próximas terrinas para dissipar uns agastamentos de estômago produzidos por flatos, que se exacerbavam com o vácuo.

— Faça o favor de sentar-se aqui para trinchar o pato! — disse Alice. — Esse lugar fica para o Sr. Frederico.

O pato a que se aludira estava bem distante; mas o Martinho a um aceno da nhanhã foi buscá-lo e o substituiu à torta colocada em frente do lugar primeiramente destinado para Mário. Depois, por uma evolução hábil, Alice aproveitando-se da confusão, passou Adélia para sua direita, e colocou o Sr. Domingos Pais à sua esquerda. Assim não ficava ela ao lado de Mário; mas também não o deixava junto de Adélia.

O compadre sentou-se, lançando um olhar fulminante ao pato frito, que trescalava diante dele no prato de travessa. Condenado a trinchar em todos os banquetes esse palmípede, o Sr. Domingos Pais suava pelo topete antes de acertar com as juntas da asa ou da coxa. Em sua opinião, mais adiantada que Buffon e Cuvier, o pato era um animal inteiriço, feito de um só osso.

Sucedia quase sempre algum desastre no trincho da ave; ou era o molho que se entornava pela toalha e salpicava o vestido de alguma senhora, ou eram copos e garrafas quebrados pelo safanão do garfo, ou finalmente alguma tremenda cotovelada no nariz do vizinho.

Provinha daí o rancor profundo que o Sr. Domingos Pais votava à raça dos patos. Ele não via um desses malditos palmípedes que não se possuísse de furor; e sem dúvida mataria o infeliz, se não o horrorizasse a só ideia de que seria talvez condenado ao suplício de trinchar o cadáver de sua vítima.

Não deixava, por isso, o Sr. Domingos Pais de enterrar-se no pato, quando achava ocasião; ao contrário, tinha um prazer indizível em devorar as carnes do inimigo e trincar-lhe as entranhas. O compadre começava sempre arrecadando como privilégio seu o coração, a moela e o fígado da ave, que o cozinheiro pregava na titela com um palito de rosetas, reunindo o útil ao agradável; bocado saboroso que era considerado pelo trinchante como uma espécie de propina do ofício.

Entretanto, os convivas, depois da primeira investida ao banquete, começavam a moderar o ardor e denodo. Até então, entre o tinir dos pratos, o trincar dos garfos e facas e o remoer dos dentes, não se ouvia mais do que a garrulice das moças e as breves exclamações com que os gastrônomos costumam adubar as iguarias. Agora, porém, a conversa já rolava ao redor da mesa, embora ainda lenta e mastigada de envolta com os últimos bocados.

O assunto geral em vários pontos da mesa era o elogio póstumo das viandas já saboreadas e os louvores antecipados das mais lindas peças da segunda coberta. O conselheiro fez um discurso enciclopédico a respeito de arte culinária, comparando entre si as maneiras de preparar os manjares usados pelas diversas nações; e no meio de um frouxo de erudição, que deixou embasbacados os roceiros, referiu diversos fatos históricos, e entre outros o de D. João VI, que durante a sua residência na corte no Rio de Janeiro gastava com a ucharia apenas a migalha de um conto de réis por dia.

Ouviu-se um suspiro abafado. Era o Sr. Domingos Pais, que lamentava não ter nascido vinte anos antes para ser compadre do mordomo-mor de um rei, que tão sabiamente compreendia este mundo.

O juiz municipal, sentado defronte de Mário, tinha travado conversação com ele; e saltando de um a outro assunto, dizia-lhe naquele momento:

— O doutor naturalmente volta para a corte?

— Não sei ainda — respondeu Mário.

— Com seu talento e seus conhecimentos não deve enterrar-se na roça. Seria estragar um belo futuro.

— Então à saúde do futuro! — exclamou o Sr. Domingos Pais erguendo a cabeça e virando o copo. — É aqui o da D. Adélia! Senhor vigário; ao belo futuro!

— Está muito saído! — acudiu Adélia corando. — Pode beber quantos copos quiser; não precisa de pretexto...

— Desculpe; eu cuidei... — balbuciou o compadre percebendo que fizera um trocadilho, ou antes um disparate.

— Qual futuro? — perguntou o vigário.

— O futuro passado! — disse Lúcio apontando para o compadre, saudado com uma gargalhada geral dos rapazes.

— Na corte — continuou o juiz, atando o fio ao diálogo — não lhe faltarão empregos, sobretudo agora que o nosso governo está tratando seriamente dos melhoramentos materiais.

— Os empregos são difíceis; e, além disso, não os pretendo.

— O Sr. Mário gosta mais da fazenda! — insinuou Adélia com um sorriso malicioso.

— Não é esta a razão, D. Adélia. Aqueles que já não têm família para lhes prender a alma a algum canto de terra vivem bem em qualquer parte que lhes determina o dever ou mesmo o interesse.

— Eu sou assim! — observou o Domingos Pais, aproveitando o intervalo da mudança do talher. — Passo tão bem aqui na fazenda, como na vila em casa do compadre barão!

Alice receou que as interrupções do compadre lhe impedissem de ouvir as palavras de Mário.

— Faça favor de trinchar o pato, Sr. Domingos Pais — disse ela.

— Ah! é verdade. Mas falta o trinchante.

— O senhor naturalmente sem querer o escondeu embaixo da toalha! — disse Adélia.

— Ora, que distração!

O compadre, empunhando a faca e o garfo, de cenho torvo e gesto fero, ergueu-se nas pontas dos pés, e traspassou de lado a lado o ventre recheado do gordo pato.

— Então — dizia o juiz admirado; não se pertence? Está gracejando!...

— Sua dúvida é que me parece um gracejo. Pois há neste lugar quem ignore isso? Um homem que desde o berço viveu e educou-se à custa de outro, representa um capital alheio; é o título e a garantia de uma dívida.

— Não diga isso, Mário! — atalhou Alice ressentida.

— Se é a verdade! O dono do papel em que se escreveu, pode julgar-se autor do livro? Que somos nós ao nascer, que era eu principalmente, eu, pobre órfão, senão uma página em branco? Algum valor que porventura eu tenha hoje, e que não teria se me abandonassem, pertence a quem me deu os meios de o adquirir.

— Mas ninguém decerto aqui pretende esse direito, Mário! — exclamou Alice. — Posso assegurar-lhe que todos, ao contrário, o respeitam.

— Não impede essa generosidade que eu cumpra meu dever. Considero-me preso a esta casa e à vontade de seu dono, pelo vínculo de uma dívida. Não poderia retirar-me daqui por meu alvitre sem espoliar a outrem de sua propriedade.

O moço fitou o olhar em Alice e continuou articulando friamente as palavras:

— O que me pertence, unicamente, exclusivamente, o que não contraiu compromisso algum, e está livre ainda como Deus a criou, é aquela parte do nosso ser, que não se submete nem à própria razão; é a alma com suas afeições. Esta, sim, posso enviá-la onde me aprouver, embora o corpo permaneça aqui ou além.

Para todas as pessoas que o ouviam, as palavras do mancebo não eram mais do que um tema de conversação, aproveitado por ele para mostrar o seu modo elegante de falar. Mas para Alice essas palavras tinham um sentido bem claro; e não foi debalde que seu delicado seio sublevou-se, e as lágrimas lhe aljofraram os longos cílios.

Levou a menina rapidamente as mãos ao rosto para esconder as lágrimas e ao mesmo tempo sufocar o soluço.

Sem dúvida esse movimento seria reparado, ao menos pelas pessoas mais próximas, se não interviesse bruscamente um dos lances habituais da cena do trinchamento do palmípede. Dessa vez o Sr. Domingos Pais, resolvido a espatifar o inimigo do primeiro assalto, mudou de tática, tendo cravado o garfo no peito da ave, fez com a faca ponto de apoio na asa e começou a torcer desesperadamente o corpo do pato, com esperança de esmocar a junta.

Sucedeu que, em um dos ímpetos, a asa escapou da faca e a mão esquerda resvalando no ar com impulso, atirou o cadáver do pato à cabeça do conselheiro. O subdelegado, com a resolução pronta que pedia o caso, levantou-se, e com um guardanapo fez desaparecer os efeitos da catástrofe limpando das trunfas do orador o molho e as rodas de cebolas que tinham acompanhado o pato. Tão rápido foi o movimento, que o conselheiro não pôde impedi-lo, e quando levou as mãos à cabeça, só achou o crânio liso, pois o chinó lá ia para a cozinha no guardanapo, que o Martinho levava a correr, pensando que tinha dentro o pato.

Felizmente um primo do barão, que se considerava a língua de prata do lugar, tinha-se levantado na outra ponta da mesa para propor a saúde de seu nobre parente; e na forma do costume desfiava imperturbável a própria biografia, como exórdio obrigado da apologia do chefe e protetor de toda a parentela.

Foi um excelente pretexto para que os circunstantes fingissem não perceber o desastre do conselheiro e sua retirada, ou, antes, evasão.

XIV. Sombras

A esquivança de Mário por Alice e a sua assiduidade com Adélia continuaram.

A menina sofria com isso; mas não era o ciúme que a afligia. Passada a primeira impressão ela compreendeu que da parte de Mário não havia afeição, nem mesmo capricho.

Na calma um tanto inflexível de que se revestia o semblante do mancebo quando conversava com Adélia, percebia-se o esforço da vontade e não o impulso de um sentimento.

Alice acreditava que o procedimento de Mário era calculado para a desenganar. As ilusões que deixara em seu coração a intimidade dos primeiros dias, o mancebo queria desvanecê-las logo de todo, a fim de que nenhuma esperança viesse ateá-las de novo.

Não se enganava ela nessas conjeturas; porém seu olhar não podia perscrutar todos os refolhos d'alma do amigo de infância. Havia, além daqueles motivos, um, contra o qual a própria consciência do mancebo se revoltava. Ele sentia um prazer cruel fazendo sofrer essa gentil menina.

Não era ela a fibra mais sensível d'alma do barão, o único ponto do coração em que ele podia ferir a esse homem rico, feliz e estimado?

Algumas vezes tão mesquinha vingança revelava-se ao espírito lúcido do mancebo em toda sua odiosa nudez; e então ele indignava-se contra si mesmo. Mas um pensamento vinha atenuar a vergonha que essa revelação lhe inspirava. Também ele sofria, e mais do que ela; porque sofria por ambos.

— Eu não a amo decerto — dizia ele consigo —, mas sinto que a amaria, se não fosse esta horrível suspeita!...

Entre aquelas duas almas jovens, ricas e generosas, que o amor atraía e a fatalidade separava, não era decerto a de Alice a mais provada pela desgraça. Ver murchar a esperança que nosso coração afagou desde a infância é triste sem dúvida, mas não se compara com os transes da subversão que dilacera uma alma, como o terremoto revolve o solo.

Quando Mário se lembrava dos muitos benefícios que devia ao barão, tinha assomos de desespero; parecia-lhe que, aceitando aquela generosidade, ele se tornara cúmplice do crime de que fora vítima seu pai. Que não daria, então, para repelir de si quanto recebera daquele homem? Ficaria reduzido a um labrego sem educação; e vingar-se-ia como costuma gente dessa condição, com um tiro ou uma facada.

Mas não era essa a única nem a maior humilhação. As palavras que na noite de ano-bom o barão dirigira a Alice, constantemente soavam a seus ouvidos. Não fora a ele, Mário, que o fazendeiro se tinha esmerado em educar, e sim ao noivo de sua filha. Esse casamento ia ser uma expiação; e podia ele sujeitar-se a servir de pretexto ao delinquente para aplacar-lhe o remorso de um crime?

Se, porém, não fosse verdadeira a terrível suspeita que se infiltrava em seu espírito desde a infância, devia recusar a esse homem a única retribuição possível de sua generosidade? Com que direito esmagaria o coração de um pai extremoso e de uma inocente menina que o amava a ele?

Um dia Alice vendo-o pensativo na sala, revestiu-se de coragem e aproximou-se:

— Anda tão triste, Mário?

Essa doce voz entrou n'alma do mancebo como um bálsamo.

A linda menina esquecia-se de si, para ocupar-se dele unicamente:

— Não sou eu só, Alice! — disse o moço tomando-lhe a mão afetuosamente. — Vim perturbar a serenidade de sua alma e fanar as flores da existência que lhe corria tão feliz aqui neste retiro, no seio de sua família.

Duas vezes o mancebo passou a mão pela fronte, como se tentasse arrancar uma obsessão que lhe constringia o cérebro e murmurou:

— Fatal destino o meu! Trazer consigo o anátema de suas mais caras esperanças! Revoltar-se contra a felicidade que lhe sorri, como o anjo decaído contra a luz que o cingia! Ser o espírito do mal para aqueles a quem se ama!...

— Porém, Mário!...

— Não, Alice; esqueça o que ouviu!

E o moço afastou-se precipitadamente, com receio de ceder à emoção que dele se apoderava, e à maga influência do olhar terno e melancólico de Alice.

Havia momentos em que ele se considerava presa de uma cruel alucinação, e comparava o seu procedimento com a perversa malignidade de um louco, deleitando-se em afligir uma criatura inocente, cujo crime único era a muita afeição e desvelo que por ele tivesse! Nessas ocasiões, Mário fugia da menina; não só por certo pejo, como pelo temor de cair-lhe aos pés e pedir-lhe perdão.

Na manhã em que teve lugar o incidente referido, Mário pretextou um incômodo para ficar no seu aposento. Queria evitar por essa forma um segundo encontro, no qual ele bem sentia que lhe faltaria a coragem para resistir às queixas da menina.

Vendo Mário fugir dela, comovido e precipitado, Alice, tomada pela estranheza das palavras que ouvira, não cuidou logo em seguir o engenheiro para interrogá-lo; quando se lembrou de o fazer, já ele tinha entrado em seu quarto.

Aquela retirada súbita, a menina bem a pressentiu; era uma reticência que talvez a voz não pudesse guardar. O mancebo, temendo que sua palavra mau grado lhe rompesse dos lábios e revelasse o segredo que ele se esforçava por sufocar, apartara-se para não ser ouvido, nem mesmo pressentido. Sem dúvida ele receava-se até de sua fisionomia, que lhe traísse o mistério.

Mas esse mistério lhe pertencia a ela também, porque pesava fatalmente sobre sua existência e lhe arrebatava a felicidade tão sonhada. Ela se julgava com direito de penetrar na consciência de Mário; desvendar o arcano; e disputar a esse inimigo ignoto a afeição de seu companheiro de infância, do escolhido de seu coração.

Para isso não recuaria diante de qualquer perigo, e, contudo, parou indecisa ao limiar da porta, que não se animava a transpor. Se a morte guardasse aquela porta, não recuaria; mas era o pudor. A menina retrocedeu depois de longa hesitação, contrariada pela ideia de que mais tarde Mário, restabelecido da comoção, nada revelaria.

Nas horas que decorreram até o jantar, Alice inventou vários pretextos de arranjos domésticos para passar e repassar diante da porta de Mário. Uma vez parou trêmula, como se quisesse entrar, mas fugiu logo; outra, chamou o mancebo, mas com a voz tão soturna que ele não podia ouvir; finalmente animou-se a bater devagarinho, mas correu assustada do que fizera.

O jantar foi triste.

A ausência de Mário anuviou ainda mais o lindo semblante de Alice, que era a alegria daquelas reuniões de família. O barão desde muitos dias que andava preocupado, seu olhar ungido de profunda piedade e acendido no pranto derramado durante a insônia; seu olhar inquieto interrogava amiúde o semblante da filha querida; depois como se retraía ao íntimo, para derramar aí no seio d'alma a lágrima que a vergonha não lhe deixava cair das pálpebras, em face dos estranhos.

A baronesa, apesar de sua habitual impassibilidade, não se podia esquivar ao contágio da tristeza que a cercava. Não conhecendo embora as causas da mudança, parecia-lhe que uma desgraça ameaçava a família.

O conselheiro, depois da catástrofe do chinó, andava acabrunhado, e resolvera recolher-se imediatamente à corte, projeto que matou as esperanças de Adélia e de seus dois apaixonados, Lúcio e Frederico. Quanto a D. Luísa e D. Alina, contrariadas pelo jeito que iam tomando as coisas, e receosas de ver gorados os seus projetos matrimoniais, estavam de uma impertinência que o próprio Sr. Domingos Pais, o mais pachorrento de todos os compadres feitos e por fazer, não suportava.

É verdade que o homem também naquele dia tinha posto as candeias às avessas para ver se descobria lá por dentro algum expediente que o salvasse. Desde o dia do salto mortal do maldito pato, que o Sr. Domingos Pais não sabia onde se metesse; é desses casos em que um homem desejaria aplicar a si uma figura gramatical, e fazer uma elipse de sua pessoa, para não ser visto, ficando apenas subentendido no almoço, no jantar e na ceia. Todas as vezes que seus olhos caíam sobre o respeitável chinó, este lhe fazia o efeito da cabeça da Medusa: petrificava-o.

O compadre comia, e talvez mais do que de costume; porém isso mesmo era uma prova das tribulações por que havia passado. A tristeza produzia-lhe uma grande excitação nervosa.

— Senhor vigário — disse o compadre levantando a cabeça de repente: sabe V. Reverendíssima uma coisa?
— Saberei.
— Estou quase lhe pedindo para me benzer.
— Por que, homem?
— Não ando bem, não. V. Reverendíssima vê que tudo que eu faço, sai torto; aqui andam artes do maligno!

Foi interrompido pela voz do barão:
— Estão todos tão calados? Que é isso, meus senhores? Compadre Domingos Pais, vamos lá, uma saúde cantada!...

As palavras do barão, truncadas na pronúncia, saíam-lhe dos lábios por uma reação nervosa. Percebendo uma lágrima que despontava nos olhos de Alice, fizera um esforço para arrancar a filha às cismas dolorosas em que se absorvia, e sufocando a própria tristeza procurou despertar o rumor e a alegria nos convivas.

O Sr. Domingos Pais, apesar da sua hipocondria, encheu até às bordas de vinho do Porto um copo d'água, e começou com um denodo admirável:

Nossa carne-seca
Que vem do sertão,
Os paios, presuntos
Melhores não são!

Depois de repetir duas ou três vezes essa cantiga nacional que lhe ensinara um paulista, o compadre proclamou o brinde:
— À saúde do Sr. major Tavares e do Sr. comendador Matos, ilustres pais de seus filhos!...

Estrondosa gargalhada acolheu o brinde. O desejo do barão não podia ser mais bem satisfeito, ninguém se pôde conter; só o Sr. Domingos Pais ficou imperturbável no meio daquela hilaridade prolongada, procurando lembrar-se dos nomes dos filhos dos dois personagens.

Entretanto o major e o comendador, cada um de seu lado, riam-se para não parecerem que davam o cavaco; mas estavam furiosos porque entendiam lá de si para si que o brejeiro do compadre quisera por aquele meio alcunhar a um de *carne-seca* e ao outro de *paio*.

Os cochichos, os risinhos sumidos, os olhares trocados, puseram as orelhas dos dois personagens e de seus filhos a arder, de modo que o Sr. Domingos Pais levantou-se da mesa com quatro inimigos.

O compadre decidiu fazer-se exorcizar essa mesma noite; e caso o vigário não se prestasse à cerimônia, punha-se de molho na pia da capela.

XV. A CAIXINHA

Do jardim, onde passavam a tarde a família e seus hóspedes, Alice afastando-se com o pretexto de ver uma muda de flor, ganhou o fim da cerca.

Daí avistava-se por entre as árvores uma das janelas do quarto de Mário. Nesse momento o moço recostado, com os braços deitados no parapeito e a cabeça vergada, pareceria adormecido, se de vez em quando não erguesse o rosto para olhar o céu, onde cintilavam já as primeiras estrelas. Nessa ocasião notavam-se em sua fisionomia traços de angústia, que ele buscava dissipar com a contemplação do céu, essa fonte inexaurível da luz e orvalhos d'alma.

Alice dessa vez sentiu-se arrebatada por uma atração irresistível. Era forçoso que falasse a Mário; que lhe arrancasse o segredo daquela angústia; e o consolasse, embora tivesse para isso de renunciar a ele. Custar-lhe-ia a vida o sacrifício; mas sentia-se com a coragem de tentá-lo. Teriam-se forças para realizá-lo, só Deus o podia saber; ela receava que não.

Já tinha um pretexto para aproximar-se de Mário; desde o jantar que o achara. Correu à alcova; tirou uma caixinha, e chamando a Eufrosina para que a acompanhasse, dirigiu-se ao quarto do moço.

Mário, ouvindo a voz da menina que o chamava, correu à porta.

— É você, Alice?

— Está melhor, Mário? — perguntou a menina fitando um olhar ansioso no semblante do engenheiro.

— Ficou inquieta por meu respeito? Obrigado Alice. Não tenho mais nada, já passou.

— De todo?

— De todo — respondeu o moço compreendendo o pensamento da menina.

— Mas pode voltar!

Um triste sorriso fugiu pelos lábios do mancebo, cujos olhos se abaixaram para não verem o semblante inquieto da menina.

Estava aberta a dois passos a porta de uma saleta desocupada; era um terreno neutro onde ela podia entrar sem o vexame que a impedira de transpor o limiar do quarto de Mário, depois que o moço o habitava.

— Escute, Mário — disse a menina conduzindo-o para a saleta. — Desde sua chegada estou para restituir-lhe o depósito que me foi confiado, e faltava-me o ânimo. Hoje, não sei por quê, pareceu-me que não devia conservar por mais tempo este objeto em meu poder. Talvez seja um consolo!... Tome.

A mão trêmula de Alice apresentou a Mário uma caixinha que trouxera oculta sob o mantelete de seu vestido de cassa.

O mancebo em extremo comovido não viu o sinal de uma lágrima que umedecera a capa de marroquim verde. Ele tinha reconhecido logo uma espécie de estojo, onde sua mãe nos últimos anos costumava guardar seus objetos de maior valor; os poucos e mesquinhos que lhe permitia a pobreza.

Havia dentro da caixa um cordão de ouro com um coração de coralina, primeiro presente de José Figueira à noiva; umas argolas esmaltadas, o relógio que Alice dera a Mário havia sete anos; brincos e o colar de vidrilho preto; finalmente um anel de cabelos.

Foi este último que primeiro feriu os olhos do mancebo. Levando-o aos lábios e beijando-o com respeitosa ternura, Mário fitou um olhar repassado de gratidão no semblante de Alice, cuja mão adivinhara nessa delicada lembrança.

— Ela lhe queria muito bem, Mário — disse a menina com voz doce como um canto celeste. — E a mim também!...

Mário não disse palavra; mas seus olhos embebidos nos lábios da menina pareciam pedir-lhe que falasse, que lhe derramasse n'alma a suavidade angélica de suas palavras.

— Ela chamava-me sua filha; e beijava-me e abraçava-me para matar as saudades que tinha de você. Quando recebia cartas suas lia-as uma e muitas vezes para que eu as ouvisse; e por uma semana não se falava em outra coisa, até chegar outra carta, que era a única novidade da nossa solidão. Como ficava orgulhosa, quando vinha notícia dos progressos que você fazia nos estudos! Então achava um prazer extraordinário em descrever o que seu querido Mário havia de ser; e não se enganava!...

— Ela lhe chamava sua filha, Alice? — disse Mário repetindo como um eco as primeiras palavras da moça. — Pobre mãe!

E o moço fitou os olhos na penumbra do aposento, como se ali vira surgir a imagem daquela que nesse momento ele evocava do fundo do coração.

— Nos últimos tempos — continuou Alice trêmula e com a voz balba —, nos últimos tempos, Mário, quando ela pressentia que não havia de o ver mais neste mundo, quantas vezes não dizia abraçando-me: "Eu morreria feliz, e iria contente encontrar no céu meu marido, se tivesse à certeza de uma coisa". E como eu lhe perguntava...

— Acabe, Alice — instou Mário comovido pelo tremor que embargara a voz da menina.

— Ela me respondia: "É um segredo", e mo dizia baixinho ao ouvido. Coitada! Depois se arrependia tanto, vendo que me afligia essa ideia de que ela não havia de ver sua volta e nos abraçar a ambos como fazia antigamente. E tinha razão; o coração lhe adivinhava!

— Mas o segredo, Alice?... o segredo que ela dizia-lhe ao ouvido e que a faria morrer feliz!

Alice hesitou um momento; depois se tornou lívida como uma estátua de alabastro e sua voz pulsou como um arquejo:

— Era que você, Mário, me quisesse tanto bem como ela sabia que eu lhe...

A voz estalou como a corda de um instrumento, vibrada com demasiada força, e a menina apoiou-se para não cair na borda do consolo, de frente ao qual passava a cena.

— Boa mãe!... — exclamou o mancebo erguendo ao céu as mãos trançadas. — Como ela deve ser feliz então no seio de Deus!...

Alice voluntariamente reunira as mãos súplices no seio, sem compreender o sentimento que a levava a imitar o gesto do mancebo. Um eflúvio de bem-aventurança derramou-se por sua fisionomia, que lembrava naquele momento a face do anjo do amor banhada pelo olhar de Deus.

Quando ela e ele voltaram desse enlevo, seus olhos tímidos se encontraram um momento e fugiram; tinham-se queimado no rubor que abrasava o rosto de ambos. O amor, o verdadeiro e puro amor, é sempre assim, cheio de recato e pudor. O outro, o fagueiro Cupido da mitologia, que nasceu de Vênus, a deusa da beleza e da sedução, chama-se desejo.

Involuntariamente, Alice, procurando um disfarce para seu enleio, começou a examinar os objetos contidos na caixa. Mário acompanhou-lhe o movimento; e seus dedos tocaram-se muitas vezes. Sentiam nisso um encanto indefinível; parecia-lhe que a alma da terna mãe, despedida deste mundo, os envolvia a ambos, e unia suas mãos pelo vínculo daquelas relíquias.

Nesse brinquedo, Mário descobriu um papel dobrado, que parecia servir de calço ao cordão de ouro. As letras cercadas de uma orla amarela indicavam que o escrito era antigo, e apagado em alguns lugares por nódoas lívidas que talvez fossem traços de lágrimas.

O olhar de Mário fitando-se no papel desdobrado tornou-se fulvo. Cobria-lhe o rosto a máscara do escárnio que ele costumava trazer nos últimos tempos. Mas, dessa vez, o ódio borbulhava de seus lábios com o assomo da ira.

Transida com a rápida e incompreensível transformação, Alice lançou um olhar ansioso sobre o escrito que encerrava sem dúvida algum terrível mistério. Mas o mancebo, prevenindo seu movimento, fechara o papel na mão, e dirigia-se à porta.

— Mário! — exclamou a menina querendo impedir-lhe a saída.

— Deixe-me! — disse o mancebo com um timbre de voz surda. — Neste momento não me pertenço, mas àqueles que já não são deste mundo!

Alice, que não se animara a retê-lo, ouviu-lhe os passos precipitados que ressoavam pelo corredor. Quando o ruído cessou de todo no fim da escada, a menina levou a mão ao seio, que uma dor lancinante trespassava. Era um pressentimento de que dessa vez Mário separava-se dela para sempre. A fatalidade, essa fatalidade misteriosa de que falava o mancebo, acabava de romper o elo que os prendia a ambos; suas almas estavam decepadas uma da outra.

Desde esse dia, com efeito, Mário isolou-se ainda mais; as raras vezes que tomava parte nas reuniões da *casa-grande*, era para dar expansão ao sarcasmo e ostentar indiferença, frio desdém, pela filha do barão.

Parecia que ele achava esquisito prazer em provocar da parte da menina os sinais da afeição mais dedicada, para responder com as provas de um desprezo esmagador.

Felizmente para Alice, os hóspedes começaram a retirar-se. Restituída ao sossego da família, mas não à placidez de sua vida de outros tempos, a menina sentia-se mais forte contra a desventura e queria se habituar a ela; ver Mário, ou quando o não visse, tê-lo perto de si, era uma consolação.

Não escapavam ao barão as vicissitudes por que passara a alma da filha na última semana. Ele rastreava em seu rosto com ardente solicitude o traço das lágrimas que lhe fanava o brilho dos olhos azuis, e a palidez que a vigília deixava impressa nas faces tão frescas sempre e tão rosadas.

Talvez por isso o barão esperava com impaciência que os hóspedes se retirassem. Nos anos anteriores era ele quem instava para ficarem o mais tempo possível; naquela ocasião, porém, a companhia o incomodava; e cada dia de demora trazia-lhe uma contrariedade.

Imagine-se, pois, quanto devia impacientá-lo a chuva torrencial que durante dois dias caiu em toda aquela zona da Serra do Mar. A inundação do Paraíba que é sempre a consequência desses aluviões impediu a partida dos hóspedes.

Para distrair a sofreguidão, apenas estiou, saiu o barão a cavalo acompanhado do administrador, para ver os estragos da inundação. Eram como de costume árvores arrancadas, fossos obstruídos pelo enxurro, e regos profundos cavados pela torrente das águas.

Próximo à cabana do pai Benedito, o barão estremeceu, avistando de repente ao longe a sombria face do boqueirão.

— Que é isto? — perguntou com a voz trôpega e o rosto lívido.

— A enxurrada levou o muro. Era um poder d'água, como V. Exª não imagina!...

— D'água!... — murmurou o barão com um sorriso estranho.

— Agora há de ser preciso levantar outra vez o muro?

— Sim... sim... — respondeu com impaciência, fustigando o animal para afastar-se mais depressa.

XVI. O IMPOSSÍVEL

Um raio de esperança veio brilhar no coração de Alice. Eram dez horas da manhã. Com a fronte apoiada na quina interior do portal de uma janela, acompanhava com os olhos o vulto de Mário que atravessava o jardim. Seu lindo seio sublevou-se com o esto da mágoa que lhe enchia a alma; e lágrimas silenciosas orvalharam-lhe as faces.

A *casa-grande* estava enfim viúva de seus hóspedes; a festa despedindo-se deixara nela a prostração e cansaço de prazer. Havia um recolho íntimo n'alma dessa habitação, tão cheia sempre de bulício e movimento.

Mas, além do desmaio, natural depois de tanta exaltação, percebia-se nessa atmosfera doméstica a morna atonia, que prepara a tormenta. Entretanto nenhum dos habitantes da casa, se o interrogassem, poderia dizer o que sentia, pois de fato nada sentia ainda. O que lhes nublava o espírito era essa impressão fugitiva, espécie de reflexo de uma luz recôndita a refranger-se na consciência, mas de leve, tão sutil, como os fogos-fátuos que rajam as nuvens.

Em sua melancólica atenção não ouviu a menina os passos do pai que se aproximara. Um momento esteve o barão comovido a contemplar o belo semblante aljofrado pelo pranto.

— Como tu o amas, minha Alice! — murmurou ele enternecido, passando o braço pela cintura da filha para estreitá-la ao peito.

A menina soltou um pequeno grito de susto, que sufocou reconhecendo quem lhe falava; e escondeu envergonhada o rosto escarlate no seio do pai.

— E aquele ingrato não vê estas lágrimas! — continuou o barão com ternura. — Mas eu te prometo que muito breve, hoje mesmo, ele virá pedir-te perdão.

Erguendo rapidamente a cabeça, Alice fitou no pai um olhar de muda, mas ansiosa interrogação.

— Serás feliz, minha filha!

A menina agitou a cabeça em ar de dúvida.

— Não acreditas em teu pai?

— Como em Deus.

— Pois espera.

O Sr. Domingos Pais entrava nesse momento um tanto sarapantado conforme seu costume.

— Compadre — disse o barão —, faça-me o favor de dizer a Mário que eu preciso falar-lhe já, no meu gabinete.

— Estará no quarto?

— Vi-o há pouco no jardim.

O compadre saiu.

— Sabes para que o mandei chamar, Alice? — perguntou o barão sorrindo à filha.

— Não, papai! — respondeu ela palpitante.

— Pois adivinha!

Soltando essas últimas palavras embebidas no mesmo sorriso carinhoso, o barão depôs um beijo na face da filha, e foi encerrar-se em seu gabinete à espera de Mário.

Entretanto o mancebo, que atravessara o jardim poucos momentos antes, dirigia-se à mesa do pomar onde na semana passada conversara a sós com Alice. Quase ao mesmo tempo chegou D. Alina, que viera às ocultas e por diverso caminho.

A trêfega senhora andava desde a véspera em um alvoroço que apesar da sua astúcia lhe era impossível disfarçar. Com o nariz ao vento parecia farejar um perigo que a fazia estremecer e causava-lhe frenesis de raiva.

D. Alina suspeitava pelos modos do barão e por algumas palavras ambíguas da baronesa, que uma novidade estava iminente, e essa novidade não era outra senão o casamento de Alice com Mário, o que vinha aniquilar o projeto por ela tão afagado de alcançar a riqueza do barão para seu filho Lúcio, como uma compensação da herança de que ele fora esbulhado.

Pressentindo esse desfecho, a viúva se entendera com Lopes sobre os meios de conjurar o malogro de suas esperanças, predispondo o barão em favor de Lúcio. Confiava ela do conselheiro, que estimulado pelo interesse do casamento de Adélia com o Frederico se empenharia em ganhar a causa, que era de ambos, para o que dispunha o deputado de grande influência no ânimo do barão.

Mas o Sr. Domingos Pais, com seu desazo desmanchou o plano tão bem combinado. A cena grotesca do pato produziu no conselheiro um abalo terrível. O novo estadista sucumbiu ante as consequências incalculáveis que daquele incidente podiam resultar para a sua carreira. Viu seu futuro esmagado pelo ridículo, esse corrosivo moral, a que não resistem as mais sólidas reputações; e do qual nem o talento nem a virtude preservam os caracteres. O ministério parecia-lhe agora uma rocha inacessível; do próprio parlamento, quem sabe se não o expulsariam os sarcasmos dos candidatos rivais. Para qualquer horizonte que se voltasse, surgia-lhe em face de sua ambição, o demônio do escárnio e soltava uma gargalhada estridente, que o arrepiava até à medula.

Se vivesse atualmente, é natural que o acidente do pato, longe de desanimar o homem, ao contrário lhe enchesse a alma de abundâncias. O ridículo hoje em dia é um meio de subir; pois o ridículo habitua o homem à humilhação, e a humilhação forma o capitel dessa coluna de virtudes políticas que nas altas regiões se chama um estadista. Um ministro que não sabe afrontar o ridículo e desconjuntar-se como um manequim, descobre a coroa: é a regra do governo constitucional.

Mas o conselheiro estava em 1857, no tempo em que ainda se guardavam as aparências, e por isso não é para admirar que pensasse daquela forma. Acabrunhado ao peso do infortúnio, enervou-se-lhe a ambição; e a perspectiva de um casamento rico para a filha não teve força para arrancá-lo à atonia. Só nutria um desejo, retirar-se daquela sociedade e daquele sítio que foram testemunhas do desastre.

D. Alina, vendo-o partir, conheceu que só devia contar consigo, e ficou de espreita. Naquela manhã, entendeu que era chegado o momento de dar o golpe; e depois do almoço, passando por Mário no corredor, atirou-lhe rapidamente estas palavras:

— Quer saber o segredo de seu pai?

Mário voltou-se de chofre, mas ela afastava-se dizendo:
— Na mesa do pomar!
O mancebo, um instante irresoluto, dirigiu-se ao lugar indicado. Desde que achara o misterioso papel na caixinha de sua mãe, um só pensamento, uma ideia fixa o dominava. Ele daria tudo para obter a chave do enigma que tinha diante dos olhos, nas poucas palavras escritas do punho de seu pai, na véspera da catástrofe.

Com efeito, o papel apenas continha a seguinte nota:

Comendador Alves Ferreira .... 120:000$000
Major Mendonça .... 85:000$000
Luiz Vieira .... 79:000$000
Capitão Félix .... 66:000$000
_____
350:000$000

Nesse rascunho de um cálculo aritmético trazia Mário o seu espírito concentrado desde a tarde em que pela primeira vez o vira. Aquele pedaço de papel encerrava sem dúvida o segredo que ele debalde perscrutava desde a infância. Mas que significação tinham esses algarismos e os nomes colocados em face?

Grande devia ser, pois, a sofreguidão de Mário, quando ele compreendeu que ninguém melhor do que D. Alina podia revelar o mistério da inesperada pobreza de seu avô, e talvez da morte de seu pai. Desde menino, ele sentia uma invencível repugnância por essa mulher; com a razão essa repugnância transformou-se em desprezo; adivinhara que nesse corpo seco morava uma alma héctica e mirrada.

Superando um movimento de repulsão, Mário resolvera aproximar-se dessa mulher e ouvi-la, com o mesmo esforço do médico dedicado, que revolve a sânie de uma chaga para conhecer a natureza do mal e curá-lo.

Quando D. Alina chegava ao pomar, ouvia-se um sussurro de vozes, que talvez ainda estivessem longe, mas soavam perto. É um fenômeno que se observa comumente no campo, e sobretudo em terreno acidentado, onde o som adquire uma grande expansão e elasticidade.

Julgando distinguir entre o murmúrio seu nome, estremeceu a viúva com receio de que a surpreendessem. Não havia de perder tempo, se não queria perder também a ocasião:

— Jura que ninguém saberá?...
— O quê? — perguntou Mário.
— Que fui eu que lhe contei.
— Juro por Deus e pela memória de meu pai!

Nesse momento soou distintamente o nome de Mário, a pequena distância. D. Alina, suspensa ao ouvido do mancebo que reclinara a fronte, soltou com sofreguidão nervosa uma torrente de palavras, que lhe borbotava dos lábios, como o esguicho de um repuxo.

Uma só vez o mancebo descerrou o lábio frisado pelo desprezo, e foi para perguntar:

— Quem eram os primeiros credores?
— Alves Ferreira, o comendador major Mendonça, Luiz Vieira e o capitão Félix.

Eram os nomes escritos no papel. Mário curvou de novo a cabeça e continuou a ouvir. Mas D. Alina, que falando tinha o ouvido à escuta, fugiu de chofre, para não ser vista pelas pessoas cujas pisadas ouvira crepitar nas folhas.

Erguendo os olhos, Mário deu com o Sr. Domingos Pais acompanhado pelo Martinho. Alice apareceu também como quem vinha a passeio e circulou com os olhos o sítio; em seu rosto assomava uma vaga inquietação e desconfiança.

Da sala a moça descera ao jardim, talvez na esperança de encontrar Mário e vê-lo antes da conferência que ia ter com seu pai. Logo após chegou o Domingos Pais, que procurava o moço, guiado pelo Martinho.

— Da janela da cozinha — dizia o pajem — eu o vi passar para o pomar, e por sinal que sinhá D. Alina também foi para lá.

Essa coincidência causou reparo a Alice. Que ia D. Alina fazer no pomar? Pretendia encontrar-se com Mário? E para que fim? Eis os motivos da inquietação da moça.

— O Sr. barão o chama — disse o Domingos Pais.
— A mim? — perguntou Mário admirado. — Para quê?
— Deseja falar-lhe.

O mancebo fitou um olhar surpreso e interrogador em Alice, que sentiu uma nuvem de rubor ofuscar-lhe a vista. Pálida e trêmula, mal pôde suster-se em pé, amparando-se aos ramos da jaqueira.

Instantes depois Mário entrava no gabinete onde o barão o esperava com impaciência e, ao mesmo tempo, certa inquietação; se por um lado ansiava falar ao mancebo, por outro não se podia esquivar ao receio vago que lhe incutia a ideia dessa conversa.

— O Sr. barão deseja falar-me? — disse Mário.

A entrada do mancebo causara no fazendeiro uma perturbação, que ele, apesar do grande esforço, não pôde recalcar. Sua voz ainda ressentia-se desse abalo quando respondeu depois de uma pausa:

— Sim, Mário; sente-se.

Alguns momentos decorreram em um silêncio incômodo para o barão, e fatigante para Mário, que não se recobrara ainda da primeira surpresa. Afinal o fazendeiro falou, mas bastante comovido, e divagando a vista pelo vale, para evitar o encontro do olhar do mancebo:

— Quando seu pai e eu tínhamos sua idade, Mário, fazíamos nossos castelos, como todos os moços costumam. Uma vez, no meio daqueles sonhos do futuro, ele disse-me gracejando que pedia a Deus um filho para casar com a filha que eu devia ter, conforme seu desejo: "Assim, ficaremos ainda mais unidos", acrescentava ele.

O barão pronunciou essas palavras com um timbre vendado, como se temesse que alguém o estivesse escutando. Mário, em quem à surpresa sucedera um recolhimento profundo, ouvia com uma placidez fria e quase rígida.

— Mais tarde, quando sucedeu a desgraça que o privou de seu pai e a mim do único amigo, quase irmão, esse gracejo de nossa mocidade tornou-se um voto. Fiz à memória de Figueira a promessa de cumprir seu desejo, e no dia em que você, Mário, salvou Alice, eu selei aquela promessa com um juramento. Faz agora sete anos que eu espero com ansiedade o momento de realizar esse voto; tinha medo de morrer sem cumprir meu juramento. O momento chegou...

Pela primeira vez o barão pôs os olhos no semblante do mancebo:

— Alice o ama; ela é sua, Mário!

Ouvindo essas palavras, que ele pressentira antes de pronunciadas, um choque rápido percutiu o mancebo. Suas pálpebras cerradas ocultaram por um instante o abrasado olhar; nas faces subitamente incrustadas em uma lividez marmórea, ardia e se apagava uma nódoa rúbida, que mostrava o ímpeto do fluxo e refluxo do sangue no coração.

Ninguém imaginaria a luta violenta que se travou n'alma de Mário, sob a máscara de uma fisionomia embotada.

— Se Alice me ama, Sr. barão — disse o moço em tom austero —, é uma desgraça...

— Por quê? — atalhou o barão assustado. — O senhor não retribui essa afeição?

— Eu?... Também a amo, senhor; porém Deus é testemunha que esse amor puro e inocente não fui eu que o inspirei à sua filha. Ao contrário, tudo fiz para evitá-lo; e era minha intenção afastar-me desta casa, onde talvez não devera ter voltado, depois que dela saí.

— Não o compreendo. Se ambos se amam, o que se opõe à sua felicidade quando todos a desejam?

— O céu!... — murmurou Mário engolfando os olhos no éter azul.

O barão vergou a cabeça ao peito; e o moço, com a face apoiada no revés da mão direita, permaneceu na mesma posição com os olhos embebidos no firmamento. Afinal ele compreendeu o perigo da situação, e estremecido pelo desejo ardente de defender a ventura de sua filha querida, sacudiu o torpor.

O pai extremoso empregou todos os recursos para destruir no ânimo do mancebo os escrúpulos da pobreza orgulhosa que supunha ser o obstáculo sério ao projeto. Representou o casamento de Alice não como um favor ou benefício para Mário, mas ao contrário como um sacrifício que fazia à felicidade da inocente menina, e ao sossego dos pais. Invocou a amizade de José Figueira, como título para merecer do filho tão grande serviço, e ao mesmo tempo como testemunho da obrigação em que estava, ele, barão, de confundir em uma as duas famílias.

Foi eloquente e sublime; falava pelo coração e com o vocábulo das paixões nobres e generosas; com a abnegação, o amor paterno, a amizade; e talvez mais algum sentimento oculto, e igualmente poderoso.

Mário não o interrompera; mudo e imóvel escutara.

— Sr. barão, esse casamento é impossível.

— Por que, Mário?

— É impossível, Sr. barão; e eu lhe peço, não me pergunte por quê.

O olhar límpido de Mário trespassou a alma do barão, que se afastou pálido. O mancebo cortejou e saiu.

Momentos decorridos, Alice, entrando no gabinete, achou o barão de bruços com a cabeça vergada sobre os braços que tinha cruzados em cima da banca. Ao toque da mão da filha estremeceu. Custou a levantar a fronte e quando o fez, pareceu a Alice que tinha os olhos úmidos; mas ele se afastara ao erguer-se, de modo que não pôde a moça verificar o reparo.

— Mário é orgulhoso, minha filha, tem os prejuízos de certos moços pobres. Mostrou dificuldades; mas havemos de vencer os seus escrúpulos; fica sossegada. Até logo. Quero examinar umas contas.

Alice moveu a cabeça com ar de dúvida.

— Se Mário fosse muito rico e eu muito pobre, acredito que seria ele o primeiro a pedir. Como, pois, recusaria aquilo que esperava de mim, e que eu não hesitaria em fazer? Não; há outra razão, meu pai! — murmurou a menina com um acento profundo.

O barão estremeceu.

— Qual?... — disse ele pálido e balbuciante.

— Ah! Se eu soubesse! — exclamou ela levando a mão ao seio e erguendo ao céu os belos olhos. — Mas Deus há de permitir que eu penetre esse mistério!

O pai cingiu a cabeça da filha e estreitou-a ao coração. Esse movimento subtraiu aos olhos da menina a expressão pávida do semblante do barão, que se demudara por um modo assombroso.

Quando Alice deixou-o só, o infeliz, como se lhe faltasse de súbito o alento vital, caiu fulminado sobre o pavimento.

XVII. Para sempre

Oresto desse dia 14 de janeiro foi mais triste ainda.
Era o prefácio do aniversário da catástrofe do boqueirão e da morte do pai de Mário.

Ao retirar-se do gabinete do barão Alice procurou Mário, resolvida a arrancar-lhe a todo o transe o segredo que os separava. O que lhe inspirava essa força e coragem, não era somente seu amor; ela tinha a convicção de que defendia, além da sua, a felicidade dos dois entes que mais a queriam neste mundo, e que uma fatalidade separava.

Mário tinha saído; e só voltou a casa tarde da noite, quando todos já se tinham recolhido. Alice, porém, ouviu seus passos, quando ele entrava, e a certeza de o ter sob o mesmo teto a consolou em sua aflição.

Dormiu, porém, um sono agitado. O receio indefinível, que durante aquela tarde a inquietava, persistiu apesar do letargo; e a sobressaltava de momento a momento. Despertava então com a ideia fixa de que nunca mais veria Mário.

De uma vez, pareceu-lhe ouvir o rumor de portas que se abriam. O primeiro arrebol franjava as nuvens do horizonte, que ela entrevia pelos vidros da janela.

Ergueu-se tomada de um pressentimento; e oculta entre as cortinas, descobriu o vulto de Mário que saía de casa, levando na mão uma pequena mala de viagem. A alguns passos de distância, o mancebo parou para fitar na janela um breve, mas profundo olhar.

Curvando a cabeça ao jugo de uma resolução inabalável, afastou-se rapidamente na direção da capela. Ia ver o túmulo de sua mãe, antes de separar-se talvez para sempre desses lugares.

Sabia ele onde o levaria o seu destino? Partia; a direção pouca lhe importava; contanto que fosse longe, bem longe, para interpor entre si e aquela casa uma distância imensa, um mundo se fosse possível.

Sentado à beira do jazigo, ficou um instante absorvido nas reflexões que lhe acudiam de tropel, com a cabeça pendida ao peito e as mãos enlaçadas nos joelhos.

— Se não me tivesse deixado tão cedo, boa mãe, talvez que teu carinho me houvesse arrancado esta horrível suspeita. Quando menino, não soube amar-te. É hoje que te compreendo, e adivinho o que serias se ainda vivesses! Quem sabe se tuas lágrimas não teriam orvalhado essa avidez de minha alma! Quem sabe?

Emudeceu um instante, como esperando a resposta do túmulo, a quem interrogava.

— Mas não! Foste tu mesma, que me enviaste do seio da eternidade, como tua última lembrança, a prova do crime!...

O crepitar do folhedo sob um passo ligeiro fê-lo voltar-se. Era Alice que vinha para ele, sofregamente, com os cabelos ainda em tranças e o semblante demudado. Na mão trazia uma carta que tomara do Martinho, a quem Mário a confiara para mais tarde entregar ao barão.

— Que é isto, Mário? Você vai deixar-nos?

— Assim é preciso — respondeu o mancebo com o tom grave de uma resolução fatal.

— Mas por que, meu Deus?

— Depois do que houve, minha presença aqui seria um martírio para nós ambos; e um desgosto, se não fosse uma humilhação, para seu pai.

— Meu pai desejava esse casamento; era seu sonho. Mas desde que não lhe agrada, ninguém mais lhe falará nisso. Não me importa ficar solteira toda minha vida!

— Que tenho eu sido no seio de sua família e de sua existência, Alice? Um germe de contrariedades e desgostos. Quando criança, as lágrimas que derramou, fui eu que as arranquei; quando moça, foi a minha chegada que veio perturbar a alegria da sua feliz primavera. Minha alma é como um desses lagos sinistros, que envenenam com seus miasmas; desgraçado de quem os respira! Quando eu estiver longe, e me esquecerem de todo nesta casa, a calma e o sossego voltarão a ela. Há de ser feliz, Alice, e todos os seus!

— A felicidade que eu pedia a Deus, ele não me julgou digna de a possuir. Restava-me uma, era a de viver sempre junto daqueles a quem estimo. Esta você ainda podia dar-me; porém não quer.
— Não quero?... repetiu o moço meneando a cabeça. — Não posso!
— Que segredo é esse?
— Oh! não me interrogue! Eu lhe peço! Nada sei; não tenho segredos. O motivo que me prende só diz respeito a mim, e a ninguém mais. É uma fatalidade!
Um sorriso triste fugiu dos lábios de Alice.
— Sei qual é!
— Sabe! — exclamou Mário recuando. — Não; é impossível.
— Nada sente por mim... nem amizade. Eis a razão.
— Creia-me. Se eu não a amasse como amo, Alice, talvez tivesse aceitado sua mão; e quando a recusasse, não duvidaria ficar aqui.
Essas palavras foram proferidas com estranha e profunda entonação. Alice fitou no semblante do mancebo seus belos olhos azuis, para perscrutar o pensamento que não entendera.
— Não pode compreender essas palavras, nem procure jamais compreendê-las! Elas matam. Bem vê que não devo ficar aqui; meus lábios destilam veneno; um olhar meu pode assassiná-la.
Mário afastara-se rapidamente; a alguns passos voltou-se:
— Adeus, Alice, e para sempre! Esqueça-me!...
De joelhos junto ao túmulo, a que se amparava para não cair, a menina ergueu a custo a fronte:
— Se algum dia voltar, nos achará aqui, a ambas! — murmurou ela com resignação angélica.
Mário não pôde resistir. Suspendeu-a nos braços e cingindo-lhe o talhe, estreitou-a ao seio convulso.
Assim ficaram unidos e imóveis por algum tempo.
— Alice, acredite. Se há um meio de unir-nos algum dia, é essa ausência. Minha vida aqui é uma vertigem, uma alucinação; cada pensamento é um desespero, senão uma loucura; cada instante um perigo. E se fosse só para mim?

Mas para aqueles a quem amo. Longe daqui, talvez que eu possa esquecer; talvez que a fatalidade canse... e... eu volte um dia. Senão...

— Nunca mais nos veremos! — murmurou Alice.

— Não; haveremos de nos ver, Alice.

— Quando?

— No céu!

— Sim, no céu; mas como dois estranhos e desconhecidos — soluçou a doce voz da menina.

Mário compreendeu seu pensamento:

— Eu lhe juro! Sobre esta sepultura que é para mim o altar mais sagrado, eu lhe juro. Minha alma lhe pertencerá exclusivamente, ninguém terá o direito de reclamá-la.

Uma serenidade celestial difundiu-se pelo rosto de Alice, e deu à sua tristeza o toque suave dessa maviosa melancolia que é uma espécie de nostalgia d'alma pela sua mansão etérea.

Mário tomou entre as mãos a loura cabeça do anjo transfigurada pela visão da bem-aventurança, e beijou-a santamente, murmurando a palavra "adeus!"

Por fim, arrancando-se a esse beijo onde lhe ficara a alma divulsa, partiu. Imóvel, como ele a deixara, permaneceu Alice, com a fronte levemente pendida e as mãos no seio onde as cruzara o pudor. Seu talhe oscilava, como a cana que o vento parte pela raiz; e os olhos acompanhavam a Mário que se afastava rapidamente. Parecia que esse olhar longo, fixo e intenso, era o fio invisível que retinha suspensa sua alma. Quando o mancebo desapareceu, ao longe entre o arvoredo, o corpo exânime dobrou-se, primeiro os joelhos, depois a fronte e resvalou ao chão.

Ali a veio achar pouco depois, seu pai, chamado pelos gritos das mucamas.

Foi um terrível momento para o barão. Embora acostumado desde muito às graves comoções, e provado pela adversidade, pouco faltou que não sucumbisse a esse golpe profundo.

A carta de Mário ficara casualmente sobre a lousa negra do túmulo de D. Francisca, onde Alice a pusera em um momento de perturbação. No sobrescrito lia-se o nome do barão.

Ali em face do corpo inanimado da filha e daquela carta agoureira que ia receber de um túmulo, cuidou perder a razão. No cérebro alucinado caiam-lhe como gotas de chumbo, ideias horríveis. Fora Alice assassinada? Mário estaria morto também? E aquela carta? Era o sarcasmo de uma vingança cruel?

Afinal recobraram Alice os espíritos; e sua pupila azul, ainda nublada pelo torpor da vertigem, perpassou em torno um vago olhar que repousou no semblante lívido do pai. Foi uma ressurreição para a mente já vacilante do barão.

Entretanto Mário, desviando-se do caminho que seguira, penetrava na mata. Ele conservara de sua infância esse amor da floresta, que se parece com o amor do oceano. A alma do homem carece para expandir-se, do elemento de que se criou: salsugem do mar, ou aroma agreste.

Sentado sobre um cômoro de relva, com as costas apoiadas a um tronco de jequitibá, o mancebo refletiu sobre sua vida.

— Está morto o passado: o homem que fui lancei-o ao nada, como um despojo inútil. Renasço agora outra vez, e como a primeira, para a pobreza e para a luta; porém levo de mais a razão, e de menos o remorso. Sim, o remorso, a flagelação da vítima obrigada a receber o benefício da mão assassina!

"Que nome tem isso que eu fiz? Será uma virtude, um capricho, uma loucura, ou uma imbecilidade?

A sorte me enviou uma riqueza, que em toda minha vida não poderei adquirir, e para partilhar essa riqueza destinou-me uma esposa, como eu não ousava sonhar, antes de a conhecer. O futuro era a estrada semeada de flores, iluminada pelos raios da felicidade. E esse dote que o destino me oferecia, eu o arremessei no abismo do impossível!

O mundo chamará a isso uma tolice, e eu mesmo às vezes duvido que tivesse direito de recusar a ventura que Deus me concedia! Mas ela trazia no seio um verme que a havia de devorar. Poderia eu jamais arrancar de meu coração essa suspeita que o contamina como uma lepra? A todo instante, entre os enlevos do amor de Alice, no meio dos gozos da riqueza, não ouviria o riso estridente e sarcástico da consciência, a escarnecer a felicidade, que fora o salário pago pelo crime à vil impiedade do filho?...

Eu pudera esquecer, e talvez mesmo perdoar, se o perdão fosse generoso, de mim para ele; mas dele para mim, nunca!"

Por muito tempo essas ideias trabalharam no espírito do mancebo.

— Pensemos no futuro — disse por fim —; aonde irei? Os felizes têm uma estrela que os guia. Os desgraçados... esses têm a fatalidade que os impele, e os arroja a seu cruel destino. Pois bem; entrego-me a ela; sou um dos seus prediletos!...

Ergueu-se e tomou através da floresta o caminho da cabana do pai Benedito. Tinha um último dever a cumprir naquele sítio, antes de o deixar para sempre; ia despedir-se desse amigo de infância.

Estava ausente o preto velho; tinham vindo chamá-lo horas antes, por mandado do barão. Mário tirou da mala um livro, e foi esperá-lo à sombra do tronco do ipê.

XVIII. O MISTÉRIO

Caíra a noite.

Um luar baço, coado pelos vapores que deixara o dia mormacento, lastrava de branco as escarpas do rochedo e russava a coma das árvores.

Essa lua mortiça é triste como o pálido clarão de um círio, e reflete n'alma a sua lividez.

Caminhando para a cabana, com o passo rápido e impaciente, Benedito pensava naquela noite fatal de 15 de janeiro de 1839, em que José Figueira se afogara no boqueirão; e lembrava-se de que fazia então um luar semelhante a esse que os roceiros chamam "lua de queimadas".

Pela manhã, chegando à *casa-grande*, aí achou a notícia da partida de Mário. Nem Alice nem o barão haviam dito palavra a esse respeito; mas o escravo tem o instinto do cão de caça para farejar o segredo do senhor e as novidades da família. Ainda a baronesa e D. Alina ignoravam o acontecimento, que já ele era discutido na cozinha e corria a senzala.

Depois de ter falado com o senhor no gabinete, Benedito saiu com uma lata a tiracolo e pôs-se a caminho. Alcançar Mário, falar-lhe e persuadi-lo a voltar, era seu único pensamento. O mancebo partira a pé e na direção da vila; não podia ir longe.

Sua diligência, porém, foi inútil; e sabe-se a razão.

Enquanto ele procurava pela vila e arredores, Mário cansava de esperá-lo na cabana. Desenganado de encontrar o moço na vizinhança, o preto preparava-se a ir longe, até o Rio de Janeiro se preciso fosse, quando lhe acudiu uma ideia.

Talvez Mário tivesse, mudando de resolução, voltado à *casa-grande*, e talvez que sempre decidido a deixar a fazenda, se fosse se despedir dos sítios tão queridos na infância, e rezar aí por alma de seu pai, no dia do aniversário de sua morte.

Foi então que o preto se dirigiu para a cabana. Ao entrar no vale, o avistou por entre os juncos, a água tranquila e dormente do lago, que ao pálido reflexo da lua parecia a alva cândida e pura de um leito, prestes a transformar-se em sudário.

A inundação dos dias passados varrera o muro que o barão fizera construir em torno, e do qual só restava destroços na parte contígua ao rochedo. Ficara, portanto, o boqueirão inteiramente a descoberto do lado da estrada.

Vendo aquele quadro, ao morno palor da lua, o preto sentiu percutir-lhe o corpo um frio terror; e voltando o rosto apressou ainda mais o passo.

Na cabana havia luz. Sentada na sua tarimba com a almofada ao colo Chica tangia os bilros à luz da candeia, impaciente por acabar a tarefa. Pelo Natal começara uma renda larga de dois palmos, que destinava para a anágua do casamento de sua nhanhã, o qual não podia tardar.

Naquele momento a preta, embora ignorasse o que tinha ocorrido, cismava na tristeza de Mário e no seu afastamento da *casa-grande* para onde ele não se dispunha a voltar.

Nisso Benedito assomou à porta e abrangendo a casa de um olhar perguntou:

— Ele está aqui?...

— Nhonhô Mário?... Saiu agora mesmo; parece que foi lá dentro. A preta levantou-se para ir a procura do moço. Benedito a deteve com a palavra e o gesto:

— Deixa!

Advertido por misterioso pressentimento, o preto penetrou no interior, e sem hesitação desceu à *Lapa* onde ele esperava encontrar Mário. A claridade da lua cobria de um branco lençol a superfície do lago, deixando imerso na sombra o recanto da penha coberto pela abóbada do rochedo.

Apesar da obscuridade, Benedito percebeu, debruçado sobre o rescaldo da rocha, em atitude pensativa, o vulto de Mário, que se voltou com o rumor dos passos.

— Eu te esperava — disse o mancebo pousando-lhe a mão no ombro. — Não quis deixar estes lugares... talvez para sempre, sem dizer-te adeus, sem abraçar-te!...

Hirto e imóvel, o negro velho deixou-se abraçar por Mário, que o estreitou ao peito com efusão.

— Não! não! — balbuciaram os lábios trêmulos do velho.
— Não queres que te abrace?...
— Não quero que você vá embora!
— É preciso, Benedito!
— E nhanhã D. Alice?
— Não me fales dela! — disse Mário recalcando o peito sublevado por um soluço.
— Mas Deus quer!
— Benedito! — exclamou o mancebo com severidade. — Tu blasfemas! Deus amaldiçoaria semelhante união! Podia eu nunca amar a filha do assassino de meu pai?
— Assassino!... Quem disse?
— Eu o sei!
— Não é verdade!
— Pretendes negar ainda?
— Não; não é verdade! Eu conto tudo. Vi com estes olhos! Por alma de meu defunto senhor, juro que não lhe engano.

— Fala; quero saber tudo; não me ocultes a menor circunstância — dizia Mário palpitante de esperança, mas ainda traspassado de dúvida.

— A última noite que o meu defunto senhor moço veio ver o velho, seu amigo dele, Sr. Joaquim de Freitas, que nem pensava ainda de ser barão e meu senhor, ficou esperando a ele aqui na *Lapa* onde nós estamos.

"Agora carece saber por que Sr. Joaquim de Freitas ficou aqui esperando; e a história é muito comprida porque o velho levou uma noite inteira contando; mas a gente já não se lembra de muita coisa.

Essa D. Alina, que sempre foi uma branca arrenegada, fez que o velho ficasse mal com o filho; e então o velho, para lhe fazer a vontade, que era não deixar nem um fiapo a meu senhor moço, começou a dever mundos e fundos a seus amigos dele...

— O comendador Alves Ferreira, o major Mendonça...

— Isso mesmo! mas era de mentira e só no papel, para tomarem o que o velho deixasse, e depois darem às escondidas à tal mulherzinha da carepa, que tinha arranjado toda a tramoia; mas saiu a coisa às avessas, porque o velho arrependeu-se, fazendo as pazes com meu senhor moço, e tomou tanta birra da espevitada que até desconfiou que o filho dela, esse boneco do Lúcio, não era filho dele; e não houve quem lhe tirasse mais isso do juízo.

Foi então que se lembrou de passar todos aqueles papéis das dívidas de mentira... E passou todos, dos outros, para Sr. Joaquim de Freitas, porque como ele era muito amigo, unha com carne, de meu senhor moço, a coisa ficava segura. Mas o velho, que não cochilava, quis sempre que ele escrevesse no papel, para a todo o tempo se saber.

Tudo isso foi naquela noite, no quarto do velho, quando chegou Sr. Joaquim de Freitas, que depois saiu comigo para vir esperar aqui meu defunto senhor moço José Figueira; e eu me lembro bem que já estava na porta, da banda de fora, quando enxerguei o velho entregar a ele o papel, e Sr. Joaquim de Freitas, que também enxergou.

Já estava tarde muito; e eu que queria ver meu senhor moço quando voltasse para lhe tomar a bênção e fazer festa a ele como costumava, deitei-me ali em cima na pedra do quintal, donde se avista o caminho; e estava assim pescando, como quando a gente nem acorda nem dorme e vai caindo no sono, mas fica que nem anzol em cima d'água.

Era à moda de presepe. A gente via o boqueirão como uma pintura, e a lua assim cinzenta como está agora.

Então enxerguei meu senhor moço, que vinha a cavalo, e o cavalo entrou n'água, e caminhava, caminhava, e ele com a cabeça baixa, pensando, não dava fé! De repente o cavalo sumiu-se; e o corpo de meu senhor moço rodou no remoinho.

Eu estava em pé lá em cima, arrancando as pedras com as mãos, de desespero, e não podia gritar. O Sr. Joaquim de Freitas estava aqui e viu quando passava o corpo e estendeu o braço para segurar. Meu senhor então agarrou a mão dele, e batalhou para alcançar esta pedra. Mas ele..."

Um soluço afogara a voz trêmula do negro velho.

— Que fez, Benedito? — exclamou o mancebo com angústia. Não me ocultes.

— Ele arrancou a mão!
— Miserável!...
— Aquele dedo que ele tem quebrado...
— Compreendo. Ficou-lhe como o estigma do seu crime.
— Então ele desapareceu para sempre, lá no fundo; e o grito que estava preso aqui no peito, saiu.

Calou-se o preto horrorizado ante aquela recordação, e espavorido pelo efeito que ela produziria no moço.

Submergido nas profundezas de sua alma revolta, Mário repassava toda sua existência, para deleitar-se no desprezo que tantas vezes sentira pelo barão. Parecia-lhe que só nesses momentos de ódio tinha ele vivido; o resto de sua vida fora um pesadelo.

Entanto o negro velho continuara:
— Tudo que o boqueirão engole, vomita depois... Tem uma gruta lá da outra banda... foi pai Inácio que ensinou. Eu esperei meu senhor até que no outro dia apareceu; ainda tinha o papel no bolso, mas todo apagado.
— Eu não me enganei! É ele que está enterrado no tronco do ipê?

O velho travou as mãos súplices:
— Mas não o leve daí! Meu senhor era ele... só.

Mário abraçou o negro, e durante alguns instantes confundiram ambos suas lágrimas. Depois, o mancebo arredou-se para outra vez submergir-se em seus pensamentos.
— Sr. Freitas... — dizia Benedito — nunca ele soube que eu tinha visto, mas desconfiava, até que um dia...

"Era de tarde; nhanhã Alice estava brincando com seu carrinho dela, e veio nhonhô e tomou o carrinho. Nhanhã pôs-se a chorar e foi fazer queixa ao pai. Então eu disse: 'E ela não tomou tudo que tinha de ser dele?' Senhor entendeu: 'O que é de um é de outro: eu prometi a Deus fazer esse casamento, Benedito!'"

Mário interrompeu arrebatadamente o preto:
— Lembra-te bem; interroga tua memória!... Cuidas tu que ele safou a mão, por fraqueza... só, ou pelo... dinheiro?... Fala! Foi uma cobardia ou um roubo?

— Quem pode saber? Mas parece que ele teve medo...
— Medo!... — repetiu Mário com um riso estridente.
— Não; ele é valente.

Ouviu-se um grito, que parecia articular o nome de Benedito; mas o preto velho não o escutou; com os cabelos eriçados, os olhos pasmos, e o corpo hirto, contemplava uma visão que o arrastava e espavoria ao mesmo tempo.

De feito, a estatura elevada de um homem a cavalo assomara lá da outra banda, na margem do lago. Sombreava-lhe o rosto um chapéu desabado; e uma capa escura descia-lhe dos ombros até os joelhos.

— É ele... ele mesmo...

Os lábios trêmulos do negro estertoravam de pavor.

— Ele quem? — perguntou Mário.

— Seu pai!... Faz hoje dezoito anos. Foi a essa mesma hora! Ele vem ver o filho!...

Avançava o cavaleiro lentamente pela água adentro. O animal refugava; mas ferido pelas esporas movia o passo, retraindo o corpo, espetando as orelhas e bufando de terror.

Tomado pelo primeiro espanto dessa aparição, Mário não tivera tempo de refletir, quando cavalo e cavaleiro submergiram-se de repente a seus olhos.

— Foi assim!... — soluçou Benedito caindo de joelhos.

XIX. O BALANÇO

Depois que Alice voltara a si do desmaio, o barão tomou-a nos braços e levou-a para casa.

A menina estava ainda muito fraca e pálida do abalo que sofrera; mas em seu lindo semblante ressumbrava uma resignação meiga e serena, como se um reflexo do céu já lhe iluminasse a alma.

— Que te disse ele? — perguntou o pai à filha.

Tudo que passara entre ela e Mário, poucos momentos antes, Alice referiu ao pai minuciosamente, não só pela necessidade de expansão, como pela esperança de que ele a ajudasse a penetrar o mistério.

— Está bem; não fiques triste — disse o barão com uma carícia. — Ele voltará, e muito breve!

A menina abaixou a cabeça.

— Queres apostar? — disse o barão gracejando.

Esse tom a surpreendera; fitou os olhos no semblante do pai; ele não a enganava. O contentamento vibrava-lhe no semblante; se ele se alegrava, quando a via triste e abatida é porque tinha realmente o meio de fazê-la feliz.

— Então?... — exclamou ela cheia de esperança.

— Há de ser teu marido!

— Mas esse mistério!

— Ideias de moço!... Não te preocupes com isso; a esta hora já está arrependido!

Alice duvidava ainda.

— Sossega; procura dormir um pouco. Quando menos esperares... Sou eu que te hei de pedir as alvíssaras!

Ao despedir-se, o barão abraçou com efusão a filha, e cobriu-a de beijos, dizendo-lhe meiguices e gracejos. Quando, porém, transpôs o limiar da porta, a emoção, que por muito tempo recalcara, irrompeu-lhe em soluços e pranto.

Felizmente estava deserto o corredor, e ele pôde ganhar seu gabinete sem que o vissem naquele estado de perturbação.

Apenas conseguiu vencer a emoção, o primeiro cuidado do barão foi ler a carta de Mário, que ainda conservava intacta. O que ali estava escrito, ele o adivinhava ou pelo menos pressentia. Eis o teor da carta:

Ilmo. Exmo. Sr. Barão da Espera

Minha resolução não o deve surpreender; foi V. Exª quem a ditou.

Colocando-me na posição de rejeitar seu último benefício, obrigou-me V.Exª a romper o vínculo que me prendia ao benfeitor e restituiu-me a liberdade.

Retiro-me, pois, de sua casa.

Não o devia fazer, sem pagar a dívida de minha subsistência e educação; mas sabe V.Exª, e ninguém melhor, qual a herança que me tocou.

De V. Exª
Atento venerador e criado
MÁRIO FIGUEIRA

13 de janeiro de 1850.

Chegado às últimas palavras, o rosto já desmaiado do barão contraiu-se. Embora já esperasse a alusão e talvez mais ferina, essa prevenção, longe de embotar, ao contrário exacerbou-lhe a consciência.

Quando vieram chamá-lo para almoçar, já estava inteiramente calmo. Em toda sua pessoa transpirava a placidez, que incute a confiança de si mesmo.

Na mesa conversou alegremente, e conseguiu distrair Alice, que sorria sem querer, e sentia-se reanimar ao influxo daquela jovialidade expansiva. Às vezes, porém, o pai esquecia-se dentro de si, e lá ficava absorto em profunda meditação; de seu lado a filha, desprendida da atenção que lhe prestava, recolhia-se em sua mágoa, como a flor que fecha, mal se apaga o calor do dia.

Terminado o almoço, voltou o barão ao gabinete, onde se encerrou para trabalhar. Não passou muito tempo, porém, que o não interrompessem; bateu à porta o Martinho com recado do comendador Matos, que lhe queria falar a todo o custo.

— Manda-o entrar — disse o barão.

E continuou a trabalhar sobre os livros de sua escrituração mercantil, abertos em cima da vasta carteira de vinhático.

— Já sei que está ocupado! — gritou o comendador entrando. — Mas a demora é pouca.

— Estou fazendo meu balanço! — respondeu o barão com um sorriso.

— Ah! Boa safra, já se sabe?

— Sofrível.

— Aí uns cinquenta contos, hein?...

— Não chega a tanto.

— Pois, meu amigo, já que tocamos no ponto, vou dizer-lhe o que me trouxe hoje aqui. O Frederico parece que está caído pela filha do conselheiro; portanto é preciso que decida sobre a Alice. Eu cá prefiro o sólido; mas isso de rapazes...

— Eu pensava que era coisa já decidida.

— O quê, homem?

— O noivo de Alice é Mário.

— Hanh!... Bem me dizia a D. Alina. Leva um bom dote o maganão; mas enfim...

— Acabe! — exigiu o barão franzindo o sobrolho.

Perturbado, o comendador buscou disfarçar a sua malícia com uma pilhéria, afogada como de costume em um gargarejo de riso grosso e gutural.

— Mas enfim... tocou-me o conselheiro, que me há de fazer visconde da primeira fornada e antes disso não me pilha a legítima do rapaz.

Ficando só outra vez, concluiu o barão seu trabalho, acrescentando algumas parcelas a um livro menor, que fechou em uma capa de papel com endereço a Mário. Feito o que, sentou-se à secretária e escreveu uma carta ao moço.

Bateram de novo à porta. Era Benedito que o barão mandara chamar.

— Já sabes que Mário nos deixou!

O preto ficou sucumbido.

— Quando?

— Esta manhã. Mas é preciso que ele volte.

— É preciso — repetiu o preto como um eco.

— Segue-o por toda a parte; e onde o achares, entrega-lhe os papéis que vou confiar à tua fidelidade. Ele voltará e seremos todos felizes... todos.

— Deus queira!

Abriu o barão no cofre de bronze um segredo onde havia um maço lacrado com sobrescrito a Mário, e fechando-o com a carta e o livro em uma lata de trazer a tiracolo, deu-a ao preto:

— Aqui tens. Tu lhe entregarás, quando ele estiver só. Juras?

— Por alma de meu senhor!

— Vai.

O preto hesitava:

— E se ele perguntar?

— Diz-lhe a verdade; mas pede-lhe que se lembre de Alice!

Com o coração angustiado, Benedito dobrou o joelho, para pedir a bênção do senhor, e partiu com os olhos cheios de lágrimas.

Eram horas de jantar.

O resto da tarde, o barão consagrou-o todo à família, porém especialmente a Alice, com quem esteve por largas horas conversando no jardim, enchendo-a de esperanças e de carícias.

Quando o sino tocou trindades, ele ergueu-se:

— Não queres rezar por Mário?

— Quero! — respondeu a menina agradecendo-lhe com um olhar aquela terna lembrança.

Ambos dirigiram-se à capela e fizeram uma oração.

O Martinho veio anunciar que os animais estavam prontos, e como a baronesa, que chegava, se mostrasse admirada daquele passeio a tal hora, disse-lhe o barão:

— Quero aproveitar o luar para concluir com o Matos um negócio que ele veio hoje propor. Até logo!

E abraçou a mulher. Esse afago não era habitual; assim a baronesa o tomou por gracejo.

— Vou tratar da tua felicidade! — murmurou o pai ao ouvido da filha, apertando-a ao coração com um afago de ternura.

Um instante depois, no ponto do caminho em que se perdia a vista da casa, oculta pela colina, o barão voltou-se e acenou com a mão por muitas vezes, dizendo adeus a Alice que o acompanhara de longe com a vista. Nesse momento foi preciso um supremo esforço, para sufocar as ânsias que lhe transbordaram d'alma; ainda assim o peito lhe estalava de dor.

— Senhor tem alguma coisa? — perguntou o Martinho.

— Não — respondeu o barão que, fustigando o animal, tossia para sufocar a vasca do peito.

Demorou-se o barão em casa do comendador Matos até às dez horas, discutindo a proposta que lhe fizera de comprar certa porção de terras contíguas à fazenda do Boqueirão. Fora o pretexto inventado para essa visita, que entrava em seu plano oculto.

De volta para a *casa-grande*, o barão deixou ir o animal a passo como quem não tinha pressa de chegar. Ao menor rumor do vento nas folhas ele voltava-se agitado, pensando que alguém se aproximava; e não vendo senão o Martinho, que o seguia a cochilar na sela, interrogava o relógio ao clarão do luar, para saber a hora.

Parecia esperar alguém; talvez um incidente, um obstáculo, que viesse impedir a sua resolução.

Avistando de longe a cabana de Benedito e o lago que se alisava, como uma lousa alvacenta, entre o verde escuro da folhagem, o barão estremeceu. Era chegado o momento. O relógio marcava onze horas; justamente aquela em que José Figueira fora vítima da catástrofe.

— Deus condenou-me! — murmurou o barão. — Se ele me permitisse viver, Benedito teria encontrado Mário; e o perdão do filho chegaria a tempo!... Contanto que minha Alice não maldiga a memória de seu pai e seja feliz!...

Esbarrando de encontro ao cavalo do barão, a mula em que vinha o Martinho, o despertou.

— Passa adiante e vai à cabana chamar Benedito. Que me venha falar!

O pajem obedeceu; mas apenas avistou o tronco do ipê, começou a tremer em cima da sela. Mais depressa se deixaria fazer em postas do que passar pela árvore mal-assombrada. Tomou um expediente; pôs-se a gritar pelo preto.

Entretanto o barão, que de propósito afastara o pajem, mal este se encobriu, lançou o cavalo para o lago, e quando o animal espantado empinou arrojando-se fora do remoinho, ele, pronunciando uma última vez o nome de Alice, precipitou-se.

No arremesso, o chapéu saltou-lhe da cabeça, e à claridade da lua, Mário o reconhecera.

O mancebo não hesitou um momento. São assim feitas as organizações generosas: os atos de heroísmo e abnegação as reclamam imperiosamente; não pensam, não refletem. Esquecem tudo ante o perigo: não se lembram nem indagam por quem se esforçam. Dedicar-se é para elas um impulso, um instinto; prodigalidade sublime!

Antes que Benedito se recobrasse do espanto, Mário se arremessou da *Lapa* a tempo de agarrar o corpo do barão. Foi renhida a luta, porém o mancebo tinha dessa vez a vantagem de um ponto de apoio que desde o princípio ele conservara travando com a mão esquerda a raiz de um arbusto encravada entre as fendas do rochedo.

Afinal, ajudado pelo preto, conseguiu tirar d'água o corpo do fazendeiro e conduzi-lo à cabana, onde o deitaram no mesmo catre, que sete anos antes recebera Alice. O barão perdera os sentidos; mas os sinais da vida se manifestaram, apenas lhe foram prestados os primeiros socorros.

Deixando a Chica velar sobre o enfermo, Benedito chamou à parte Mário para entregar-lhe os papéis que o senhor lhe confiara, referindo o modo por que fora incumbido dessa comissão.

— Bem meu coração estava adivinhando quando ele me entregou — disse o preto.

A carta do barão que Mário leu ao frouxo bruxulear da candeia continha estas palavras:

Mário.
Sou menos culpado do que talvez me suponha.
Meu crime foi a paixão por uma mulher que me fez cobarde e ambicioso. Por causa dela tive medo de morrer, e não me sacrifiquei por um amigo, ou antes, um irmão. Para não perdê-la, calei-me, conservando o que não me pertencia.
A vergonha do crime fez o resto.
A morte de seu pai, tenho-a expiado severamente durante estes longos anos que são passados. Sua riqueza, quando Deus me concedeu uma filha, eu jurei restituir-lha pela mão inocente e pura de Alice.
Esse casamento, que foi o meu sonho de esperança e era a promessa de perdão, minha vida tornava-o impossível.
Destrua-se o obstáculo.
O crime vai ser reparado e o réu punido. Envio-lhe com esta meu testamento feito há dezesseis anos, e a minha escrituração particular; com esses documentos poderá reclamar sem contestação a riqueza que lhe pertence.
E agora não é o homem rico e poderoso quem oferece ao moço desprotegido a mão de sua filha; é o infeliz, que do seio da eternidade implora de seu juiz a felicidade de uma pobre órfã desvalida.

Quando o moço acabou de ler, sua emoção era profunda. Prestes a sucumbir, ele se lançou fora da cabana como se quisesse fugir à impressão produzida pelas últimas palavras da carta.

— Mário! — murmurou o barão erguendo-se do leito.

O moço fez um gesto de desespero e parou indeciso. Voltando rapidamente, apanhou a carta que atirou com os outros papéis ao fogo, acendido pouco antes para aquecer o corpo e as roupas do afogado.

XX. Santa Mentira

Pôs-se a lua, deixando o ermo na densa escuridão de uma noite vaporenta.

A labareda, alimentada pelos papéis que Mário lançara no brasido, estirava-se pela porta da cabana fora, como a língua na fauce de uma serpente de fogo, e ia lamber com o vermelho reflexo, lá embaixo, a várzea derramada ao sopé do rochedo.

De cima, ao rápido lampejo, descobria Benedito à sombra do tronco do ipê o vulto de Mário, com os braços cruzados e a cabeça derrubada ao peito, diante da sepultura do pai. Embora não pudesse compreender com o espírito o que pensava o mancebo, o negro velho tinha uma vaga intuição.

Terrível luta se dava então n'alma de Mário.

Justamente naquela hora da revelação; quando ouvira pela primeira vez a história da catástrofe que lhe arrebatara seu pai; quando as suspeitas que desde a infância haviam torturado seu espírito de chofre se transformavam em certeza para sopitar os escrúpulos da consciência; quando todo seu pensamento devia concentrar-se na memória querida; pois justamente nessa hora uma voz solicitava seu coração para a compaixão e o esquecimento.

A súplica final da carta do barão tinha vergado a inflexível rijeza desse caráter. Sua alma nobre, que sufocara um tamanho amor para ter o direito de responder com desprezo à proteção generosa do rico benfeitor, sentiu-se fraca ante a humildade do réu que lhe entregava as provas de seu crime e submetia-se resignado à punição.

Elevando-se ao nível dessa abnegação, o mancebo consumira, lançando-as ao fogo, as provas do crime. Repelia a vingança e absolvia o crime, não só da pena corporal, como dessa outra pena mais cruel, a infâmia.

Mas entre o perdão e a reabilitação do infeliz havia uma barreira. Abandonar ao remorso o culpado, esquecer o mal que lhe fizera, não custava a um caráter magnânimo como o seu. O difícil, para não dizer impossível, era suspender o infeliz do abismo onde caíra, colocá-lo a seu lado, em contato com sua alma, no seio de suas afeições.

Ante essa perspectiva, a consciência do mancebo recuava horrorizada, como se a afrontasse a máscara cínica da corrupção. Para as suscetibilidades de seu caráter, o casamento com Alice era uma consagração da cobardia ou do crime de que fora vítima seu pai.

Cada vez, pois, mais perseverava em sua primeira resolução de abandonar para sempre aquele sítio e romper com a fatalidade que pesava sobre sua existência. A preocupação da luta que ia travar com o mundo para conquistar um nome apagaria de seu espírito a lembrança de Alice, ou pelo menos a vendaria com a suave melancolia de saudade eterna.

No meio de suas cogitações, percebeu o moço que se aproximava alguém.

Era o barão. Ainda fraco e alquebrado, mas impelido por grande esforço da vontade, insistira, apesar das reclamações de Benedito e da mulher, em levantar-se para falar a Mário. Vestindo as roupas mal enxutas, desceu até à rocha arrimado ao braço do preto, a quem despediu antes de ir ao encontro do mancebo.

Pressentira o negro velho que naquela entrevista solene entre o barão e Mário ia decidir-se da sorte de ambos, e da ventura de Alice. Com o coração confrangido pela previsão de uma nova desgraça, em vez de tornar à cabana onde a Chica ficara rezando, ganhou o rochedo.

Havia ali uma gruta, que pai Inácio, antigo dono da choupana, ensinara a Benedito com os outros segredos de sua bruxaria. Era daí que o feiticeiro falava às almas, e metia medo aos curiosos que se animavam a visitar à noite o tronco do ipê.

Benedito recebera todas essas abusões, e as conservara, embora só as empregasse para o bem, pois era, como dissemos, um feiticeiro de bom agouro. Naquele momento, impressionado com a cena que ia passar, tinha necessidade de "falar à alma de seu senhor" e pedir-lhe que evitasse tantas desgraças.

Entretanto o barão, arrastando o passo, se aproximara do tronco do ipê e achava-se em face de Mário. Quanto não dera este para evitar a penosa entrevista!

— Não seja inflexível, Mário!

— É o destino, Sr. barão; não sou eu.

— Ao contrário. O destino ordena, e a prova é estarmos ambos aqui, neste momento.

— Tem razão; já devia de estar longe.

— O senhor não pode partir — disse o barão colocando-se em face do moço.

— E quem mo veda? — replicou Mário com altivez.

— Leu minha carta; nela suplicava-lhe, como uma graça, a felicidade de Alice. O que então implorei, o senhor deu-me agora o direito de exigi-lo.

— Eu?...

— Salvando-me a vida!

— Ah! Livrar seu semelhante do perigo que o ameaça é um dever banal, Sr. barão; e para cumpri-lo basta a coragem que todos têm. Mas para vencer certos escrúpulos, certas repugnâncias, é preciso um heroísmo de que não sou capaz, confesso.

A voz do moço se repassara de pungente ironia ao pronunciar as últimas palavras.

— Pois bem! — replicou o fazendeiro com um riso acerbo. — O senhor pode-se divertir em salvar os outros; mas cada um dispõe de si como lhe apraz, e não tem que dar contas senão a Deus.

— Se eu conhecesse a sua intenção, a teria respeitado — respondeu Mário com uma firmeza glacial.

— Ainda está em tempo de o fazer. Só reclamo uma coisa, que espero de sua lealdade; é o sigilo sobre um segredo que não lhe pertence, o segredo de minha morte. Que Alice ignore sempre...

— Juro.

— Adeus, senhor.

Afastou-se o barão. Nesse momento, Mário revoltou-se contra a fria impassibilidade com que ele consentia naquele suicídio de um pai, resolvido a imolar-se pela felicidade da filha.

— É um sacrifício inútil — disse ele.

— Acredito que não. O senhor ama Alice, e não teria hesitado um instante se eu não existisse. Quando me esquecer, e será breve, não terá mais para resistir a esse amor nobre e puro, o apoio da aversão que lhe inspiro. Mas seja embora inútil, é necessário; cumpro o meu destino; Deus se compadecerá de mim, pois deste mundo nada mais posso esperar!

E o barão de novo arredou-se.

— Não! Não consinto! — exclamou o mancebo adiantando-se.

— Só o marido de Alice tem o direito de impedir-me.

Mário curvou a cabeça, dominado pela implacável tenacidade desse coração de pai, contra o qual se chocava a inflexibilidade de seu caráter.

— Siga o impulso de sua alma; não se condene à desgraça pela culpa de outro, Mário, não sacrifique esterilmente seu futuro! Seu pai... se estivesse aqui neste momento, lhe ordenaria... eu acredito... que seja feliz e faça a felicidade daquela que o ama!

Não terminou o barão. Uma voz surda e cavernosa, que reboou no seio da terra, cortou-lhe a palavra e derramou em sua alma, como na de Mário, um espanto repassado do respeito que infundem os mistérios de além-túmulo.

— Perdoa!... Perdoa!... — repetia o eco subterrâneo.

Em princípio dominado pela impressão profunda, e possuído da crença do sobrenatural que tantas vezes invade até a razão mais robusta, Mário chegou um instante a acreditar que ouvira uma voz sepulcral, a voz de seu pai. Mas seu espírito revoltou-se imediatamente com essa fraqueza; e desabafou em um sorriso de desprezo.

— Esta comédia tem durado demais, e indigna-me que façam representar nela a memória venerada de meu pai, e no lugar mesmo em que repousam suas cinzas.

— A prevenção o torna injusto, Mário. Para fazer-me tão duras exprobrações, não valia a pena de prolongar por alguns instantes uma vida condenada.

Nesse momento súbito clarão feriu as vistas dos dois; voltando-se viram a alguma distância um grupo de gente, que aproximava alumiado por archotes. Não foi possível logo, pela confusão dos vultos e pelo trêmulo da luz fumarenta, distinguir as pessoas; mas em pouco se desenhou na esfera luminosa o talhe esbelto de Alice, que vinha ligeira e precípite, com a perturbação pintada no rosto e no gesto.

Desde a partida do pai, sentiu-se a menina inquieta, sem motivo. Muitas vezes o barão recolhia-se à noite; por aqueles sítios não havia exemplo de um assalto nos caminhos. Donde vinha, pois, esse vago receio, e as ideias tristes que a assaltavam?

Ouvindo já tarde rumor de animais e de escravos no pátio, ela foi à janela cuidando ser o pai que chegava. Era o Martinho que referia o ocorrido.

Quando o cavalo do barão disparara pela várzea afora, o pajem, pensando que era o senhor, não esperou mais, e acossado pelo medo das almas do outro mundo meteu as esporas na mula, e seguiu para a *casa-grande*. Ao chegar, os pretos da cavalariça que tinham segurado o cavalo, perguntaram-lhe pelo senhor.

Grande foi o espanto do Martinho, que pensara acompanhar o barão, e grande o alvoroço que produzia a notícia do triste acontecimento; o animal estava molhado até os arreios, pelo que a lembrança do boqueirão acudiu logo a todos.

Angustiada pelo presságio de um desastre, que seus pressentimentos lhe haviam anunciado, tirou a menina de seu desespero uma energia de que ela própria nunca se julgaria capaz. Sem hesitar partiu acompanhada pelos pretos para certificar-se por si mesma da desgraça que a feria.

Ambos, o barão e Mário, tiveram um primeiro impulso de correr ao encontro de Alice, e, contudo ficaram imóveis; um pelo desespero de não ter morrido, o outro pelo desespero de não ter partido.

— Meu pai!... — exclamou Alice precipitando-se nos braços do barão.

Na primeira efusão a menina só lembrou-se de que tinha juntado ao coração aquele que julgava perdido para sempre; e abraçou-o sofregamente como receosa de que lho arrebatassem.

Foi depois que ela sentiu molhadas as roupas do barão. Então o seu olhar desconfiado interrogou a fisionomia do pai e a de Mário.

— Não foi nada — disse o barão. — Tiveste um susto à toa, vamos! Tua mãe deve estar inquieta.

Ditas essas palavras com esforço incrível, o fazendeiro, não podendo suportar o límpido olhar de Alice que lhe perscrutava os seios d'alma, afastou-se a pretexto de fazer partir um escravo à carreira para tranquilizar a baronesa.

Aproveitando esse momento Alice aproximou-se rapidamente do moço:

— Mário, por que meu pai quis morrer?

Mário estremeceu.

— Que ideia!

— Pretendem esconder de mim!...

— Cale-se, Alice!

— Então é verdade?... Bem o coração me adivinhava.

O barão voltara.

— Eu lhe suplico! — murmurou o mancebo abafando a voz.

— Há aqui um mistério! — exclamou Alice, que não via o pai aproximar-se. — A fatalidade que nos separou...

Todo o horror da situação de Alice debuxou-se na imaginação de Mário. Pelo que ele sofrera, aquilatou do suplício atroz de uma filha suspeitando da honra do pai.

O que nesse transe solene se passou em sua alma, o que viveu no rápido momento, só o pode avaliar quem já viu seu destino suspenso de um gesto ou de uma palavra.

Travando as mãos de Alice com um movimento arrebatado, Mário falou-lhe com tal veemência que a voz se lhe cortava; o barão o escutava imóvel de surpresa.

— Tem razão, Alice. Há aqui um mistério... um segredo cruel... que eu lhe queria ocultar... que devia morrer entre mim e seu pai... Mas já que exige... Ele lhe pertence... Sofra eu embora com esta confissão.

— O que fez o senhor, meu Deus? — exclamou a menina, em cujo espírito passou uma ideia medonha.

Mário concentrou-se um instante:

— Depois que nos separamos, e que eu lhe disse um adeus eterno, foi quando compreendi todo o meu infortúnio! Orgulho de pobre me fizera rejeitar a felicidade, que tinha a desgraça de ser rica!... E achei-me em um deserto. A vida era para mim um destroço; o futuro um precipício! Que me restava? Lançar-me nele. Foi o que fiz.

— Ah!

— Passava seu pai a cavalo... Atirou-se à água, lutou... e salvou-me.

O barão fez um gesto de repulsa que o olhar de Mário atalhou. Não o percebera Alice porque de novo se lançara nos braços do pai, cheia da efusão de seu reconhecimento, e falando-lhe com uma doce exprobração que, aliás, se dirigia ao moço:

— Quis morrer por mim, e não quer viver para mim!

Mário sorriu:

— Cuidado Alice! Este segredo, eu só o confiei à minha mulher!...

A essas palavras esconderam a menina às faces inundadas de pejo no seio do barão, que apertava silenciosamente a mão de Mário com os olhos no céu.

Um mês depois se casaram Mário e Alice na capela de *Nossa Senhora do Boqueirão*, e dentro em poucos dias partiram para a corte.

Mandara o barão com antecedência, e a pedido da filha, alugar uma linda chácara para os lados do Jardim Botânico. Ali passaram os dois noivos sua primavera conjugal, que não foi somente lua-de-mel, mas astro perene de sorrisos e flores.

Com o tato do coração Alice compreendera que Mário nunca poderia ser completamente feliz no lugar onde passara os primeiros anos. Envolvesse-o ela embora em uma atmosfera de amor, seu marido, no seio mesmo da ventura, havia de sentir a repercussão das reminiscências que dormiam ali ao redor, em cada sítio, em cada objeto.

Como a lava de bronze que o estatuário vaza no molde, é nossa alma na infância. Esculpe-se à feição da natureza que a cerca; e quando chega a mocidade, e funde-se a estátua, não é mais possível dar-lhe vária forma.

Em seu desvelo, porém, Alice contava criar para Mário outra infância melhor que lhe substituísse a dos anos, uma infância do amor, a encher-lhe a alma, e tanto, que não coubesse ali mais recordações de tempos ingratos.

O Barão da Espera dotou em cinquenta contos de réis a Adélia, sua afilhada, para que ela se casasse com Lúcio. Foi um pedido de Alice, a quem Mário inspirara essa ideia, como compensação da herança de que o velho comendador Figueira privava o filho de D. Alina.

Ainda existe esta senhora e ainda conserva as duas paixões de sua vida, que foram sempre as fitas e as intrigas. Deve em todos os armarinhos; e quando não tem que fazer enreda o filho com a nora.

O nosso conselheiro provou afinal das uvas imperiais que por muitos anos estiveram verdes. Conseguiu uma pasta, que durante dois meses fora enjeitada por diversos, enquanto ele namorava com paixão a ingrata! O casamento da filha não podia vir mais a propósito, para dar-lhe um genro que servisse de oficial de gabinete em falta de um filho.

No ministério do Lopes foi enfim demitido o subdelegado, que já se tinha em conta de vitalício. Parece que o homem se atrevera a prender o capanga de um potentado, o qual exigiu essa demissão por desabafo; e como ele falava em nome de setenta votos, e o Lopes ainda não era senador, foi logo obedecido.

Mirando-se nesse espelho, tratou o vigário de mudar de partido. O bom do padre, que tanto ganhava em banha como perdia na tinta do latim, tinha lá de si para si que deve cada um adquirir experiências das coisas, e, pois, já tendo, e longa, a de conservador, quis também a de liberal, quites de tornar atrás.

Como o barão se mudasse de vez para a corte a fim de estar junto da filha, ficou o insigne compadre, o Sr. Domingos Pais, avulso por algum tempo. Mas descobriu que ainda tinha um filho por crismar, embora já lhe apontasse a barba; e por meio dele se uniu espiritualmente ao Matos.

Os dois se consolavam mutuamente: o Matos, do logro que sofrera perdendo um genro conselheiro que devia fazê-lo visconde; o Domingos Pais, do descrédito do seu honroso título, rebaixado de compadre de um barão a compadre de um simples comendador.

Do Frederico sabemos que veio a casar-se com uma prima roceira; e foi a Paris para despicar-se de Adélia.

Da indiferença do barão pela fazenda do *Boqueirão*, proveio a sua decadência e ruína. Benedito e a mulher, forros desde o dia do casamento de Mário, viviam ainda na cabana, quando a Chica em um acesso de delírio, causado pela febre do reumatismo, atirou-se no boqueirão.

Foi a última vítima que o negro velho sepultou junto ao tronco do ipê.

Apêndice

GLOSSÁRIO

Açafate – tipo de cesto feito de vime.
Açodar – ato de apressar, acelerar.
Acólito – subdiácono na missa; pessoa que é acompanhante de alguém.
Agaloado – pessoa revestida de tecido espesso de lã, o galão.
Alcantil – mesmo que píncaro; rocha alta.
Alfenim – nome de massa de açúcar. No sentido figurado diz-se de pessoa efeminada, delicada.
Aljofrado – orvalhar; salpicar.
Alvíssara – recompensa para quem traz alguma realização ou boa notícia.
Anosa – mesmo que velha.
Arcano – diz-se do que é misterioso ou é um segredo.
Arrepelão – ou repelão, que significa puxão; ataque.
Arrufa – mostrar maus modos; enrugar-se como um pássaro.
Balba – gago; balbuciante.
Banzar – sentimento de espanto ou surpresa.
Bemol – sinal musical que indica meio-tom.
Bilro – tipo de utensílio com o qual se fazem rendas para cabelo.
Bolandeira – instrumento para descaroçar o algodão ou roda que dá movimento às moendas do engenho de açúcar.
Bonina – espécie de planta conhecida também como maravilha.
Bugio – tipo de macaco, também conhecido como guariba.
Cambaio – de pernas tortas; torto.
Carcoma – podridão, corroído.
Catadupa – catarata; torrente.
Catre – nome de um tipo de leito simples; espécie de jangada.
Cendal – véu; tecido para vestidos.
Chalaça – piada; fala mordaz.
Chinó – mesmo que peruca.

Chofre – repentinamente; escandalizar.
Comensal – pessoa que frequenta uma casa constantemente; conviva.
Cômoro – colina; monte; morro.
Confrangimento – ato de confranger, ou seja; angustiar; atormentar.
Coxins – nome de sofá ou almofada para assento.
Diáfana – transparente; límpido; no sentido figurado significa magro.
Dobadoura – ou dobadoira é o um aparelho que se usa para enovelar fios; roda-viva.
Duraque – tipo de tecido entrançado de fios ou lã.
Encarquilhada – enrugado; com pregas.
Epigrama – diz-se de pequena composição de cunho crítico ou mordaz.
Escarvar – mesmo que cavar superficialmente; raspar.
Escusar – o que pode se dispensar; poupar.
Esfrolar – ou esfolar, sofrer depuração.
Espáduas – ombro; escápula.
Estugar – apressar-se; ficar ligeiro.
Exprobração – fazer censura; desaprovar.
Falda – parte de baixo da roupa; a aba. Também denomina orla ou beira.
Fauce – goela, cavidade da garganta.
Fraguedo – terreno de difícil acesso, por ter rochas e penhasco.
Furna – caverna; lugar escuro.
Gaforina – cabelo desalinhado; madeixa.
Gameleira – nome de árvore ou planta trepadeira.
Gamenho – pessoa que se enfeita para namorar; um fedelho.
Grimpa – ponto mais elevado; píncaro.
Manuês – tipo de bolo de milho ou mandioca.
Mavioso – aquele que é agradável; suave.
Melíflua – o que é harmonioso; destila como mel; doce.
Mentruz – mesmo que matruz, que é um tipo de erva.
Monganga – ilusão; fascinação.
Monjolo – nome de engenho simplório, movido a água; também se diz de bezerro pequeno.

Muxoxo – beijo; barulho que se faz com a língua para mostrar desagrado.
Nenúfares – espécie de planta aquática, família das ninfeáceas.
Opimo – o que tem excelência; fértil.
Palangana – tigela grande onde servem assados ou outros alimentos.
Palrice – ato de palestrar; tagarelar.
Penedia – grande quantidade de pedra; rochedo.
Peremptório – o que é categórico; decisivo.
Pernóstico – excesso de confiança; pedante.
Perorar – fazer oratória; pedir com eficácia.
Pífaro – nome de instrumento de sopro, similar à flauta.
Pindárica – o que é de excelência; magnífico.
Pundonor – sentimento de pudor; recato; dignidade.
Remoque – ação de insinuar de forma indireta; censurar.
Resmonear – mesmo que resmungar.
Ressupino – que está voltado para cima; de costas.
Rezinga – ação de rezingar, ou seja, resmungar; repreender.
Roufenho – fanhoso; que tem som áspero; anasalado.
Sainete – o gosto; a graça; qualidade.
Sarça – matagal ou gênero de roseiras.
Sestro – esquerdo. No sentido figurado diz-se do que é sinistro; a sina; o vício.
Silfo – ou sílfides, o termo vem da mitologia ocidental que descreve os elementos do ar, dos ventos, como fadas ou anjos.
Taioba – tipo de planta que produz folhas comestíveis.
Tapuru – uma espécie de verme oriundo de alimentos pútridos.
Teiró – no sentido figurado diz-se da teimosia; má vontade.
Toscanejar – descansar; dormir pouco tempo.
Toutiço – nuca; o alto da cabeça; juízo.
Ucharia – despensa; mantimentos.
Úngula – nome dado à unha ou garra de animal.
Usança – costume; o que é hábito.
Vaqueta – tipo de couro delgado.
Volata – termo musical que se refere à progressão das notas executadas rapidamente.
Zambros – coxo; manco.

CONTEXTUALIZAÇÃO DA OBRA

O ROMANTISMO DE JOSÉ DE ALENCAR

Cristina Garófalo Porini[1]

O Romantismo nasceu, na Europa, como a representação dos ideais burgueses de arte (iniciado em 1790, na Alemanha e na Inglaterra; em 1825, na França e em Portugal; e, finalmente, em 1836, no Brasil). Com a Revolução Francesa, ocorrida em 1789, essa classe social passou a deter não apenas o poder econômico como também o político, e a substituição de parâmetros artísticos foi uma das maneiras de legitimar seu domínio e encerrar definitivamente os ideais clássicos em diversos aspectos. Em consequência, defendendo a Igualdade, a Fraternidade e a Liberdade, o nacionalismo tornou-se um elemento essencial para a elite de cada país incentivar a própria identidade — principalmente aqueles recém-independentes, como o Brasil.

Dessa maneira, o Romantismo chegou ao Brasil bastante vinculado à ideia de validar, reconhecer o que era tipicamente local. No campo político, Dom Pedro II, ciente de que a manutenção da unidade territorial dependia também de elementos culturais, apoiou a criação do Instituto Histórico e Geográfico Brasileiro, em 1838 — entidade responsável por pesquisar, escrever e descrever a geografia, a história

---

[1] Graduada em Letras pela Universidade de São Paulo e em Relações Públicas pela Faculdade de Comunicação Social Cásper Líbero, professora de Língua Portuguesa, Literatura e Redação para o ensino médio na rede particular de ensino e em cursos pré-vestibulares, redatora e revisora de textos.

e a cultura brasileira. O monarca não foi patrono apenas de tal instituição; Dom Pedro II era um grande mecenas, chegando a receber poetas e escritores românticos no Paço, onde realizava reuniões periódicas para discussões literárias e leitura de obras.

O Rio de Janeiro, com tal incentivo, fervilhava: a chegada da Família Real, em 1808, foi apenas o início de profundas transformações. O Romantismo e a Independência impulsionaram a criação de teatros, cafés e livrarias, assim como a publicação de periódicos. Tais folhetins traziam histórias cujos capítulos eram apresentados diariamente, sendo comprados pela crescente classe média: os moços entretinham-se com as aventuras de "capa e espada"; as moças, agora alfabetizadas, preferiam os enredos permeados por casos de amor impossível — e muitas vezes organizavam-se saraus e reuniões para a leitura dessas obras. Assim, o Brasil conheceu autores estrangeiros, como Alexandre Dumas (1802–1870, escritor francês) e seu *Conde de Monte Cristo*, Charles Dickens (1812–1870, escritor inglês) e seu *Oliver Twist* — em tradução de Machado de Assis, e o prolífero Camilo Castelo Branco (1825–1890, escritor português) e seu *Amor de perdição*. A literatura nacional também se movimentou, inclusive pela demanda de que fossem redigidos capítulos diários de diversas obras; esse foi o caso de Joaquim Manuel de Macedo (1820-1882), com *A moreninha*, Manuel Antônio de Almeida (1831-1861) em *Memórias de um sargento de milícias* (sob o pseudônimo de "Um Brasileiro") e José de Alencar (1829–1877).

Natural do Ceará, José de Alencar procedia de uma família de posses, o que lhe assegurou sólida formação acadêmica, formando-se em Direito na Faculdade do Largo de São Francisco, em São Paulo; seu pai fora senador, e a política tornou-se uma de suas ocupações. Escritor consciente de sua época, José de Alencar orientou sua produção literária de acordo com o projeto nacionalista de representar o Brasil por inteiro. Didaticamente, dividem-se seus romances em quatro grupos: os históricos, os indianistas, os urbanos e os regionalistas.

Nos romances históricos, Alencar voltou-se para o período colonial, especificamente para o ciclo do ouro, em *As minas de prata*, e o embate entre Recife e Olinda, em *Guerra dos Mascates*, ambos lançados em dois volumes. Essa preocupação em demonstrar o então momento presente do país como produto de seu passado aproximou os romances históricos aos indianistas: foi, porém, *O guarani*, folhetim lançado em 1857, que fez de José de Alencar um sucesso de público aos 28 anos de idade. A preocupação em fortalecer a identidade nacional era o fundamento do indianismo, aspecto do Romantismo derivado do medievalismo europeu: ao voltar para suas origens, a nação encontrou seu herói — no caso brasileiro, aproveitou-se o "Mito do Bom Selvagem" (discutido pelo filósofo iluminista Jean-Jacques Rousseau, considerava a população indígena ingênua e boa por natureza), e os leitores do século XIX conheceram uma galeria de figuras idealizadas, como Peri, de *O guarani*; Poti, de *Iracema*; e Ubirajara, protagonista do romance homônimo. Além disso, é nítido o estudo feito pelo autor, esmerando-se na linguagem empregada pelos personagens, no vocabulário escolhido, nos rituais e costumes indígenas, além da fauna e flora locais.

Como se percebe, o ano de 1857 mostrou-se bastante fértil para a produção literária alencariana: além de *O guarani*, o romance *A viuvinha* foi lançado — e a série de romances urbanos, iniciada anteriormente com *Cinco minutos,* foi objeto do autor, sobre a qual ele se debruçou até sua morte, com o lançamento póstumo de *Encarnação*, em 1877. Durante essas duas décadas, os costumes da abastada sociedade carioca foram apresentados para toda a nação: as roupas, as reuniões, as músicas ao piano e as peças de teatro são pano de fundo para uma nova abordagem aos personagens. Seja por intermédio de Lucíola, de romance homônimo, Aurélia, de *Senhora* ou Emília, de *Diva*, a literatura nacional passou a conhecer os perfis femininos traçados com profundidade por José de Alencar; verificou-se, então, uma transição entre as personagens-tipo, como as típicas e previsíveis heroínas românticas, e aquelas que apresentam maior densidade psicológica — neste caso, vivenciando conflitos geralmente relacionados com o poder aquisitivo. Vale ressaltar que essa nova abordagem influenciou outro grande nome da literatura brasileira, Machado de Assis, então amigo de José de Alencar.

Constante em seu projeto de traçar um painel da nação, o autor romântico ainda escreveu romances regionalistas, já em sua última década de vida. Inaugurando essa corrente no Brasil, em 1870 ele lançou *O gaúcho*, situando a narrativa no Rio Grande do Sul; em 1871, *O tronco do ipê*, relacionado à zona da mata cafeicultora do Rio de Janeiro; no ano seguinte, *Til*, localizado no interior de São Paulo; finalmente, em 1875, escreveu *O sertanejo,* ambientado na terra natal do próprio autor, o Ceará. Dessa maneira, o público leitor do século XIX pôde conhecer o Brasil para além da capital carioca: os costumes, as paisagens ricas em detalhes, as festas foram apresentados, criando e fortalecendo figuras típicas no imaginário popular.

É bastante interessante notar que todas essas narrativas formam um panorama inclusive sociológico do Brasil imperial. Em *O tronco do ipê*, por exemplo, um narrador testemunha uma fazenda abandonada, Nossa Senhora do Boqueirão. Ao voltar no tempo, sabe-se que intrigas familiares e o desejo de ascender socialmente foram os motivos para que um local que já havia sido palco de tantas festividades chegasse a uma situação de absoluto declínio. Em primeiro momento, o romance pode ser lido como uma dificultosa história de amor entre Alice e Mário, principalmente pelo dilema com que o garoto lida; porém, para que essa situação seja desenrolada, um imenso retrato da sociedade brasileira é apresentado, como a imponência dos barões do café, os casamentos por interesse, as relações entre escravos e senhores, as relações entre famílias e compadrescos, além da influência europeia frente aos costumes nacionais.

Ao longo de sua profícua carreira artística, José de Alencar ainda foi um importante dramaturgo. Uma vez que o teatro ganhava fôlego com o empolgado cenário vivido pela sociedade na segunda metade do século XIX, o autor cearense defendeu que peças nacionais se fizessem cada vez mais presentes nos palcos locais. Dentre as próprias colaborações, vale ressaltar duas: *O demônio familiar*, comédia de costumes organizada em torno das peripécias de um escravo, Pedro, responsável por criar intrigas entre as personagens — tudo para que ele alcançasse seu sonho: ser cocheiro; e *As asas de um anjo*, cuja protagonista, uma prostituta, é salva pelo amor, causando polêmica no Rio de Janeiro oitocentista; devido às críticas, a peça foi suspensa por atentar contra a moralidade, porém Alencar, extremamente descontente com esse comportamento do público, voltou ao assunto com novo viés no romance *Lucíola*.

Polêmicas, aliás, eram textos comuns nos jornais da época, e José de Alencar não deixava de travá-las quando percebia tal necessidade, mesmo no começo de sua carreira. Um caso bastante interessante e notório em sua vida foi o relacionado entre ele, sob o pseudônimo de "Ig" e Gonçalves de Magalhães, o introdutor do Romantismo no Brasil, com "Suspiros Poéticos e Saudades". Magalhães há anos se dedicava a escrever uma epopeia (poema de origem grega, portanto clássica, de longa extensão, a respeito dos feitos heroicos de um protagonista, real ou imaginário) cujo herói deveria consagrar o indígena como símbolo da nação brasileira. Uma vez que persistia, no contexto brasileiro, a questão de instigar o sentimento de identidade nacional, Dom Pedro II apoiou-o financeiramente, e o longo poema foi publicado em 1856. No entanto, a obra sofreu uma apreciação bastante criteriosa do jovem redator-chefe do jornal *Diário do Rio de Janeiro*, José de Alencar, apontando impropriedades em relação à falta de poesia ao retratar os indígenas, sua cultura, seu vocabulário e inclusive o cenário brasileiro. Uma série de cartas — ou farpas — foi trocada, a ponto de o próprio Dom Pedro II tomar a pena em defesa de Magalhães. Como resultado, Alencar saiu fortalecido do ponto de vista artístico, o que se comprovou facilmente com o sucesso de *O guarani*, lançado no ano seguinte a tal discussão, cujo modelo de poesia e de herói foi seguido pela geração indianista e consagrado pela crítica literária; do ponto de vista político, no entanto, encontrou um inimigo na pessoa do monarca, o qual chegou a comentar a seu respeito que era "teimoso, esse filho de um padre."[2] O imperador, em 1869, iria negar-lhe o cargo de senador do Ceará, apesar de Alencar ter sido o candidato mais votado em sua província — os biógrafos do autor afirmam que este foi o maior golpe sofrido ao longo de sua vida.

Percebe-se, então, que José de Alencar e Dom Pedro II, mesmo que inimigos, tinham a mesma preocupação, uma vez que estavam inseridos no contexto de uma nação recém--independente: era necessário criar e fortalecer a brasilidade, o sentimento daquilo que é tipicamente brasileiro. Indiscutivelmente foi essencial o papel da literatura romântica, especialmente em função dos textos de José de Alencar; a herança do autor se fez presente logo em seguida à sua morte, já em seu contemporâneo Machado de Assis, ao tratar conferir maior profundidade à análise da elite brasileira, e também estaria presente no vindouro século XX, durante a década de 1930, quando os textos regionalistas de Graciliano Ramos, Jorge Amado e José Lins do Rego, entre tantos outros, foram instrumentos de denúncia social, expondo aos leitores o contexto de abandono sob o qual sobreviviam os miseráveis nordestinos.

Sobre *José de Alencar*

Nascido em 1829, em Messejana, no Ceará, José de Alencar destacou-se tanto na carreira política, como deputado estadual e Ministro da Justiça, como na carreira das letras, como jornalista e escritor — romancista, cronista, dramaturgo e crítico. Filho de senador, desde criança contou com a possibilidade de morar no Rio de Janeiro, além de estudar nas melhores instituições de ensino do país. Em 1850, aos 21 anos, formou-se em Direito na Faculdade do Largo São Francisco, em São Paulo.

---

[2] Conforme Os desencontros entre José de Alencar e Dom Pedro II. Disponível em cache em http://www.casadoceara.org.br/index.php?arquivo=pages/blog/perfil_serra/e1209.php. Acesso em 09/jan/2013.

Aos 25 anos, passou a escrever folhetins para o Correio Mercantil, atividade que desenvolveu até sua morte. Aos 30, iniciou sua carreira na Secretaria do Ministério da Justiça, chegando, anos mais tarde, a Ministro. Aos 40 anos, candidatou-se a Senador — o que foi negado por Dom Pedro II, considerando-o jovem demais para o cargo; por esse motivo, decidiu abandonar a carreira política.

Dedicou os últimos anos de sua vida à literatura, consolidando seu projeto de representar o Brasil por inteiro: redige mais 12 romances (dentre eles, enredos urbanos, históricos, indianistas e regionalistas), uma peça teatral e a autobiografia *Como e por que sou romancista*. Faleceu no Rio de Janeiro, aos 48 anos, após uma viagem para a Europa, na tentativa de se curar de tuberculose.

Questionário[3][*]

1. Qual é a importância do tronco do ipê no romance?

2. De que modo os escravos são retratados em *O tronco do ipê*?

3. No capítulo *Tia Chica*, o narrador faz um interessante comentário a respeito da frase de pai Benedito:

"— Deus lhe pague, nhanhã. Vai; ela há de ficar muito contente.

A linguagem dos pretos, como das crianças, oferece uma anomalia muito frequente. É a variação constante da pessoa em que fala o verbo; passam com extrema facilidade do *ele* ao *tu*. Se corrigíssemos essa irregularidade, apagaríamos um dos tons mais vivos e originais dessa frase singela."

---

[3] Sugere-se ao professor, ao utilizar alguma das questões em atividades, que trechos mais específicos do enredo sejam indicados aos alunos, a fim de lhes orientar a resolução dos exercícios.

[*] Professores podem adquirir o gabarito dessa seção entrando em contato com o departamento editorial.

Relacione tal comentário com o ideário do Romantismo brasileiro.

4. No capítulo *O beijo da vida*, apresenta-se uma série de "lugares comuns" da literatura romântica em relação ao casal protagonista. Destaque um deles em relação à Alice, relacionando-o com passagens do capítulo.

5. Ainda no capítulo *O beijo da vida*, destaque um lugar comum próprio ao Romantismo em relação a Mário, relacionando-o com passagens do capítulo.

6. Qual é a contraposição entre Adélia e Alice? Ambas relacionam-se ao modelo europeu?

7. Os capítulos *Missa do galo* e *Presépio* são representativos da vertente Regionalista iniciada pelo Romantismo. Quais passagens justificam tal afirmação?

8. Ao longo do livro, diversas tradições são recuperadas, como a lenda da Mãe d'Água e a comemoração do Natal. De que modo esse conhecimento é transmitido? Quem o transmite?

9. Qual é a intriga tramada por D. Alina? Qual era seu interesse? O que ocorreu inesperadament ?

10. Qual foi era o dilema de Mário? Como essa situação foi resolvida?